The Galaris Saga

Celeste e le Ombre della Luce

In un mondo dove la magia esiste davvero, crescere è la sfida più grande.

Ci sono scelte che non possono essere rimandate, legami che nascono nel silenzio, le verità che attendono il momento giusto per essere dette.

Tra luce e ombre, amicizia e paure, qualcuno che si sente "troppo piccolo" scoprirà che anche un solo passo può cambiare tutto.

Benvenuto in Galaris dove ogni scelta conta.

Nulla accade per caso.

Indice

Prefazione

Questo è un progetto nato per caso, non ci siamo mai considerati "scrittori" anche se a dire il vero ci abbiamo scherzato su, paragonandoci ai mostri sacri alle volte. Siamo semplicemente amanti del genere fantasy. Chiacchierando abbiamo scoperto di avere un altro punto in comune oltre all'amicizia che ci lega.

Così ci siamo guardati attorno e abbiamo deciso che dovevamo fare qualcosa per i bambini, per i ragazzi che crescono, per te che stai leggendo.

Se sei un bambino o un ragazzo che si affaccia al mondo devi sapere che *"The Galaris Saga"* è il posto sicuro dove troverai la luce e se sei il genitore che regalerà questo libro a sua figlia o suo figlio devi sapere che abbiamo scritto "*Celeste e le Ombre della Luce*" pensando proprio a loro.
È un libro nato con il desiderio di ispirare, di accompagnare i ragazzi nella crescita e di ricordare loro che anche quando il mondo sembra complesso o incerto, il futuro merita sempre fiducia.

E se sei grandicello beh...credici se ti diciamo che sarà comunque una bella avventura da vivere insieme. Per noi è stato così, lo abbiamo riletto così tante volte da impararlo quasi a memoria ed ogni volta è stata una scoperta, perfino per noi che l'abbiamo scritto.

Abbiamo cercato di scrivere la miglior storia che potevamo, alla fine speriamo tu voglia lasciarci un commento per farci sapere come è andata, puoi raggiungerci su thegalarissaga.com e restare in contatto con noi, ci servirà per migliorare e per sapere cosa ne pensi e magari anche come vuoi che vadano le cose in futuro per Celeste ed il mondo di Galaris.

In queste pagine troverai un'epopea fantasy che parla al cuore: un viaggio dove ogni scelta conta, dove la luce non è mai scontata ed anche chi si sente "troppo piccolo" può cambiare tutto.
The Galaris Saga nasce per esprimerci e per lasciare in eredità valori che non passano mai di moda: coraggio, amicizia, amore, rispetto e speranza.

A noi piace sognare ed abbiamo voluto regalarti uno dei nostri sogni.

Speriamo che continuerai a sognare insieme a noi.

Con affetto caro lettore o lettrice, ti diamo il benvenuto nel mondo di Galaris.

Ilaria & Luigi
Gli autori di The Galaris Saga: Celeste e le Ombre della Luce

Le dediche.

Ringraziamento speciale a Luigi il mio grande amico! Che ha sposato la causa ed ha reso possibile tutto questo. Non avrei potuto scegliere un compagno di avventura migliore di te!
Spero che questo libro arrivi dritto al cuore delle persone che lo leggono, così come è capitato a noi due.

Alla mia famiglia Papà, Mi e mia sorella che sono stati la mia ancora di salvezza, mi hanno protetta, amata e sempre sostenuta in ogni momento della mia vita, ai miei nonni ed al loro amore incondizionato, per tutti gli insegnamenti ed i valori che mi hanno trasmesso, a mio zio e al suo approccio meraviglioso alla vita, alla tua famiglia M. che mi ha accolta ed amata come una figlia e una sorella ed ai miei più cari amici sempre presenti, sempre con me M. E. L. T. S. G.
Dedico questo libro ai miei grandi amori M. A&A e alla mia stella Siria.

Ilaria

Ad Ilaria, ti faccio una breve dedica: sei la mia compagna di viaggio nella scrittura di "*The Galaris Saga: Celeste e le Ombre della Luce*".

La nostra amicizia è andata oltre, ha radici nel rispetto reciproco, nell'ascolto e nella condivisione, sì nella condivisione di questi mesi che ci ha legato ancora di più. E quando mi hai mandato l'ultimo paragrafo, eravamo entusiasti, non stavamo nella pelle.
Voglio che tu sappia che non so come andrà avanti, ma conoscerti mi ha cambiato e ti ringrazio dal profondo del cuore per questo.

Ed inoltre, un ringraziamento speciale alla mia migliore amica Lory ed alla mia famiglia che mi hanno incoraggiato in ogni pazzo progetto in cui mi sono imbarcato e mi imbarcherò, grazie Papà, Mamma, C. A. E. N. Au.

Luigi

Atto 1: L'Ordine E La Frattura

Capitolo 0: Tra Sogni ed Incubi

"Dove sono?"... Ero confuso, poi tutto ad un tratto udí la sua voce... "tesoro, cosa c'è?" Mi voltai, vidi Anthara lì di fianco a me che si sollevava dal prato verde sul quale eravamo distesi. "Vyomandros dov'è?" mi chiese esplorando con lo sguardo il paesaggio attorno a noi, sembrava che fossimo nelle pianure a sud di Velmora.
C'era quel paesaggio, si vedevano i monti innevati sullo sfondo ed una foresta con i colori in continuo mutamento, tutto attorno a noi le foglie coloravano di ogni sfumatura dell'arancio il panorama, toccando anche il verde, il blu ed il giallo. Il calore dei Soli Gemelli era dolce e tutto era lì a scaldarmi il cuore. Sorrisi insieme ad Anthara.

"Dove sta? Non lo vedo, quel ragazzino mi farà diventar vecchio prima del tempo" mi lamentai. Anthara me lo indicò "Eccolo lì! Finalmente lo vedo, sta giocando sotto quel grande albero, riesci a vederlo anche tu?" Misi a fuoco un attimo...correva attorno all'albero, non so cosa stesse rincorrendo, ma ebbi la sensazione che questo non fosse giusto. Perché? "

"Anthara? Vyomandros? ma voi... dove siete? Voi non ci siete più...davvero." Una luce accecante mi abbagliò, poi vidi come una memografia riavvolgersi, Anthara lei... vidi il suo labiale senza sentire la sua voce e Vyomandros correre all'indietro sotto quell'albero, mentre io mi distesi nuovamente senza avere più il controllo del mio corpo.

Aprii di nuovo gli occhi e sentii urlare:
"vieni avanti ragazzo, se vuoi uno scontro ti darò quello di cui hai bisogno." "Vecchio, preparati...questa volta non ti mancherò". Vidi il giovane caricare il colpo...aspetta...ora che lo guardo meglio... Ma sì! È Vyomandros! Non riuscivo a muovermi, a parlare. "Dannazione!" pensai mentre provavo a fare qualcosa. Volevo intervenire, aiutarlo...

Lui si stava preparando, vedevo la sua aura bluastra concentrarsi tutt'intorno e diventare sempre più densa più palpabile più forte, mentre l'anziano veggente con la tunica, la barba bianca ed il cappuccio calato sul volto lo aspettava pronto a rispondere, sembrava così sicuro di sé, non riuscivo a capire chi fosse.

Vyomandros era irruento, goffo perfino. Mi sembrava esser molto potente, diverso da come lo ricordavo, lo conoscevo ma non l'avevo mai visto così arrabbiato, non di tutte le creature magiche si poteva vedere l'aura durante le fasi di concentrazione ma Vyomandros aveva qualcosa di speciale lo sapevo.

Il grande albero, che poco prima partecipava ai giochi del giovane Vyomandros, ora aveva cambiato colore. Le sue foglie divennero di un rosso intenso mentre il prato, cangiante tra il verde smeraldo ed il blu del cielo riflesso dalle foglie umide, stava ondeggiando sotto la spinta di una brezza sempre più insistente che scuoteva anche i rami della foresta circostante.

Vyomandros su un lato e l'anziano veggente in attesa dall'altro erano pronti, carichi come un predatore pronto a catturare la propria preda, pronti a scattare al primo movimento di un muscolo da parte dell'altro.

Il ragazzo si lanciò in una folle corsa, il pulviscolo sollevato dalla sua corsa temporale fu così intenso che oscurò quasi il paesaggio alle sue spalle... "non doveviii!" Urlò mentre si lanciava all'attacco con la sua lama pronta a mettere fine a quello scontro, pronta a restituire alla natura l'anziano veggente.

Vidi gli occhi dell'anziano illuminarsi, anche lui estrasse la sua lama, molto simile a quella di Vyomandros. Fece una giravolta attorno a lui e schivò il colpo, poi restituì il fendente che aveva ricevuto colpendo il ragazzo con il pomo della spada dietro la testa, questo barcollò per un secondo, l'anziano sembrava quasi giocare con il ragazzo...o forse più che giocare gli stava insegnando qualcosa ma, non era una lezione, voglio dire il ragazzo era davvero fuori di sé non poteva essere una lezione d'armi.
Vyomandros di nuovo tornò alla carica ancora più furioso "aaarrghhhh combatti vecchio!" Il giovane tornò fuori controllo a menare fendenti in aria, stavolta onde luminose partivano da essi e l'anziano puntualmente defletteva i colpi, era perfettamente in controllo della situazione, cosi composto nel combattimento, così a suo agio.
Doveva aver affrontato molte battaglie e nonostante l'età avanzata pareva ancora in forze.

La tensione rendeva l'aria quasi elettrica, il vento prese a spazzare con forza la radura, petali blu inondarono il paesaggio volteggiando nell'aria trasportando il loro profumo dolce insieme all'impetuosità del vento.

"Si chiamano Sylphiris", sentii aleggiare nell'aria queste parole...ma io...io conoscevo i Sylphiris! Di chi era questa voce? Sembra...si, doveva essere di una ragazza!

Prima un fendente, poi un altro ed infine un altro ancora."Humph Humph...argh..." Vyomandros aveva il fiato corto nonostante l'anziano fosse molto più in là con l'età. "Perché!! Dovevi proteggerla! Dovevamo proteggerla! L'avevi promesso, me l'avevi promesso!! Che tu possa bruciare tra le fiamme dei Draghi!!" Il ragazzo si inginocchiò in lacrime. Accasciato a terra, arresosi forse perché non riusciva a colpirlo."Mi ero...c-convinto di dover andar via per m-metterla a sicuro."

"Vyomandros. È quello che abbiamo fatto... capirai, fidati di me, lei starà bene." L'anziano smise di fluttuare in aria dove si era rifugiato per schivare qualche colpo e scese a terra, camminava verso il giovane con passo lento ma deciso quasi come volesse andare a consolarlo con una carezza sul capo, ma il giovane Vyomandros saltò all'indietro riprendendo lo scontro. "Shing...shong...shing". Le loro spade si incrociarono, di nuovo e più volte, lui invocò la forza del fuoco blu contro l'anziano bruciacchiando la sua tunica.

"Ora basta ragazzo!! Ancora non hai capito chi sei veramente!? Basta così."Diede un colpo secco, poi con un balzo indietro pronunciò:
"Vael'Thurion..." unì le mani davanti al petto, come a trattenere una sfera, tra le dita filtrò un bagliore crescente.
Le braccia si aprirono bruscamente verso l'esterno e la luce esplose.

Fummo scagliati lontano e urlai "figlio miooo!", poi sentì un colpo alla testa.
Mi svegliai di colpo, nella mia casa, guardai fuori ma era ancora buio... l'ennesimo incubo. Anche questa volta.
"Anthara...Vyomandros...perché non siete qui con me?"

Avevo visto Anthara dopo tanto tempo nei miei sogni, era bellissima, come la ricordavo, ma sapevo che era tornata alla natura, l'avevo visto accadere con i miei occhi.
Mentre Vyomandros...lui...era semplicemente sparito. Ma forse questo sogno potrebbe essere anche un presagio?
Volli prenderlo così, volli pensare che questo sogno potesse esser stato il segno che un giorno avrei ritrovato mio figlio, ed avrei fatto di tutto per riportarlo a casa da me, avrei dovuto parlarne ad Hylea, forse poteva essere il motivo per cui Vyomandros sparì diversi anni fa?

Capitolo 1:
Il Concilio delle Razze

Quella casa nel bosco

In quel giorno della Seconda era degli Alogon, tutto si stava svolgendo come al solito nella città di Eosara. Celeste giocava con i suoi due gatti, Luce e Palla di Pelo che nel piccolo giardinetto di casa si arrotolavano miagolando ed azzuffandosi in un sottile gioco di attacco e schivata.
Sua madre, Hylea, era intenta a curare le erbe medicinali che, rigogliose, crescevano all'interno del recinto che cingeva l'orto di fianco a casa.

Un elfo, equipaggiato di tutto punto con cappellino e zainetto, si apprestava ad inserire nella cassetta della posta una busta gialla, che sembrava di pergamena.
Probabilmente conteneva l'ennesimo invito alla festa di paese che una volta ogni due lune piene si teneva in città ma a cui Celeste non voleva mai partecipare.

Celeste non era tipo da feste, diceva che erano troppo chiassose e preferiva stare con i suoi due gatti a giocare in giro per la foresta.

Hylea spesso la incoraggiava a farsi avanti, ad essere più socievole con gli altri suoi coetanei. Non è che non lo fosse ma nelle sue amicizie Celeste era un tipo selettivo, ad esempio, nella scuola di Eosara, al centro del paese, c'erano pochi personaggi, a suo dire, interessanti e con cui trascorreva alcuni pomeriggi dopo la scuola.

Prima di raccontare la sua storia, che vorrei fosse tramandata per i prossimi millenni in cuor mio, voglio narrare di come tutto è iniziato su Galaris e del perché la storia di Celeste, la sua testardaggine, la sua determinazione ed allo stesso tempo la sua semplicità e dolcezza potrebbero rappresentare la svolta, la salvezza da quello che, in questo momento, è la più grande minaccia alla stabilità di tutto Galaris.

L'equilibrio di Galaris

Galaris semplicemente esiste, non so né come né quando questo mondo sia stato creato né da chi; l'unica certezza è che gli Elfi ed i Veggenti dominano il nostro mondo intriso di potere magico dall'inizio dei tempi, scrissi un trattato sullo sviluppo di Galaris ma la sua nascita per noi era ancora un mistero.

Entrambi hanno sempre interagito tra loro pacificamente ma, ad un certo punto, l'equilibrio che teneva tutto in ordine in qualche modo venne incrinato, un po' come quando fratello e sorella litigano per chi dei due debba incidere il suo messaggio per primo sulle memosfere nel Solstizio dei Soli.

Ebbene, gli Elfi avevano appreso l'arte di controllare la natura, gli animali e la terra mentre i Veggenti come me, più riflessivi, si occupavano del cosmo, della visione del mondo e della conoscenza del destino già scritto e inciso su di una "pietra" che non può in alcun modo essere scalfita dalla volontà degli esseri viventi, o così credevo prima di assistere a quello che è avvenuto.

Questa, chiamiamola, "divisione" dei compiti non poté impedire che il passare del tempo riducesse l'energia che Galaris aveva a disposizione che andava gradualmente ma inesorabilmente scemando.

Con l'aumento degli abitanti, sia Elfi che Veggenti seppur riuscissero comunque a prosperare, lentamente stavano prosciugando l'energia che Galaris aveva a sua disposizione mettendo in difficoltà i più deboli della società che si trovavano senza risorse per poter sopravvivere, costretti a vivere di espedienti.

Proprio per questo, gli Alogon, privi di poteri magici erano in difficoltà ed i reggenti della Terza Era, l'Era delle Fate, decisero di affiancarli con parte del proprio potere magico dando origine alle Fate appunto, che li avrebbero accompagnati durante la propria vita.
Sarebbero state di supporto ad alcuni di loro con i poteri ereditati da entrambe le razze che glieli avevano ceduti, in parte.

Venni alla luce durante una delle carestie della Prima Era, quella che gli storici chiamano l'Era dell'Alba, mia madre di cui ormai non ricordo praticamente nulla, mi chiamò Vyomar.

Raccconterò questa storia perché rimanga anche dopo di me, la mia esistenza sta giungendo al termine.

Era facile immaginare come facessi a saperlo, in realtà era molto semplice.
Noi Veggenti vediamo sempre il futuro, ci basta addormentarci, chiudere gli occhi e sentire l'energia di Galaris per vederne il futuro ed anticipare minacce che inevitabilmente si presentano durante il corso del tempo, a volte anche un oggetto o un profumo ci regala una visione del futuro.

Ebbene, da diverso tempo ormai non riuscivo più a vedere il futuro di Galaris.

Sono stanco, per quanto ci provi credo che ormai sia arrivato il momento di "tornare alla natura", come dicono gli Elfi.
Chissà se ci sarà ancora qualcuno dopo di me che vorrà portare avanti la mia missione, purtroppo non ho più l'energia di un tempo.

Ero ossessionato ormai ogni notte dallo stesso sogno, vedevo una bambina comparire nei miei sogni ma non riuscivo a darle un significato.

Alla sera mi sfogavo parlando alla mia memosfera, in modo che i miei ricordi rimanessero vividi come la prima volta.

La prima volta che feci quel sogno ancora non conoscevo Celeste, vedevo soltanto una sua immagine non definita, quasi ovattata.

Lei era lì, in quell'angolo della foresta di Eosara appena fuori città e come ogni giorno la vedevo sbrigare le sue faccende che mi davano la sensazione di essere una noia mortale.

La sua casupola era stata costruita nel tronco di un albero, era tenuta con cura, per lo meno dall'esterno così sembrava, non sono mai riuscito ad entrarci dentro nel sogno.
L'erbetta all'esterno era molto curata e mi trasmetteva sempre la sensazione di esser stata appena tagliata.
Era bagnata dalla rugiada in alcuni punti, si notava perché i raggi di luce che filtravano dalle fronde degli alberi vi si riflettevano sopra.

Quando mi avvicinavo ne sentivo il profumo che inebriava tutta la vallata, non so' dire se fosse l'erba oppure i sylphiris che circondano tutta casa, quei fiori celesti piacevano tanto anche a Vyomandros.

Come al solito mi persi nei miei farfugliamenti che l'età mi stava sempre portando di più ad assecondare... il sogno era quasi sempre lo stesso ed io mi vedevo al suo interno come se scendessi dall'alto verso il basso.

Attraverso le mie visioni, stavo vivendo la vita di qualcun altro. Le esperienze, le scelte, tutto mi arrivava come se fossi stato io a viverlo. Non sapevo come, ma quei ricordi non erano i miei, erano sicuramente di Celeste.
Si era intrecciata con me in un modo che non riuscivo a comprendere. Ogni visione, mi avvolgeva e mi faceva sentire parte della sua vita.

Mentre Vyomar rifletteva tra sé, cercando di capire chi fosse questa ragazzina, lo sguardo gli si posò su una memografia che era appesa alla parete al suo fianco.
Vyomandros e la sua compagna Hylea erano lì nell'immagine, nella foresta dove per la prima volta si erano incontrati lontano da tutti e dove avrebbero voluto celebrare la propria unione.

Ricordi del passato

Gli tornò in mente come i due si conobbero, alcuni anni prima, durante il Concilio che abitualmente si teneva tra le casate più importanti di Galaris.

Durante il Concilio si discuteva dei temi principali che riguardavano lo sviluppo di nuove arti magiche, lo stato delle Torri e le alleanze tra i diversi regni che scambiavano tra loro conoscenza e risorse materiali come i raccolti e le semenze.

I rappresentanti dei vari regni non disdegnavano poi intrattenersi con uno dei più popolari giochi che si erano diffusi su tutta Galaris, tutti giocavano a Nexus Arcani, Nexus per i più.

A volte una partita a Nexus poteva essere considerata come una disputa politica tra diverse fazioni e veniva utilizzata come metro di misura per comprendere che tipo di creatura ti trovavi davanti in quel momento, Nexus è un gioco molto profondo dal punto di vista della strategia tanto che a tutti i livelli le creature di Galaris ci giocavano, i più importanti consiglieri della Torre dei Soli Gemelli e persino io se trovo l'avversario giusto.

Ma tornando al Concilio, in quella occasione l'incontro si teneva nel palazzo reale di Eosara, proprio in coincidenza del solstizio dei Soli.

In quella occasione, i ricercatori del regno avrebbero presentato le loro scoperte più recenti nel campo della magia, ogni volta se ne uscivano con un nuovo incantesimo o una nuova manipolazione che difficilmente però riusciva a destare il mio interesse negli ultimi tempi.

Probabilmente perché quello che c'era da scoprire era già stato scoperto e loro non si impegnavano più di tanto nel loro mestiere, non erano veri sperimentatori forse perché la loro pancia era sempre piena.

Come si sa' l'ingegno si aguzza nei momenti di difficoltà e loro era diverso tempo che vivevano in pace, tranquilli, sotto l'ala del Re.

Quella volta però qualcosa destò il mio interesse.

Appena fuori città, ci cambiammo i vestiti per risultare più simili ai popolani e mischiarci con loro, lasciammo i nostri cavalli in mano alla scorta, che mal tollerava le nostre incursioni nel popolo e prendemmo in prestito due ronzini dallo stalliere che si trovava appena fuori dalle mura di cinta.

Il profumo della stalla non era un granchè ma ci facemmo andar bene quello che c'era; d'altronde dovevamo sembrare gente semplice per non farci notare troppo.

Così entrammo in città varcando la porta sud insieme alle carovane che trasportavano le merci necessarie durante il Concilio.

Eravamo appena arrivati in città e con mio figlio, Vyomandros decisi di far visita alla locanda per prendere una stanza e riposare, non ci piaceva alloggiare a palazzo per via della troppa rigidità del protocollo; inoltre volevamo vedere come se la passava il popolo.

La città era allegra, i mercati molto vivaci e questo è sempre buon segno in un popolo.

Vedevamo sfrecciare i bambini tra i vicoli della città che si manteneva verdeggiante e luminosa persino tra i vicoli più stretti.

Appena fuori dalla locanda lasciammo i ronzini presi in prestito legandoli alle travi all'esterno e ci apprestammo ad entrare.

Conoscevo bene il personale della locanda, ci ero stato diverse volte in passato sia in via ufficiale sia più, come dire, discreta.

Varcando la soglia, il campanellino attaccato alla porta suonò e vidi Gavren che era di spalle girarsi, era dietro il bancone immerso nelle sue faccende.

Era alto, molto alto anche per me che sono piuttosto alto, con muscoli delle braccia bene in vista per scongiurare ogni possibile tentativo di qualche malintenzionato che avesse dubbi sul fatto che cibo, bevande e stanze andassero pagate ed in anticipo soprattutto.

"Amico Mio!" mi accolse a voce alta gridando col suo vocione.

"Che ci fai da queste parti? sei venuto a fare scorta di erba sonnina per quel gatto pulcioso che ti gironzola dentro casa?"

"Stavolta no' Gav, faccio fare un giro al mio compare."

Ci avvicinammo al bancone "ti presento Vyomandros lo sto accompagnando in una visita in città."

"Bene! un'altra bocca da riempire con il mio famoso idromele, la Furia del Drago!"

Gav si appoggiò al bancone per prendere una bottiglia sotto di esso e risalì raccontando la solita storiella che raccontava a tutti, sogghignando e sollevando la bottiglia davanti a noi, ci informò:

"Dicono che questo non sia semplice idromele, amici miei.
La ricetta risale ai giorni in cui i draghi solcavano i cieli. "

Con voce profonda e sottile sussurrò:
"Si racconta che un vecchio maestro birraio strappò una goccia di fuoco al respiro di una bestia alata e la mescolò con il miele più puro delle foreste antiche. Il primo che ne bevve si sentì invincibile, il secondo cadde sotto il tavolo. Voi... da che parte volete stare?"
Fece tintinnare due boccali e versò il liquido ambrato con un sorriso malizioso.

"Se avete il fegato, bevete. Ma attenti... brucia come il fiato di un drago."

E ne trangugiò una bella sorsata sghignazzando di sottecchi.

Ne mandai giù anche io un bicchiere, la Furia del Drago aveva quel retrogusto infuocato dato dalle spezie ma allo stesso tempo il fatto che fosse distillato con del miele ne addolciva il tutto al palato.

Non posso negare che fosse abbastanza forte da... aspetta come diceva la leggenda?

Ah sì "svegliare i morti e piegare gli eroi" ma forse distillare pozioni e respirare certi fumi aveva temprato la mia gola, cosa che non era ovviamente così per Vyomandros.

Vyomandros sollevò il boccale con una certa curiosità, osservando il liquido che sembrava brillare alla luce tremolante delle lanterne. L'aroma speziato gli pizzicava le narici, ma non volle mostrare esitazione. Portò il boccale alle labbra e prese un sorso deciso.

Appena il liquido gli sfiorò la lingua, sentì un calore esplodergli in gola, si notava dal fatto che diventò rosso fuoco in volto, quasi come se una fiamma si insinuasse fino al petto. Il sapore era un assalto di spezie e fuoco, così intenso da fargli spalancare gli occhi. Cercò di deglutire in fretta, ma il bruciore lo colpì all'improvviso, ed un colpo di tosse violento gli sfuggì prima che potesse fermarlo. Tossì di nuovo, curvandosi leggermente mentre il calore gli risaliva fino agli occhi, facendoglieli lacrimare.

Qualcuno ridacchiò vicino a lui. "La prima volta è sempre così" commentò un avventore con un sorriso sornione, battendogli una pacca sulla schiena.

Vyomandros si schiarì la gola, cercando di riprendere fiato con dignità. "Non è male" riuscì a dire, anche se la sua voce risultò un po' roca.

"Ceeerto, non è male ragazzo!" ribattè Gavren con una grossa risata, mentre Vyomandros continuava a schiarirsi la gola.

Gav riprese la bottiglia e la ripose sotto il bancone, prese uno strofinaccio e si mise a pulire, strofinando vigorosamente il piano di lavoro in silenzio.

Mi poggiai rivolto verso l'uscita guardandomi intorno dando le spalle a Gavren che mi si avvicinò all'orecchio.

Sussurrando in modo da non farsi sentire disse "guarda laggiù nell'angolo, stai a sentire".

"È tutta una farsa" pronunciò ad alta voce uno degli elfi seduti al tavolo mentre giocavano a Nexus.

"In che senso? il Concilio è sacro e lo sanno tutti. Ci hanno sempre protetto le scelte che sono state fatte e alla fine ci hanno permesso di vivere in pace.

E poi a me piace il periodo del Concilio, conosco sempre gente nuova, ti ricordi di quel gruppo che abbiamo incontrato la volta scorsa? Venivano da Nedia, trasportavano delle pietre niente male, ci abbiamo fatto un sacco di Oril."

Il Furto

Stavano giocando a Nexus e bevendo idromele di scarsa qualità allo stesso tempo.

Era il tipico gruppo di mercenari attaccabrighe e dalla mia esperienza, queste situazioni finiscono solo in un modo.

Così mi girai nuovamente cercando di non dare a vedere che li stavo osservando e iniziai a giocherellare con il boccale che era rimasto sul bancone.

"Hei tu al bancone!" blaterò biascicando uno dei componenti del gruppo di mercenari: "Portamene un'altra e di corsa prima che te ne faccia pentire."

"Si proprio tu di spalle, ehi Gav non insegni ai tuoi camerieri a servire ai tavoli?"

"Lascialo perdere" mi disse Gavren "ci penso io sono ubriachi".

"Signori, la dispensa è chiusa finite quello che avete e levate le tende" impose Gavren con la sua voce imponente.

"Ma che modi!" ribattè uno alzandosi dal tavolo con fare alquanto adirato.

"Siamo noi che portiamo il pane sul tuo tavolo Gavren, dovresti mostrare un po' di rispetto ai tuoi clienti" il tipo che sembrava il capo fece un cenno e due che si trovavano a lato del bancone fecero per avvicinarsi, uno di loro mise una mano sulla spalla di Vyomandros "Ehi ragazzino, tu che ne pensi? non dovrebbe essere più gentile con i suoi clienti?"

Vyomandros si voltò e distintamente scorsi la sua mano sinistra infilarsi sotto la tunica rappezzata che indossavamo, i suoi occhi si illuminarono di blu, lui non sopportava questi tipi. Gli attaccabrighe gli facevano saltare la ferlindra al naso e noi sappiamo quanto può essere fastidiosa una ferlindra quando si incaponisce.

Vyomandros scansò la mano del mercenario con veemenza e mentre lo fece, la tunica si sollevò per qualche secondo scoprendo il documento legato alla bisaccia che portava attaccata ai pantaloni.

Si vedeva distintamente il sigillo reale dorato che lo chiudeva, evidentemente il secondo dei due scagnozzi, quello che era rimasto da parte, incuriosito dal sigillo ebbe una brillante idea.

Mentre Vyomandros era distratto nel gestire uno dei due, l'altro infilò una mano sotto la tunica e con impressionante destrezza prese il documento legato alla cintola.

Fece un paio di passi indietro e poi annunciò soddisfatto:

"hei cosa abbiamo qui? il sigillo reale! Capo con questo ci paghiamo il viaggio per intero!"

Io e Vyomandros facemmo per scostare il primo dei due scagnozzi che avevamo vicino per andarci a riprendere il documento quando il primo dei due si precipitò correndo verso l'uscita esclamando "Li lascio a voi, ci si vede!" mentre uscendo ribaltò alcune sedie per impedirci di seguirlo velocemente.

Telepaticamente dissi a Vyomandros "tu occupati di lui, io baderò a questi qui dentro", lui annuì facendo cenno con il capo e schizzò fuori come una furia con gli occhi blu come il cielo.

L'Inseguimento

Potevo vedere distintamente il percorso che quel furfante aveva fatto, non aveva prestato attenzione a nascondere le sue tracce ed inoltre durante la sua fuga, passando per il mercato, aveva divelto diverse bancarelle attirando su di sé l'attenzione di cittadini e guardia reale.

Così decisi di rallentare e seguirlo di nascosto, tanto non avrebbe potuto scapparmi.
Passai attraverso il mercato dove i venditori strillavano esaltando le proprie merci, alcuni vendevano frutti, altri ortaggi, spezie e oggetti d'uso comune, il profumo ed i colori che vedevo non li avevo mai visti in vita mia e rimasi affascinato per qualche momento.
Mi ripresi quando in un piccolo banco mi attirò un piccolo gioiello tra tutti gli altri, un'elfa anziana che presumibilmente ne era la proprietaria visto che era seduta lì di fianco, sollevò il viso e mi fece cenno di avvicinarmi.

"Hai visto qualcosa di tuo interesse straniero?" fece mostrandomi il piccolo banchetto.
"In effetti si" presi il gioiello tra le mani e lo guardai intensamente.
Era di un blu molto intenso con sfumature colore del cielo e del mare allo stesso tempo.
Mi ricordava in un certo senso il colore del cielo notturno, quando da solo viaggiavo per il deserto di Nedia.

"Giovanotto! sei ancora lì dentro?" mi scosse dai miei pensieri l'anziana donna.
Mi guardò facendo gli occhi piccoli, erano anche estremamente furbi a dire il vero, con un sorriso amorevole, quello di qualcuno che ne ha passate tante nella propria vita.

"Facciamo così, visto che ti piace tanto te lo regalo, va bene?" mi mise in imbarazzo, lei non aveva praticamente nulla tranne quello che indossava probabilmente e quei pochi oggetti che aveva sul banco.

"Hai buon occhio, questo ciondolo ha persino un nome, si chiama Linyavalë. Si dice che contenga lo Spirito della Goccia che protegge chi lo indossa dalle sventure."

Giunsi le mani in forma di rispetto per lei e dissi "Non lo dimenticherò, qual'è il suo nome?"

"Il mio nome è Maerlinya giovanotto, ogni tanto passa a trovarmi potrei avere qualche oggetto interessante per te, i prossimi però non saranno gratis" terminò aprendosi con una grossa risata.

Così presi il Linyavalë e lo riposi con cura in un fazzoletto che inserì nella bisaccia.

Nel toccarla mi tornò in mente il furfante che mi aveva depredato del documento reale così tornai con i piedi per terra.
Ringraziai Maerlinya sicuro che l'avrei rivista un giorno o l'altro e proseguì la mia ricerca.

Svoltai un angolo seguendo le tracce del mercenario, infilandomi in un piccolo vicolo che si allontanava dalla strada del mercato, era così stretto che due persone non ci sarebbero passate una di fianco all'altra.

Proseguendo per il piccolo vicolo quasi mi persi nel labirinto che questi costruivano tra loro, arrivai in una grande piazza dove si ergeva maestoso il Tempio dei Soli Gemelli che con la luce del tramonto brillava di un arancio infuocato.

Il furfantello mi aveva fatto girare parecchio prima di individuarlo ma ero quasi certo che fosse all'interno del tempio così decisi di entrare.

Sollevai il cappuccio per evitare di farlo scappare appena mi avesse visto ed invocai l'Ilyarthan per cambiare un po' anche il mio aspetto.
Varcai la soglia e vidi l'interno del tempio, fu uno spettacolo incredibile, noi non avevamo questa architettura così luminosa, così calda ed avvolgente.

Il tempio era diviso in tre grandi navate da delle file di altissime colonne bianche, ogni navata aveva diverse nicchie che ospitavano al loro interno le immagini delle figure più importanti del regno di Eosara quasi come dovessero essere venerate, in realtà l'obiettivo era probabilmente ricordarle insieme alla luce dei Soli.

Al centro del tempio, mentre mi avvicinavo, vidi che una parte del pavimento era stato rimosso scoprendo la nuda terra sul quale era germogliato sopra ad un prato di un verde smeraldo un albero imponente con foglie dorate che luccicavano alla luce del tramonto, il terreno invece era ricolmo di fiori blu, si chiamavano...aspetta...

"Sylphiris, si chiamano Sylphiris" sentii pronunciare da una voce femminile che mi si avvicinava alle spalle.

Mi voltai seguendo quella voce così dolce e la vidi, un'elfa splendida probabilmente faceva parte delle Custodi del Tempio perché il suo abito era impreziosito da Soli dorati, rami e foglie che cingevano la sua figura, rimasi incantato a guardarla e non riuscii ad aprire bocca per qualche secondo. Non avevano assolutamente l'aspetto "marziale" degli altri Custodi perché i Custodi del Tempio erano coloro che avevano rifiutato di imbracciare le armi dopo l'addestramento, come dire erano votati alla pace e non volevano nuocere agli altri, così decidevano di impiegare il loro addestramento per occuparsi dei templi e della cura del prossimo.

"Tanti saluti babbeo!" sentii in lontananza, il furfante stava scappando di nuovo uscendo dal tempio quando l'elfa si voltò verso l'uscita, fece un gesto con la mano e vidi distintamente delle radici muoversi e prenderlo per le gambe.
Fece un tonfo a terra che echeggiò per tutto il tempio, mi fece fare una grossa risata mentre mi avvicinavo per riprendermi il maltolto.

"Pensavi di scappare vero?" lo girai di peso e mentre si dimenava mi diede un pugno in viso che mi fece cadere all'indietro.

Avevo recuperato il documento, così mi voltai verso l'elfa che era chinata a terra osservando la scena divertita.

"Puoi lasciarlo andare ora, non ci serve più...e dimmi, ti fa ridere?" le dissi quasi un po' infastidito.

"Da morire, soprattutto la faccia che hai fatto quando ti ha mollato quel destro!" rispose sghignazzando mentre lasciava andare il furfante che si allontanò in fretta.

Ti sei incantato?

Mi avvicinai a lei che mi osservava piegata sulle ginocchia sorridendo, si sollevò e mi accarezzò il viso sulla guancia sinistra.

"Hai preso un bel colpo" pronunciò quasi sussurrando mentre mi accarezzava.
Sentì un calore sul viso, la vidi sibilare qualcosa ma non riuscivo a distinguere le parole che stava pronunciando.
Il dolore però era svanito in un attimo "E' tutto ok, non preoccuparti, è solo un colpo in viso" probabilmente mi stava curando in quel momento.

"Qual'è il tuo nome?" le dissi rapito mentre la sua mano lasciava il mio viso.
"Mi chiamo Hylea, piacere di conoscerti. Non sei di queste parti vero?"
"Io sono Vyomandros, è un piacere anche per me anche se avrei evitato volentieri di farmi prendere a pugni dal primo furfante che capita."

Lei fece un sorriso, notai distintamente il suo respiro speciale.
Sembrava emanare un'energia molto particolare, come se alla sua presenza mi sentissi più sereno, più in pace.
Mi trasmetteva la pace che trovavo quando facevo le mie lunghe passeggiate nel bosco osservando la flora e la fauna che vi trovavo all'interno.

"Ti sei incantato?" mi chiese inclinando leggermente la testa.

"Si scusami, stavo riflettendo tra me e me" risposi in maniera distratta.

"Cos'è che ti aveva rubato di così importante da inseguirlo in quel modo?" esitai un attimo ma mi sentivo al sicuro con lei, così estrassi dalla bisaccia il documento con il sigillo reale che avevo recuperato, c'era qualcosa di strano.

Era come se percepissi una strana energia su di esso.

Hylea si avvicinò per osservarlo meglio "Qualcosa non va, c'è un velo di oscurità su questo documento; probabilmente non era un semplice furto ma qualcuno voleva immischiarsi nel Concilio di domani. "

"Come fai a sapere che questo documento… "mi interruppe "mi sembra ovvio che tu non sei un normale popolano, i popolani non sono in grado di lanciare un Ilyarthan! "mi toccai il volto, l'incantamento era svanito, probabilmente a causa del colpo che avevo preso.

"Inoltre" aggiunse lei "quell'arma incisa che porti sotto la cappa, è troppo preziosa per un popolano e infine, i tuoi occhi sono gli occhi di un uomo buono, ho capito che non gli avresti fatto del male davvero." concluse.

"Dici che c'è oscurità sul documento? Sei in grado di rimuoverla?" chiesi cercando una soluzione.

"Non credo, per quanto sia capace, rischio di danneggiare il documento, dovremo…" fu interrotta da mio padre e Gavren che stavano entrando nel tempio borbottando tra di loro, quest'ultimo con il suo vocione esclamò "Fantastico. Il Concilio non è ancora iniziato e già abbiamo scintille nell'aria", entrarono agitati entrambi nel tempio così li rassicurai "l'ho recuperato ma qualcosa non va".

Mostrai il documento a mio padre che lo osservò attentamente per qualche secondo.

Chiuse gli occhi e pronunciò:

"Lumen Veritas Aeternum."

Per un attimo, il tempio si rabbuiò, per poi tornare normale dopo qualche secondo, i presenti si guardarono intorno non capendo cosa stesse accadendo.

Hylea sgranando gli occhi commentò "Incredibile, non avevo mai incontrato nessuno che fosse in grado di lanciare il Lumen Veritas, lei deve essere molto importante signore."

Mio padre la osservò per un attimo e distogliendo lo sguardo rispose "Non conta l'importanza, adesso dobbiamo concentrarci su quello che accadrà domani."

Fui sorpreso dalla freddezza con cui rispose ad Hylea, non capì il perché del suo comportamento ma aveva ragione, dovevamo concentrarci sul primo giorno di Concilio che sarebbe arrivato l'indomani.

Ci congedammo dal Tempio rientrando velocemente nella taverna con Gav che non stette in silenzio per un secondo in tutto il tragitto continuando a rimuginare su quello che era successo.

Io e mio padre lo aiutammo a sistemare i tavoli e le sedie che erano stati divelti durante la zuffa di prima ed una volta terminato, stanchi ci sedemmo ad un tavolo.

Anche Gavren si accomodò con noi e ci offrì da bere come ricompensa per avergli dato una mano a sistemare il locale.

Mio padre chiacchierò con lui fino a tarda notte con quella bottiglia di Furia di Drago che si esaurì a fine serata.

Ci ritirammo in stanza e crollammo entrambi in un sonno profondo, esausti ma soddisfatti della giornata alquanto movimentata.

Il Concilio

La schiena mi doleva quella mattina, non ero più abituato alle scorribande da giovanotti.
Mi svegliai perché sentì d'un tratto il suono dei tamburi sotto la finestra, Vyomandros era seduto sul davanzale che ammirava lo spettacolo che si vedeva dalla finestra.

La taverna, dal piano superiore dove eravamo, si affacciava sul corso principale della città, si vedevano le carovane dei diversi regni battenti ciascuno il proprio vessillo, entrare in città trionfanti.
Evidentemente le cerimonie di benvenuto erano già iniziate, noi due ovviamente avevamo fatto tardi... la notte precedente non aveva aiutato ed avevo ancora il sapore della Furia di Drago in gola.

"Hei Vyomandros, potevi anche svegliarmi no? Così facciamo tardi!"
"Stavi russando così profondamente che ho pensato di lasciarti dormire ancora un po', inoltre lo sappiamo come vanno queste cose, le cerimonie di benvenuto prenderanno per lo meno tutta la mattinata..."

"Sei poco lungimirante in alcuni casi, dobbiamo portare il documento a palazzo, inoltre voglio dare un'occhiata ai partecipanti.
Non voglio altre brutte sorprese, abbiamo già dato troppo nell'occhio ieri."

"D'accordo d'accordo, hai ragione, potevo evitare di farmi derubare come un pivello."

"Esatto, adesso renditi presentabile, andiamo verso il Palazzo dei Soli."

Anche se controvoglia, e lo capisco considerato che non gli piacevano i cerimoniali di palazzo, si scostò dal davanzale sul quale era seduto e rovistando negli indumenti che portava sempre con sé estrasse una veste color notte, ricamata con stelle del cielo e raggi lunari che davvero, non lo dico perché è mio figlio, gli donavano un'aria regale.

Mi fissai a guardarlo "E tu non ti cambi?" mi sollecitò visibilmente imbarazzato mentre lo osservavo.

"Certamente" ribattei senza pensarci un secondo, non potevo certo presentarmi come uno straccione a palazzo.

Estrassi la mia veste dalla sacca dimensionale che portavo con me, mi permetteva di portare qualsiasi cosa annullandone peso e spazio occupato, la misi a punto quando ero giovane e la portavo sempre con me.

Anche la mia veste aveva delle impunture dorate su un tessuto blu, leggermente più chiaro rispetto a quella di Vyomandros, la mia iniziava a mostrare i segni del tempo.

Me l'aveva cucita Anthara dopo la nostra unione, era davvero stupenda e ci ero affezionato per questo la indossavo sempre nelle occasioni importanti.

Raccolsi le mie cose e mentre Vyomandros si era avvicinato nuovamente alla finestra dissi "Andiamo, si è fatto tardi".

Scesi al piano inferiore dove Gavren stava ultimando i preparativi per l'apertura del locale per l'ora di pranzo, lo fermai un attimo, ad alta voce dissi "Tienici la stanza anche per stanotte, d'accordo? non mi piace dormire a palazzo", sottovoce poi sussurrai "Vedi di raccogliere quelle informazioni su Kaelyr, mi servono per domattina presto. Verrò prima delle cerimonie di apertura, non mi fido a usare un canale diverso per trasmettere le informazioni."

"Consideralo già fatto" confermò Gav, era un buon amico e mi stava aiutando a fugare alcuni dubbi che nell'ultimo periodo mi erano sorti.
Kaelyr stava sicuramente architettando qualcosa e scoprire cosa era compito mio, anche se non lo sapeva ancora sarebbe stato il compito anche di Vyomandros.

Avevo bisogno del suo aiuto, della sua gioventù, perché la mia era ormai svanita nei meandri del tempo e dello spazio da diverse ere.

Uscimmo dalla taverna di Gavren dirigendoci verso il palazzo reale, le strade pullulavano di cittadini intenti ad osservare lo spettacolo messo in scena dalle diverse casate che mano mano trasportavano i loro averi verso il palazzo dei Soli.

La sorveglianza era notevole, erano stati coinvolti persino i custodi Alogon della Porta del Velo per presidiare e pattugliare le strade durante i trasporti.

Mi stupiva sempre vedere come gli Alogon riuscissero a svolgere le loro attività senza l'uso delle arti magiche e veggenti, inoltre mi faceva tornare in mente quella finestra.

Gli Alogon

Da quella finestra non riuscì mai più ad affacciarmi. Era una finestra con una vista magnifica, ma ormai mi sembrava fosse chiusa anche quando la lasciavo aperta. E la luce che un tempo scaldava, ora entrava fredda e distante. Mi avvicinavo ogni giorno, come fosse un rito, ma mi fermavo sempre un attimo prima, senza mai trovare il coraggio di guardare fuori.
Quella finestra era "la nostra". Era il punto in cui guardavamo insieme il cielo. Ora, invece, ero solo.

Mi ritrovavo spesso a scrivere intere pergamene sulla mia condizione attuale. Forse perché farlo mi faceva sentire apparentemente meno solo, anche se il mio animo era costantemente attraversato da profondi cambiamenti emotivi, difficili da gestire perfino per uno come me.

La mia condizione, che nel mondo Alogon chiamano vedovanza, era in realtà un vuoto che nulla sembrava poter colmare.
In molte circostanze mi sentivo inadeguato. E questa inadeguatezza mi spingeva ad isolarmi, soprattutto perché la relazione con lei era stata al centro della mia vita.
Lei era stata il centro della mia vita.

Era la mia luce. I suoi occhi parlavano più delle parole: sinceri, puri, colmi di una dolcezza disarmante. Gli stessi occhi che ora rivedevo in mio figlio.
Lui somigliava tanto a sua madre. Era forte, anche se non sapeva di esserlo. Proprio come lei. E la loro forza mi ha sempre ispirato a diventare la versione migliore di me stesso.

Sapevo che mi avrebbe lasciato. Sapevo che la vita di Anthara, come quella di ogni Alogon, avrebbe avuto un termine.
Ma l'ho amata lo stesso.
Sarebbe stato più facile scegliere una veggente, una compagna della mia stessa stirpe.

Ma il mio cuore scelse lei ed a lei diedi tutto me stesso.
L'ho amata per ciò che era, una donna meravigliosa.
E anche adesso, che non è più con me, non rimpiango nulla.
Perché l'amore ha sempre un senso.
Ed io, non avrei mai potuto desiderare che fosse andata diversamente nei momenti che abbiamo trascorso insieme.

Ero affascinato dal suo mondo, ed ora, a distanza, lo rispetto ancora di più.
D'accordo, gli Alogon sono esseri privi di qualsiasi potere magico, ma godono della mia più totale ammirazione.
Negli anni vissuti con Anthara ho compreso quanto, per loro, la vita stessa sia un dono sacro.
Noi veggenti, come gli elfi del resto, siamo assorbiti dalle nostre arti magiche, tanto da renderle, nel tempo, l'unico scopo della nostra esistenza.
Gli Alogon, invece, nascono privi di poteri. E forse è proprio per questo che sanno vivere pienamente ogni giorno.
Non dominano il tempo, non leggono la mente eppure sorridono, si emozionano, si innamorano.
Non hanno l'eternità, ed è proprio questo che rende ogni loro istante così pieno.

È per questo che mi sono perdutamente innamorato di una di loro.
Hanno un coraggio immenso, nonostante la fragilità.
Se avessi avuto un cuore umano, mi sarei già riunito a lei.
Ma sto pagando il prezzo della mia lunga vita, che in un certo senso mi costringe a rivivere ogni giorno...una dolce condanna.

Lei mi diceva sempre che voleva vedermi felice anche se sembrava una cosa scontata da dire, anche se sapeva che la mia felicità, un giorno, non avrebbe più incluso lei.
Quello fu il più grande gesto d'amore che abbia mai ricevuto.
E l'insegnamento più prezioso che potessi trasmettere a nostro figlio.

Crescere Vyomandros da solo non era nei miei piani, Anthara se n'era andata troppo presto anche per essere un Alogon.
E nel silenzio della notte, mi chiedevo spesso se stessi facendo abbastanza per lui.
Poi lo guardavo. E lo vedevo sempre più simile a lei.
Legato alla sua metà umana, che lo rendeva diverso, unico e speciale agli occhi di chiunque, nel nostro mondo.

Certo, dopo tutto quel dolore cercai di lasciare spazio ai ricordi felici. E così, quasi senza rendermene conto, ricominciai a vivere. Mi concessi, giorno dopo giorno, una possibilità.

Quando i ricordi riaffioravano nella mia mente, non li respingevo: li lasciavo scorrere, come l'acqua impetuosa di un fiume e li trasformavo in scritti che forse un giorno avrei avuto il coraggio di rileggere. Avevo trovato un modo efficace per rivivere quei ricordi senza usare la mia magia sentendomi nel mio dolore ancor più vicino a lei. Anche se sognavo ancora, le mie visioni ormai non c'erano più, scrivere mi aiutava a tenere viva la memoria.

Aelvaran mi aveva accompagnato in ogni avventura. Anche quella mattina, fiero e maestoso com'era sempre stato, mi fissava con i suoi grandi occhi profondi, il collo possente ed il manto nero lucido, morbido come velluto. Aveva il dono raro di farsi comprendere senza bisogno di parole. Lo consideravo davvero il mio più grande amico.

Quella mattina, avevo cercato disperatamente nella cucina della locanda, l'ultima bustina dell'infuso di Sovaryl. Chiesi all'oste di controllare nella dispensa, ma era finito. Ultimamente solo quella tazza fumante, con il suo aroma che si disperdeva nell'aria come un abbraccio invisibile, riusciva a calmare la mia mente. D'altronde la gestione dei miei poteri talvolta richiedeva degli sforzi importanti e mi sfiniva.

Mi trovavo a Rioferro per una commissione così decisi di montare in sella ad Aelvaran e dirigermi verso Nerion, la città degli Alogon, conosciuta anche come la Città della Soglia.

All'interno di Galaris, questo popolo, che tanto mi affascina, è riuscito a resistere, adattarsi e crescere, pur non possedendo alcun tipo di abilità magica straordinaria.

Non è un caso che la posizione strategica di Nerion si trovi esattamente a metà tra i domini degli elfi e quelli dei veggenti. Quasi a voler simboleggiare, o forse, davvero creare, un ponte tra le razze.

Così, cavalcando in direzione dei Soli Gemelli, mi ritrovai in breve tempo a percorrere le antiche strade in pietra della città.

Gli zoccoli di Aelvaran non aderivano bene su quella superficie liscia e dura e così passai da un galoppo deciso ad un trotto più lento.

Dopo un po', mi resi conto che stavo girando in tondo, seguendo i cerchi concentrici di Nerion, forse creati apposta per disorientare i visitatori stranieri. Avevo perso il senso dell'orientamento. Ero sempre stato attratto dalla bellezza di quella città, tanto da lasciarmi confondere. Era passato un bel po' di tempo dall'ultima volta che ci ero stato, ma ne rimasi sempre affascinato, ogni angolo in cui mi voltavo sembrava un invito a restare ancora un po'.

Una città piena di vita, vibrante. Le sue strade brulicavano di passi, risate e voci che si rincorrevano tra i vicoli ed i mercati. I profumi cambiavano ad ogni angolo: spezie dolciastre, legni aromatici, fiori rari... ogni respiro era un viaggio.

Mi lasciai alle spalle la piazza del mercato e prosegui dritto, finché non mi ritrovai, poco dopo, davanti alla bottega di Marethon. Tra le strade che si intersecavano si intravedeva in lontananza, maestosa, la Porta del Velo, l'antico passaggio magico che simboleggiava la soglia tra il mondo elfico e quello veggente.

In quella città frenetica, quel vicolo sembrava un'oasi di pace. Tra le mura in pietra, un'insegna di legno scolorita dai soli recitava, con lettere ormai sbiadite un nome molto semplice: "La Bottega delle Erbe".

Dopo aver legato Aelvaran ad un anello di metallo fissato al muro, entrai. Come ogni volta, mi colpì l'atmosfera all'interno: scaffali che rivestivano ogni parete, barattoli in vetro etichettati e perfettamente allineati, pieni di foglie essiccate, radici, bacche e chissà cos'altro. Un mondo sospeso tra alchimia e tradizione.

Davanti al bancone non c'era nessuno. Allora allungai la mano e suonai il piccolo campanello, annunciando la mia presenza. Pochi istanti dopo, comparve Marethon, il mio amico: alto, asciutto, elegante, con la barba curata ed il solito sorriso gentile.

"Finalmente! Bentornato Vyomar, amico mio! Iniziavo a preoccuparmi, come stai? "

"Buongiorno anche a te, amico! Beh... Sto andando avanti... cercando di fare del mio meglio per mio figlio!" risposi sorridendo, era trascorso del tempo ed ero veramente felice di rivederlo.

"Capisco. Non è facile, ma ricorda che puoi contare sempre su di me se ne hai bisogno! Credo di sapere perché sei tornato, l'infuso è qui, te ne avevo messo da parte un bel po', solo per te. Ti sembrerà pretenzioso ma, stavolta la qualità è ancora più alta... direi che mi sono superato!"

Lo guardai con ammirazione e poi sorrisi. Per Marethon, la vendita non era mai solo commercio: era relazione, cura, scambio autentico.
Si leggeva nei suoi gesti, nel tono della voce. Amava quello che faceva e si vedeva. Non era solo una sua peculiarità: era parte della natura degli Alogon. Lavoravano con dedizione, erano davvero convinti che i loro prodotti potessero diventare indispensabili nella vita di qualcun altro.

"Ti ringrazio" gli dissi, prendendo il pacchetto "ma lo sai che per me il tuo Sovaryl è sempre stato impeccabile."

Presi gli Oril dalla mia tasca e li poggiai sul bancone.
"No! Stavolta offre la casa, permettimi di farti questo regalo" mi disse.

Insistetti per un po', ma poi decisi di accettare. Stavo per andarmene quando all'improvviso udimmo un suono provenire dall'esterno. All'inizio flebile, quasi impercettibile, ma che cresceva nel tempo con forza, fino a rompere la quiete sospesa della bottega. "È l'ora del rituale!" concluse ad alta voce.
Lo guardai poi gli feci un cenno d'intesa con il capo e lui ricambiò dicendomi:
"Ci si vede Vyomar! Stammi bene, mi raccomando "
"Grazie ancora per l'infuso Mar! Ti prometto che ci rivedremo presto! "

Una volta recuperato Aelvaran, seguì quel suono che ormai avevo riconosciuto. Più avanzavo, più mi rendevo conto di dove mi stesse conducendo ... Alla Porta del Velo. Mi ritrovai immerso nella folla. Vedevo i volti degli Alogon ed era come se ognuno di loro, pur condividendo lo stesso spazio e lo stesso istante, stesse vivendo un'esperienza personale, così decisi di lasciarmi trascinare anch'io da quella sensazione.
Era in corso il rituale più atteso del giorno, che attirava l'attenzione di tutti.
La porta, che fino a poco prima sembrava immobile, ora emanava una luce potentissima e sembrava rispondere al suono.

Ai lati, due Alogon. Solenni. Imponenti.
Nonostante la rigidità dei loro movimenti, emanavano un'aura di mistero, come se incarnassero il legame tra il mondo umano e quello magico, erano i Custodi della Porta del Velo.

Poco dopo, le guardie furono sostituite da altri due Alogon. Il passaggio avvenne senza parlare, con una serie di gesti precisi, inchini solenni, segnali carichi di significato.
I movimenti, lenti ed armoniosi, conclusero lo scambio.
Quando le nuove guardie si posizionarono ai lati della porta, il rito fu completo e tra la folla ci fu un tripudio di applausi.

Gli Alogon non smettevano mai di sorprendermi. Pensai che quegli uomini agivano con una convinzione che sfidava qualsiasi spiegazione. Non erano animati da un interesse personale, ma da un senso del dovere che mi toccava profondamente.
Compiere quel rito non era necessario, la Porta non aveva bisogno di essere protetta, probabilmente però non potevano farne a meno. Rappresentava l'anima stessa della loro città, il cuore che batte al centro di Nerion e forse la custodivano per dimostrare a sé stessi e al mondo che, nonostante non possedessero nessun potere magico, la loro determinazione era incrollabile.
Inoltre, non disponendo di poteri, utilizzavano la forza fisica e le armi prodotte dai loro artigiani per combattere, nel corpo a corpo erano devastanti.

Il Palazzo dei Soli

Tornando al Concilio, arrivare a palazzo non era semplice perché le strade erano state chiuse al passaggio per evitare che qualche individuo con intenzioni non proprio pacifiche potesse avvicinarsi.
Dovetti estrarre il mio Astryalis, impugnarlo ed imporlo a terra. Incuteva timore alle persone che incrociavamo, persino la guardia reale tendeva a spostarsi.
Lo facevo raramente ma in alcune occasioni mal sopportavo la calca che ci impediva di passare.

Districandoci tra le strade, finalmente giungemmo a palazzo. Era maestoso, gli Elfi sapevano davvero il fatto loro in termini di architettura ma più in generale sapevano il fatto loro sotto l'aspetto della cultura e dei modi di fare.
Erano molto affabili e le loro città molto luminose e ricche di verde.

A volte restavo abbagliato dalla loro architettura e dall'unione che riuscivano a intessere con la natura, non dico di esserne invidioso ma sicuramente affascinato, questo sì.

Io e Vyomandros entrammo a palazzo dall'ingresso che era stato riservato al personale diplomatico, all'entrata i controlli erano molto stringenti a causa dei tafferugli che nelle giornate di preparazione erano stati avvistati in città.

Dopo aver passato le verifiche da parte delle guardie reali, voltammo l'angolo trovando ad aspettarci Seryndra Val'shael, il capitano delle guardie reali di Eosara.

Era poggiata con la schiena al muro del corridoio, di fianco alla guardiola, sentì che stava discutendo con uno dei suoi delle misure di sicurezza che erano state messe in campo nei dintorni della città.

Ci vide arrivare così congedò il soldato e staccandosi dalla parete con un colpo di reni, si avvicinò a noi. Aveva un portamento fiero ma allo stesso tempo era evidente che quella non era sempre stata lei.

La conoscevo da quando era bambina, Seryndra era sempre stata una birbante.
All'inizio, quando la conobbi, abitava con i suoi nella zona del porto qui ad Eosara.

Con i suoi genitori avevamo combattuto insieme nella Guerra delle Radici Spezzate alcuni decenni prima.
Purtroppo erano rimasti vittime dello scontro, alla fine della guerra io rientrai a Velmora per prendermi una pausa dalle incombenze che la corona di Eosara mi affidava e che in quel periodo erano state quasi impossibili da sopportare, d'altronde le decisioni non sono mai semplici soprattutto in guerra.

Quando, dopo qualche anno, rientrai ad Eosara, seppi che era stata affidata, insieme ad altri orfani, ad un gruppo di genitori che avevano perso i propri figli.
Avevano costruito un ambiente dove questi ragazzi sarebbero potuti crescere con le cure di genitori che, anche se avevano perso i propri figli, erano comunque pronti a dare tutto l'affetto che sarebbero riusciti a trasmettere, in fondo i legami non sono necessariamente di sangue, a volte ci sono rapporti che lo trascendono.

Era comunque un'impresa titanica considerando quanti bambini erano stati portati in questi centri per orfanelli.

Così lei dovette provvedere a sé stessa, in qualche occasione anche con qualche piccolo furto per sopperire a qualche mancanza.

Le cose cambiarono quando dovette lasciare la sua sistemazione da bambina, avrebbe dovuto decidere della sua vita ed il tempo di vivere di espedienti era terminato per lei. Fu abbastanza intelligente da capirlo alla svelta, mantenne la sua scaltrezza ma allo stesso tempo apprese che il lavoro e la dedizione l'avrebbero portata un giorno a conquistare il rispetto e lo status sociale che dentro di sé sentiva di meritare.

"Ce l'avete fatta ad arrivare è? Vyomar vecchio mio bentornato!"
Mi accolse Seryndra mettendo una mano sulla mia spalla, era sempre di buon umore quando eravamo insieme, nonostante le sue responsabilità.

"Astryalis come al solito ha fatto la sua parte" dissi sorridendole, mi sentivo un po' come su nonno.

"Venite, il Re ci aspetta nella Sala dello Stratega, dobbiamo discutere di alcune cose."

"Hai proprio ragione, abbiamo diverse cose da comunicare a te ed al Re" soggiunsi.

Lei si girò e fece strada all'interno del dedalo che si dipanava nei sotterranei del palazzo dei Soli, i soldati andavano e venivano costantemente, sempre di fretta ma in maniera composta ed ordinata.

Si sentiva odore di carbone e ferro battuto, il fabbro del castello era al lavoro per affilare e rendere lucenti le armi di rappresentanza che l'esercito avrebbe utilizzato nella cerimonia di apertura.

Allo stesso tempo, Seryndra passando davanti alle varie stanzette che davano sul corridoio principale forniva in continuazione ordini riprendendo qui uno e li l'altro per i più disparati motivi.

C'è chi aveva indossato male l'uniforme, altri che avevano dimenticato di lucidarne gli stivali o qualche altro pezzo di armatura.

Dopo alcuni minuti arrivammo alla Sala Grande del castello dei Soli Gemelli.

Un grande dipinto era stato inserito nell'area centrale della sala, raffigurava la famiglia reale in tutto il suo splendore anche se visibilmente Re Aerendyl Thalanor non era il tipo da restar fermo in attesa che un pittore completasse il dipinto.

Si diceva che a parte il viso, costui decise di usare una controfigura che, si, gli somigliava fisicamente ma non rispecchiava effettivamente il suo portamento.

D'altronde il Re poteva giustificarsi come e quando voleva, in quell'occasione disse che aveva "cose d'importanza regale" da fare.

Venni a scoprire che sua moglie, la Regina Elarion, lo trovò nella stalla ad accudire il suo cavallo.
Il suo fidato Ariden aveva un mantello nero corvino con gli occhi che tendevano al viola in alcuni casi. Durante le occasioni importanti veniva vestito con i colori del regno e questo dava fastidio al Re che appena possibile letteralmente correva a spogliarlo di nuovo.

Il Re inoltre non disdegnava giocare a Nexus, anche insieme alla sua consorte perché lo considerava "un esercizio di tattica e strategia militare". In effetti lo era ma debbo dire che la Regina Elarion era più brava di lui e questo, nove volte su dieci, significava che lei finiva la partita con una grossa risata mentre lui cercava di capire dove aveva sbagliato.

Era comunque un elfo estremamente caparbio e capace infatti, poi, cercava di farsi spiegare da Elarion dove avesse sbagliato e lei, puntualmente, gli forniva le spiegazioni che gli servivano.

Tornando al dipinto, di fianco al Re era rappresentata appunto la Regina Elarion che era al suo fianco. Era alta, quasi quanto il Re a dire il vero e infatti lui le chiedeva sempre di indossare delle calzature più basse possibile per cercare di risultare almeno della stessa altezza.

Nel dipinto indossava un abito molto pratico color giada con bordature rosso cremisi ed intarsi dorati, la capigliatura era raccolta in uno chignon sostenuto da dei fermagli impreziositi da delle ametiste che richiamavano il colore dei suoi occhi, molto profondi.

Trasmettevano entrambi senso di controllo e devo ammettere che sotto la loro guida le difficoltà erano notevolmente diminuite, il popolo si era ripreso dopo la Guerra delle Radici Spezzate.

"Hei Vyomar, ti sei incantato come al tuo solito?" mi risvegliò Seryndra.

"Perdonami, stavo ammirando il dipinto" risposi.

"Guarda che lui è lì dentro, puoi vederlo di persona, non c'è bisogno di guardarlo nel dipinto!" concluse sorridendo.

Proseguimmo per la piccola anticamera che precedeva la Sala dello Stratega dove due soldati che tenevano le lance incrociate, sorvegliavano l'ingresso.

Alla vista di Seryndra, i due sollevarono le lance per liberare il passaggio e fecero un cenno d'intesa, per salutare il loro capitano.

Seryndra ricambiò il saluto con lo stesso cenno del capo e bussò alla pesante porta in legno intarsiata.

"Entra pure Seryndra, i tuoi mi hanno avvisato che stavi arrivando con Vyomar" si sentì dall'altra parte del portone.

Lei aprì la grande porta che era in effetti molto pesante, quando la mosse del pulviscolo cadde dalla cima della porta ed i raggi del sole artificiale che era stato invocato all'interno della sala lo attraversarono quasi accecandoci.

Passato qualche secondo iniziai a distinguere dapprima le figure all'interno della sala e poi i volti.

Davanti a me c'era il Re ed al suo fianco la Regina mentre sul lato sinistro prese posto Seryndra. Di fianco a lei alcuni suoi sottoposti, i più fidati, erano autorizzati a partecipare agli incontri nella Sala dello Stratega.
Dalla parte opposta, prendevano posto uno dei suoi consiglieri più fidati Thalben Korr e la sua fata, Liora.

Entrammo ed i soldati richiusero la porta alle nostre spalle.

Capitolo 2:
Le trame in terra Eosariana

"Miei fidati consiglieri" iniziò il discorso il Re "sapete che vi ho riunito qui per un buon motivo, ho dei forti sospetti che il Concilio questa volta non sarà cosa affatto semplice" pronunciò mentre si voltava guardando attentamente ognuno di noi.

Come faceva di solito mentre rifletteva, prese a camminare per la stanza... "Forza, ognuno per propria competenza, ditemi cosa avete scoperto, Vyomar inizia tu giacché siete arrivati adesso."

"D'accordo Sire" risposi prendendo un gran respiro.

"Per favore chiamami Aerendyl, facciamola finita con tutti questi cerimoniali. Arriviamo al sodo." indicò il Re visibilmente agitato, non era da lui esserlo, era sempre il tipo che prendeva le cose con calma.

"Comincerò dall'inizio, come sapete, siamo partiti da Velmora per venire qui ed il viaggio è stato a dir poco chiarificatore.
Il nostro sospetto sul degrado del potere magico è stato confermato dai Custodi di ogni singola Torre che abbiamo incontrato.

Ieri ho potuto constatare che anche la Torre dei Soli Gemelli ha in sé lo stesso comportamento, sebbene ancora gli effetti sul regno di Eosara non siano così marcati come nelle terre di confine più a nord.
E non è tutto, sapete perfettamente che la Porta del Velo è fondamentale per il nostro equilibrio, io e Vyomandros siamo riusciti a passare senza particolari difficoltà.
È vero che abbiamo dalla nostra delle capacità rare ma questo non significa che per i sei regni non possa esistere qualcuno in grado di eguagliarci e che ancora non si sia manifestato."

"Inoltre" aggiunsi, "sappiamo per certo che in città c'è movimento, ieri l'esca che avevo preparato ha dato i suoi frutti, un furfante è stato attirato dal potere latente che avevo infuso nel documento reale, l'ha rubato e dopo averlo recuperato sono stato costretto ad invocare Lumen Veritas per dissipare l'energia delle ombre che si era accumulata sul documento."

Vyomandros mi guardò stupito, a volte per ingannare i tuoi nemici devi ingannare prima i tuoi amici... Avevo preparato quel documento in modo che attirasse effettivamente l'attenzione ma se gli avessi detto qualcosa il ragazzo non avrebbe reagito in modo così spontaneo come invece ha fatto.

"Dunque, il sospetto che avevamo era fondato" aggiunse il Re.

La Regina Elarion osservava la mappa incisa sul Tavolo di Calendor che veniva usata per pianificare le strategie militari, pianificare gli spostamenti e per avere una visione d'insieme della situazione.

"Manca Thalendir a questo tavolo" osservò Elarion "Ci serve anche il suo punto di vista per poter prendere una decisione.

"Sono d'accordo" confermò il Re, "Seryndra è arrivato a palazzo?"

"Non ancora Sire, stamattina insieme a sua figlia dovevano prima sbrigare un impegno urgente al Tempio"

"Giusto" ribattè Aerendyl.

"Vai e appena arriva a Palazzo portalo qui immediatamente".

Seryndra uscì dalla Sala dello Stratega chiudendo il portone alle sue spalle mentre noi continuavamo a discutere del concilio.

"Tocca a te Thalben, che cosa hai scoperto?" Aerendyl riprese il discorso.

"Liora, vuoi parlarne tu?" fece Thalben girandosi verso di lei come se...come se lui non fosse in grado o non sapesse bene come spiegare la cosa, "su non essere timida, dicci quello che hai scoperto" concluse Thalben.

"D'accordo d'accordo, lo spiego io. Ho parlato con le fate della Foresta di Nimodia, l'energia di Galaris sta gradualmente calando ma questo non è normale.

In passato avevamo già assistito a periodi di carestia che naturalmente riequilibravano l'energia delle anime del mondo.

Questa volta è trascorso troppo poco tempo dalla guerra delle Radici Spezzate per poter giustificare un deterioramento così massiccio dell'energia.

Abbiamo visto più volte che Galaris ha dei limiti di sopportazione ma questa volta non ci siamo vicini, neanche lontanamente.

Io e Thalben abbiamo già provato a fare una stima rispetto alle volte che noi fate ci siamo trovate a vivere.
Sin dall'alba della terza era non si era mai visto un calo così drastico delle energie."

Thalben aggiunse "Stavolta non possiamo sbagliare Sire, i sei regni devono assolutamente collaborare e stringere un accordo per mettere insieme una strategia efficace. Le nostre macchine non potranno salvarci da altre carestie".

Aerendyl fece un sospiro, carico di tutto il peso che sentiva sulle proprie spalle e mentre camminava per la stanza, voltò le spalle al portone che lo separava dal resto del castello. Poggiò le mani sul tavolo chinando la testa tra le braccia, come se stesse cercando la forza di affrontare quello che li aspettava.

Il portone si aprì lentamente, Seryndra stava rientrando con Thalendir che era appena giunto al castello.

Era un po' di tempo che non lo vedevo, era sempre il solito tutto d'un pezzo e anche lui stavolta aveva il volto preoccupato.

Aveva sicuramente percepito il tono della discussione dalle nostre facce e dentro di me sapevo che le parole di Liora prima e di Thalben poi, avevano messo in agitazione anche me.

Richiusero il portone per evitare che all'esterno si sentisse ciò che stavamo discutendo, Seryndra riprese il suo posto mentre Thalendir entrando con passo appesantito dall'età poggiò una mano sulla spalla del Re come a dargli conforto.

"Ce la faremo Aerendyl, come abbiamo sempre superato tutto ce la faremo anche stavolta."

Thalendir sembrava essere l'unico con la certezza che tutto sarebbe andato per il meglio, anche se non possedeva capacità veggenti la natura in sé ha dalla sua la saggezza e la fermezza che a Galaris serviva davvero.

Una flebile speranza

"Vyomar, amico mio" mi rivolse la parola Thalendir inaspettatamente "Avrò bisogno del tuo aiuto per portare avanti il mio piano... dovrai farmi un prestito" continuò dicendomi "Non posso farlo da solo e non sono neanche sicuro che funzionerà ma non vedo alternative.
Aerendyl, avrò bisogno della tua fiducia perché ora non posso proprio spiegarti cosa dobbiamo fare. Se te lo spiegassi, domani Re Lysarion mi metterebbe alla gogna, gliene ho già parlato ma non la pensa come me... Ve ne parlerò quando sarete assieme agli altri ma fidati di me ho un piano e qualsiasi sia il prezzo da pagare lo pagherò in prima persona se necessario e sono certo che anche Vyomar e Thalben pensano la stessa cosa, per il momento fidatevi."

"Cosa volete che vi dica" ribatté Aerendyl "proverò ad ottenere il supporto degli altri regni, ditemi cosa vi serve e farò il possibile".

"Faremo il possibile" aggiunse la regina Elarion.

"Domani accoglieremo i nostri pari degli altri cinque regni di Galaris, non proferite parola di quello che ci siamo detti stasera, devo trovare il modo giusto per dare la notizia...Anche se non c'è un modo giusto" disse Aerendyl sollevando lo sguardo dal Tavolo di Calendor.

"Vi terrò lontani gli occhi, voi cercate di essere discreti e fate quello che ritenete necessario ma mi raccomando, informate la regina Elarion mentre io sarò occupato con i convenevoli dei benvenuti".

"Certamente Sire" rispondemmo in coro.

La notte porta consiglio

Mio padre e quell'elfo, Thalendir, si allontanarono insieme e mentre lui sembrava avere un'espressione decisa sul da farsi vedevo che mio padre per la prima volta dopo eoni non sapeva, non aveva visto cosa sarebbe successo.

L'incontro con il Re aveva occupato tutto il giorno ed ero abbastanza stanco vista la mattinata turbolenta e le preoccupazioni che mi aveva messo quella conversazione.

Decisi di fare due passi uscendo dalla Sala dello Stratega, Seryndra si congedò tornando verso l'entrata principale dove sicuramente avrebbe avuto il suo bel da fare mentre Liora e Thalben iniziarono un chiacchiericcio a cui non volevo partecipare affatto.

Il Re e la Regina stettero nella Sala mentre io uscì.
Mi mossi nei corridoi, sentì un profumo di cibo incredibile, d'altronde non avevo mangiato per tutto il giorno, un giovane come me dovrà pur nutrirsi no?

Così mi avvicinai alla cucina, all'interno il personale era letteralmente impazzito, vedevo schizzare cuochi e servitù in ogni direzione nonostante l'ora tarda.
D'altronde preparare un banchetto per un concilio non doveva essere cosa semplice.

Fermai una giovane elfa della servitù implorando di poter avere qualcosa da mettere sotto i denti e con mia somma soddisfazione venni accontentato.

"Non farti vedere però mentre lo mangi, doveva essere per il banchetto di domani ma tanto un piatto in più o uno in meno sicuramente non farà la differenza... senti ma, sai che sei molto carino? Com'è che ti chiami?" mi disse la giovane elfa, abbastanza sfacciata pensai a dire il vero.

La ringraziai con un sorriso "sono Vyomandros, piacere di conoscerti", "lei rispose "Merithiel Emberhand per servirti, cuoca ufficiale del Concilio!" mi disse visibilmente molto orgogliosa facendo un inchino semplice.

Assaggiai il piatto che mi porse con gentilezza "Slurp... mmh..." il cucchiaio tornava ritmicamente al piatto. Il mio silenzio era eloquente: stavo gustando ogni aroma, ogni spezia, come se da quel piatto dipendesse la mia stessa vita." mentre lei con gli occhioni verdi giunse le mani inclinando il capo di lato e facendo un gran sorriso.

"Ti piace?" disse mantenendo il suo sorriso "Da morire, non ho mangiato nulla da ieri sera ma".."gnam"..feci mentre continuavo a mangiare "m-ma non è solo fame è davvero buono!" risposi tra un boccone e l'altro.
"Vieni quando vuoi, ti aspetto" concluse lei facendo un occhiolino.

"Guarda che lo farò veramente, non hai idea di quanto io possa mangiare dopo un allenamento" dissi restituendole il piatto vuoto.

"Grazie, mi hai svoltato la serata Merithiel" le dissi "aspetta voglio ringraziarti in qualche modo, ti insegnerò una ricetta del mio paese."
Ci pensai su un attimo e poi le presi le mani, le trasmisi mentalmente la ricetta del Tharnelor d'Inverno, adoravo quel piatto soprattutto nei giorni freddi dell'inverno velmoriano.
Il suo gusto robusto ed aromatico a base di carne di cervalbo, mi riscaldava sempre corpo e spirito dopo un incontro importante o un allenamento.

"Ma è fantastico! Ho sentito perfino il suo profumo..." disse riaprendo gli occhi "lo preparerò per il banchetto di domani, un piatto da vero Veggente" e corse in cucina cercando gli ingredienti per la preparazione immagino perché mi lasciò lì a guardarla, sorrideva ed evidentemente adorava il suo lavoro.

Ora con la pancia piena, avevo bisogno di prendere un po' d'aria, salì negli alloggi che avevano riservato a noi consiglieri, lasciai le mie cose nella stanza arredata per l'occasione con i vessilli di Velmora e camminando per il corridoio vidi che una balconata era aperta verso l'esterno.

Mi avvicinai, si vedevano le montagne del Teliandest in lontananza con una leggera foschia che proveniva dal mare e la luce della luna che proiettando all'interno del corridoio un bagliore leggero, rendeva magico quel momento.

Camminai fino al balcone e mi poggiai sul parapetto in marmo, freddo a dire il vero considerando che la temperatura dell'aria era tiepida, una leggera brezza mi colpiva in viso mentre ammiravo il porto di Eosara e la luna sopra di esso a rischiarare la notte.

Ero immerso nei miei pensieri quando sentì dei passi dietro di me, leggeri, sentivo il suono di un piccolo tacco picchiettare il pavimento.
Non mi girai, sentivo che non correvo pericoli.

Una figura femminile si fece avanti di fianco a me, poggiando le braccia sul parapetto come ero io in quel momento.

Era in controluce rispetto a me, potevo vederne il profilo del viso, morbido ma allo stesso tempo tagliente, deciso per così dire.
I suoi occhi erano color dell'ambra, con delle ramificazioni dorate mentre la pelle, chiarissima, rifletteva i raggi lunari sembrando un tutt'uno con essi.

Si voltò verso di me, notai il vestito pregno di foglie ed arbusti mentre tra i capelli, sul lato opposto rispetto a quello che avevo visto c'era un fiore appuntato tra i capelli all'altezza dell'orecchio sinistro, un Sylphiris.

"Ci incontriamo di nuovo, Vyomandros, ricordi? il tempio oggi pomeriggio"

Feci cenno di sì con la testa, quasi inebetito dalla sua presenza, come oggi pomeriggio.

"Ti sei incantato di nuovo?" disse sorridendo.

Mi ripresi un attimo balbettando "ehm m-ma, che...che ci fai tu qui?" dissi schiarendomi la voce.

"Come che ci faccio, domani c'è il concilio no? sono una delle Custodi del Tempio dei Soli, ci siamo incontrati lì oggi, ricordi?"

"Ah sì certo, hai ragione... che stupido" ammisi sempre più inebetito, mi metteva sì tranquillità ma anche soggezione. La trovavo estremamente bella, di una bellezza quasi irraggiungibile.

Eppure era così semplice, diretta... ricordavo il suo tocco quando mi aveva curato oggi pomeriggio.

"Fammi vedere" disse toccando di nuovo il mio viso "sembra tu sia guarito alla perfezione" affermò accennando un sorriso.

Il suo tocco era così caldo e fresco al tempo stesso, capì che questa donna aveva qualcosa di speciale.

"Hylea, giusto?" chiesi tornando dalla balbuzie che mi aveva colpito negli ultimi trenta secondi.

"Giusto" ribattè dando un leggero colpo sul viso ed allontanando la mano, si voltò nuovamente verso il panorama osservando la luna.

"... e tu sei Vyomandros, figlio di Vyomar di Velmora" aggiunse "Piacere di conoscerti di nuovo Vyomandros"

"Piacciono anche a te i panorami è?"

"Soprattutto la tranquillità, il poter stare un po' con i propri pensieri è fondamentale per noi Veggenti."
Vidi che una lacrima le solcò il viso sul lato che mi stava mostrando, la raccolse con l'indice della mano destra come se non volesse mostrarla, come se avessi detto qualcosa che in qualche modo potesse aver scatenato una reazione in lei.

"Che ti succede?" le chiesi quasi... preoccupato...l'avevo appena conosciuta, da qualche minuto ed era già importante per me.

Non feci in tempo a fare quella domanda che sentimmo sbattere con forza il portone del cancello nord del castello, una serie di fiaccole si accesero nell'oscurità parziale dei vicoli del castello e corsero verso il portone con alcune voci di soldati che arrivarono fino a noi, trasportate dal vento.

Si sentì urlare una voce femminile: "Ai cavalli muovetevi, dobbiamo riprenderli!" e dopo qualche secondo due destrieri con relativi cavalieri partirono al galoppo in tutta fretta passando attraverso il portone che furichiuso subito dopo da altre fiaccole in movimento sulle mura di cinta.

"Andiamo a vedere che sta succedendo..." dissi ad Hylea che rispose con un cenno del capo annuendo.

Ci voltammo e dirigendoci verso il piano terra trovammo Seryndra Val'shael nella guarnigione, un capannello di soldati stava circondando qualcosa al centro della stanza.

"Come hanno fatto ad entrare! mi dovete spiegare che diavolo stavate facendo, perché non li avete intercettati dannazione! Sono entrati e usciti praticamente indisturbati, nessuno di voi ha visto niente?"

Uno di loro, uno dei soldati della guardia reale era immobile con un bicchiere in mano, aveva assunto il colore della roccia, mi avvicinai per toccarlo...Era stato pietrificato.
Degli altri due invece, uno sembrava delirare, continuava a ripetere "quegli occhi, quegli occhi neri come la notte! aiutatemi! no! non voglio!" mentre l'altro era quasi come assente, sembrava qui solo nel corpo... Seryndra prese un secchio d'acqua e gliela rovesciò in volto ma lui stette lì senza proferire parola, poi gli diede un paio di ceffoni talmente forte che l'impronta della sua mano rimase impressa sul viso del poveretto ma non sortì alcun effetto.

Si inginocchiò davanti a lui per guardarlo bene in viso, aveva gli occhi spenti, la sua iride sembrava fusa con la pupilla come quando gli occhi vengono esposti ad una grande oscurità e la pupilla si dilata per far entrare più luce possibile.

Mi avvicinai per guardar meglio, la sua era praticamente scomparsa, pupilla e iride erano un tutt'uno di un color nero abissale.

Anche Hylea volle osservarlo meglio "il suo animo è stato prosciugato, non è rimasto nulla qui se non il suo corpo" disse portandosi una mano sulla bocca, per la prima volta la vidi perdere la sua tranquillità e nella sua voce si udì la paura.

"Raddoppiate le ronde e qualsiasi movimento voglio che mi venga riferito immediatamente! E se scopro qualcuno di voi a dormire mentre è di guardia lo do in pasto ai Draghi della Torre, quanto è vero che mi chiamo Seryndra! Al lavoro!"

I soldati si dispersero tornando ciascuno alle proprie postazioni di guardia con un brusio di fondo inequivocabile, erano tutti in tensione per quello che era appena accaduto.
Anche Seryndra era visibilmente scossa, poggiò una mano sullo stipite della finestra, la aprì e guardando fuori fece un sospiro che parlava da sé.

"Custode, ti viene in mente niente per spiegare una cosa del genere?" si rivolse ad Hylea, probabilmente aveva notato il suo abbigliamento oppure la conosceva, non saprei dire.

"E' sicuramente un potere che va oltre le mie conoscenze, in loro è come sparita l'anima, non so come altro descriverlo...Anche se due di loro paiono vivi all'apparenza in realtà non rispondono più." Fece Hylea preoccupata.

"Fino a qui c'ero arrivata anche io, mai visto nulla del genere in tutta la mia vita" concluse Seryndra che aveva ancora il respiro corto per la sfuriata con i suoi.

"Dobbiamo parlarne con mio padre, Vyomar" dissi rivolgendomi sia a Seryndra che ad Hylea.
"Coinvolgiamo anche mio padre Thalendir, sono sicura che ci può essere d'aiuto. Sicuramente prima di informare il Re dobbiamo avere più certezze e meno supposizioni."

"Concordo, spero che la squadra che ho inviato trovi qualche informazione...Appena rientrano verrò a chiamarvi per ascoltare quanto hanno da dire.

Per ora, tornate nelle vostre stanze e non muovetevi da lì, potrebbe essere pericoloso anche per due come voi."

Facemmo entrambi cenno d'assenso, "Non fare l'eroina, non puoi affrontarlo da sola, se stanotte hai novità vieni a chiamarci."

Anche lei fece un cenno d'intesa, così ci avviammo verso le nostre stanze senza proferire parola.

Arrivati al nostro alloggio, ci dividemmo, avevamo le stanze in corridoi adiacenti, attesi che Hylea aprisse la porta della sua stanza e la richiudesse dietro di sé e poi feci lo stesso.

Mi sedetti sul letto, guardando dalla finestra quel panorama che fino a qualche minuto prima sembrava così sereno e tranquillo, adesso mi trasmetteva un senso di inquietudine che non potevo fermare.

Le corone dei sei Regni

"Toc Toc Toc, sei sveglio?" sentì bussare alla porta con insistenza, mi girai sul letto mormorando, la luce del giorno mi abbagliò prepotentemente.
"Chi è..." Mormorai con voce rauca "Come chi è? Sono Hylea, hai già dimenticato la mia voce? Chi può essere a quest'ora che evita di farti fare una brutta figura col Re?" Non avevo ancora messo a fuoco... "Perché che ore sono? Mmm ancora cinque minuti..."
"Non dire che non ti avevo avvisato, di sotto stanno già arrivando gli ospiti e tu sei ancora a letto, ti rendi conto?" ... Gli ospiti.."Il Concilio!" Urlai saltando giù dal letto.

Mi vestii il più in fretta possibile, misi i calzari e presi la spada poi mi girai verso il letto per vedere se avessi preso tutto e di corsa aprì la porta della stanza.

"Dove vai tutto arruffato così?" Disse Hylea che mi aspettava davanti alla porta della mia camera. Mi stava aspettando con le spalle poggiate al muro, la tunica da Custode perfettamente stirata ed i capelli raccolti in uno chignon. Si avvicinò a me, con un gesto le sue mani divennero bagnate e mi sistemò prima i capelli, poi mi aggiustò il colletto della camicia.

"Siete sempre i soliti voi maschi, sempre all'ultimo e poi tocca a noi mettere a posto le cose vero Vyomandros?" Quei gesti che fece nel prendersi cura di me mi ricordarono mia madre, Anthara.

Mi ricordava la dolcezza con cui si prendeva sempre cura di me, era tanto tempo che non la vedevo ormai... "Lo sapevo, ti sei incantato di nuovo vero?" Disse con quel suo sorriso Hylea, mi disarmava ogni volta che lo faceva.

Ad ogni modo, mi ripresi. "Andiamo dai, hai visto mio padre?" le chiesi. "È uscito molto presto, credo sia con il Re ad accogliere gli ospiti."

Ci accordammo per recarci alla Sala del Trionfo dove la cerimonia di apertura del Concilio stava avendo luogo.

Galaris era suddiviso in cinque grandi Regni oltre quello di Eosara ed ognuno di questi vegliava su una delle Torri degli Elementi; per garantire equilibrio e pace tra tutti i popoli, durante uno dei primi Concili era stato deciso che le Torri sarebbero state distribuite equamente tra le popolazioni, non solo per garantire stabilità politica ma anche per evitare che una o l'altra casata potesse prendere il sopravvento sulle altre causando inutili guerre di potere.

E quindi, la Torre dei Soli Gemelli di Eosara insieme alla Torre della Terra di Elyndar erano state affidate al popolo Elfico; la Torre del Tramonto di Velmora e quella dell'Alba di Halmyris sono sorvegliate da noi Veggenti mentre la Torre del Cielo di Nerion e la Torre della Notte di Nyelthas furono assegnate agli Alogon.

Ero in un angolo, ad osservare i regnanti che facevano il loro ingresso nella Sala del Trionfo, non li conoscevo tutti ma avevo riconosciuto Uranandor e Aetheria Lysarion i reggenti di Velmora, la città da dove provengo.
Inoltre avevo visto anche Eosandros Helion e sua moglie Auroria di Halmyris.
Dissi ad Hylea che era lì con me "gli altri non li conosco..." Mentre mi arrovellavo il cervello e provavo a ricordare quello che mi avevano insegnato in accademia.
"E' il primo Concilio a cui partecipi non è vero?" Mi disse sotto voce. "Si, è la prima volta che ci vengo, mio padre mi ha costretto altrimenti non mi sarebbe neanche saltato in mente. "

"D'accordo" mi disse "ora ti dico" e aggiunse "quelli sono Re Galanor e sua moglie, la Regina Sylvaria Verdalion del regno di Elyndar" Hylea salutò la Regina Sylvaria con un sorriso ed un piccolo inchino, lei ricambiò con un sorriso che manifestava la stessa complicità, evidentemente lei ed Hylea si conoscevano bene.

"Poi vedi laggiù? Quello un po' più basso con la barba e l'armatura d'acciaio è Re Aric Caelum con sua moglie Selene, del regno di Nerion. Ah una cosa, non dirgli mai che è basso, si arrabbia tantissimo." Sorrise Hylea mentre me lo mostrava.

"Poi quelli sulla destra sono Re Darian e la sua consorte, la Regina Nyxara Noctis del regno di Nyelthas, a dirti il vero non mi sta tanto simpatico è sempre così scuro in volto, proprio il mio opposto diciamo..."

Non era simpatico neanche a me, soprattutto però, quelli che non sopportavo più di tutti quanti erano alcuni Custodi di Enarion e la superiorità che certi di loro mostravano. Sembravano sentirsi intoccabili, superiori a tutti, persino a Re e Regine che dovevano servire.

Vidi Hylea che si perse nei suoi pensieri...

"È vero, custodivano la sapienza ed il loro addestramento negli anni li portava a dei livelli di consapevolezza che i normali cittadini non possiedono e non possiederanno mai. Però ostentare in questo modo non mi sembrava il caso, in fondo io avevo fatto lo stesso addestramento, poi però avevo capito che la vera forza non sta nella lama di una spada o nel fuoco che brucia una casa ma nelle parole, nel trovare un accordo quando c'è un diverbio." Riflettei.

I Custodi di Enarion erano stati fondati con il compito di sorvegliare, studiare e preservare l'equilibrio magico di Galaris. Non detengono il potere politico delle razze sovrane, ma agiscono come consiglieri, studiosi e garanti delle sei Torri.

Entrarono anche loro insieme ad una manciata di Custodi del Velo, altri Osservatori del Flusso e qualche Iniziato che era stato privilegiato per i suoi meriti.

Anche io ero stata una Iniziata prima ed un Osservatrice del Flusso poi, potevo capire il fremito che alcuni di loro provavano, specie durante un concilio. Da Iniziata avevo dimostrato affinità con l'equilibrio naturale di Galaris, eravamo di tutte le razze Elfi, Veggenti ed Alogon nel corso di addestramento.

Studiai presso Enarion, il centro delle conoscenze antiche ma non potevo ancora accedere ai segreti delle Torri.
Il mio addestramento prevedeva studio, missioni di osservazione e confronto filosofico con i più sapienti.

Quando venni promossa a Osservatrice del Flusso le cose si fecero più interessanti perché potevo e dovevo viaggiare all'inizio, poi fortunatamente e chissà magari anche grazie allo zampino di papà, fui destinata alla cura della Torre di Eosara, la Torre dei Soli Gemelli nella mia città...Comunque non c'era onore più grande. Li mi occupai di tenere sotto controllo i flussi magici della Sorgente oltre a riferire ai Custodi più alti in grado.

Mentre Hylea era nei suoi pensieri mi guardai attorno, c'era anche Kaelyr. "Hai visto, hanno chiamato anche Kaelyr" dissi ad Hylea che tornò presente" Si, c'è qualcosa che non va'...Kaelyr non si muove per niente" mi sussurrò.

Aveva tutti gli occhi puntati su di lui mentre la sua fata lo accompagnava restando al suo fianco come un animaletto da compagnia.

Erano entrati tutti. "Ora Re Aerendyl pronuncerà la classica formula di avvio del Concilio" aggiunse Hylea:
"Vorthian ar selûn. Darel tha serûn, amar lothar" (Che la soglia si chiuda. Le parole restino, il tempo decida).

Seryndra fece cenno al corpo di guardia di chiudere le porte, la Sala del Trionfo venne chiusa con tutti gli ospiti al suo interno, il portone venne sigillato con il pulviscolo che veniva attraversato dai raggi dei Soli.

Niente sarebbe più potuto uscire o entrare.

La Sentenza di Galaris

Re Galanor Verdalion si schiarì la voce, si alzò dal suo trono e fece qualche passo al centro della Sala dove usualmente i regnanti si rivolgevano agli altri.

"Avete tutti saputo delle carestie che stanno interessando le città del nord, è chiaro che Galaris è nuovamente in fase discendente. Il periodo di pace e prosperità che abbiamo trascorso ha prosciugato le sue risorse, ora è il momento di restituire a Galaris quello che è di Galaris. Farlo ora significa avere la saggezza di chi è consapevole del momento."

Si sentì un chiacchiericcio di fondo in tutta la sala, poi anche Re Aerendyl si alzò dal trono e raggiunse Re Galanor.

"Nessuno vuole prendere questa decisione" disse catturando un respiro profondo "Se i nostri Custodi hanno alternative da proporre siamo ben disposti ad ascoltarli ma questa è la dura legge di Galaris, l'equilibrio deve essere il nostro obiettivo per il bene di tutti i popoli."

Il chiacchiericcio si intensificò, Galanor e Aerendyl si guardarono come per dire "ecco l'abbiamo detto". Restai in silenzio, non sapevo cosa pensare, né cosa fare… Hylea prese la mia mano e la strinse forte. Alcune lacrime solcavano il suo viso, nonostante cercasse di mantenere una difficile parvenza di sorriso. Era forte, era una Custode.

Sicuramente sapeva già cosa stava accadendo ma ora sentirlo lì, pronunciato in maniera solenne e davanti a tutti i regnanti, questo rendeva tutto più reale.

Le poggiai una mano sulla spalla e lei posò il capo sulla mia mano cercando conforto.

Ci fu qualche attimo di assordante silenzio, mentre Galanor e Aerendyl prendevano nuovamente posto sui loro troni, Re Uranandor Lysarion del Tramonto e la Regina Auroria Helion dell'Alba si fecero avanti al centro della Sala.

"Contenere e diminuire l'uso delle arti magiche, questo dobbiamo fare" disse Re Aric Caelum senza alzarsi dal trono, con un tono di sufficienza… "Le razze con poteri magici stanno privando il pianeta della sua linfa, dobbiamo contingentare l'uso di questi poteri in modo che la sorgente dell'energia di Galaris possa recuperare il suo vigore e tutto torni come prima".

Non sarebbe stato sufficiente pensai, d'altronde i regni Alogon non traevano nessun vantaggio dall'uso della magia, loro potevano tranquillamente rinunciarvi e continuare a vivere con le loro macchine. Chi ne avrebbe subito le conseguenze sarebbero stati il mio popolo ed il popolo elfico...Poco lungimirante pensai, non è degno dell'ingegno degli Alogon una risposta di questo tipo.

"Abbiamo visto che il flusso dell'energia di Galaris può essere ripristinato, i nostri Custodi hanno visto che uno di noi compirà il destino di Galaris, le visioni non sono ancora chiare ma tutto ci porta a pensare che dobbiamo solo attendere. La soluzione si manifesterà." Disse la Regina Auroria, anche il dubbio si mostrava importante sul suo volto.

"In rappresentanza dei Custodi di Enarion abbiamo voluto chiamare Kaelyr Varthan consci della sua saggezza e della sua intelligenza. Prego Kaelyr venga avanti, ci illumini con la saggezza dei Custodi" pronunciò Re Uranandor.

La folla che circondava i troni si aprì, lui si tolse il cappuccio e con passo sicuro raggiunse il centro della Sala del Trionfo. Tra i presenti, solo Kaelyr non era sorpreso. Immobile, il suo volto era una maschera di determinazione, si guardò intorno mentre tutti lo guardavano, sollevò la mano destra osservandola.

Strinse il pugno come per darsi coraggio e poi disse "Concittadini, membri del Concilio e Custodi... Siete quindi a conoscenza dello stato di degrado che Galaris sta affrontando e forse, dico forse non avete idea di cosa ci aspetta.

Le nostre più alte menti ci confermano che l'energia è in esaurimento, contenere l'uso della magia, come ha suggerito Re Caelum, per quanto possa rallentare il deperimento delle energie, non è una soluzione...Può solo rallentare l'inevitabile, siete d'accordo con me?"

Re Darian Noctis e Re Aerendyl Thalanor annuirono, sembravano effettivamente d'accordo con quanto stava dicendo Kaelyr.

"Cosa proponi?" lo interruppe Re Aerendyl "Quello che vi sto per dire, cambierà per sempre l'evoluzione della Quinta Era Sire. Le mie ricerche hanno visto che ciclicamente carestie e periodi di prosperità hanno caratterizzato le cinque Ere. Ora noi abbiamo una scelta, si perché fino ad ora tutti, noi compresi, ci siamo dibattuti in un dilemma senza uscita.

Controllare le nascite? È inaccettabile, per qualunque popolo di Galaris;

Ridurre l'uso della magia? È assolutamente insufficiente; Restituire alla natura gli abitanti più anziani? È una crudeltà a dir poco inimmaginabile.

Ora vi mostrerò il risultato dei nostri studi, dobbiamo usare la natura a nostro vantaggio, deve essere al nostro comando e per la prima volta dopo centinaia di carestie e dopo le quattro Ere, possiamo farlo" disse con voce assai profonda.

Due Iniziati dell'ordine dei Custodi di Enarion portarono al centro della Sala due piccole piante, una estremamente raggiante e visibilmente piena di vita, l'altra era ridotta ad un arbusto, in pratica morente e quasi rinsecchita.

"State a vedere" disse con soddisfazione mentre sollevava la sua tunica dal braccio destro dove una sorta di armatura con strani simboli e tubazioni percorrevano l'avambraccio.

"La soluzione è controllare la natura e le anime che popolano Galaris" mi avvicinai scansando le altre persone in sala, vidi che disegnava alcuni simboli nell'aria imponendoli sulla pianta rigogliosa, questa perse rami e foglie tornando un piccolo arbusto.
Contemporaneamente, prese a disegnare altri simboli nell'aria di fronte al piccolo rametto rinsecchito che era rimasto della pianta morente e questa, sotto lo stupore collettivo, riprese vigore.

"Sapete che io per nascita non sono in grado di utilizzare l'energia magica, eppure la mia tecnologia mi permette di redistribuirla accedendo all'anima delle creature, all'anima di Galaris.
Così ho creato Il Codice, il Codice dell'Anima. Questo salverà Galaris, prenderemo da chi possiede di più per darlo a chi possiede di meno, questo ripristinerà l'equilibrio.

Dovete permettermi di raccogliere e gestire il flusso vitale di Galaris in modo da poter redistribuire le energie del pianeta. Solo così saremo in grado di prendere il controllo di noi stessi e delle nostre esistenze."

Il brusio di fondo che aveva accompagnato gli interventi di tutti divenne insopportabile, questa dimostrazione aveva generato sconcerto in alcuni, euforia in altri.

"Impressionante davvero!" sostenne Re Caelum, "Spaventoso" rispose Re Uranandor.

Era una situazione febbrile dove Re e Regine parlavano tra loro convulsamente, nessuno voleva prendere una decisione così radicale, nessuno sapeva a cosa poteva andare incontro se avessero rotto l'equilibrio che naturalmente Galaris ripristinava autonomamente ad ogni carestia.

"Non siete ancora pronti..." disse Kaelyr con rabbia, avviandosi verso il portone della Sala, agitò la mano destra dove aveva indosso il Codice con un gesto rapido ed il portone si aprì di scatto, scaraventando le guardie a terra con una folata d'aria fuori controllo.

Restammo tutti di sasso, il chiacchiericcio di fondo si acquietò diventando un silenzio tombale.

Kaelyr sparì dalla nostra vista giù per le scale.

Hylea non disse nulla, ma sentì la sua stretta farsi più debole. Come se la certezza del mondo stesso le stesse sfuggendo dalle dita.

Capitolo 3: Celeste

La sera un silenzio sacro regnava nell'aria. Gli animali alla sera, ancor più liberi, si muovevano indisturbati senza la presenza di altre creature che girovagavano per il bosco. Gli elfi erano ormai nelle case tra gli alberi e le prime lanterne si accendevano qui e lì.

Quando i Soli Gemelli scomparivano, il cielo si tingeva di un blu profondo e la vita degli elfi continuava placida nelle loro dimore.

Ma nulla, in realtà, era mai davvero immobile.

La mente di Celeste vagava, i suoi pensieri si facevano via via più intensi, più profondi.

Era in cucina con me ma in realtà non c'era, sono sua madre riconoscevo quando era agitata e pensierosa.
I suoi coetanei li conoscevo bene, so che per avere solo 10 anni parlavano veramente troppo, in continuazione e di tutto.

Celeste è più riflessiva, non le piace molto parlare preferisce ascoltare e me ne rendevo conto quando incuriosita chiedeva a mia madre di raccontarle storie sui nostri antenati o sul nostro mondo.

Poteva star lì a sentire quei racconti ore ed ore, ma non si limitava solo a quello, alcune volte, si isolava ad ascoltare il respiro stesso della natura che la circondava, erano gli alberi del bosco a confidarmelo.

Quella sera, mentre aiutavo mamma a preparare la cena, Celeste era seduta con le gambe incrociate sulla sedia, cambiava posizione di continuo, come se fosse il flusso di pensieri a guidarla.
Si alzava in piedi per poi andare verso il davanzale, poi si sedeva di nuovo sulla sedia portando le ginocchia al petto ed il mento appoggiato.
La conosco bene, quando la sua mente è in fermento, anche il suo corpo non trova pace, qualcosa la turbava e dovevo trovare solo il momento giusto per capire cos'era.

Ero un po' preoccupata sì, ma a dire il vero mi sono sempre fidata di lei, mi capitava di osservarla nel suo ambiente e mentre gli elfi della sua età avevano una discreta consapevolezza delle loro capacità, o forse era solo incoscienza giovanile probabilmente, lei come dire... lei non era così, io lo preferivo.

Non avrei voluto per lei un sentiero già tracciato. Desideravo accompagnarla nelle sue scelte e sostenerla qualora avesse fatto degli errori, volevo darle la possibilità di sbagliare forse anche cadere, ma avrebbe sempre fatto le sue scelte sapendo di avere me al suo fianco, questo l'avrebbe aiutata a diventare un elfa migliore, più consapevole.

Hylea aveva ragione, quella sera una tempesta silenziosa tormentava lo spirito di Celeste, però le bastava incrociare lo sguardo di Luce e Palla di Pelo per sentire il caos dissolversi un po'. Le piaceva parlare con i suoi gatti e... si lasciò andare allo sfogo.

"Sapete, oggi mi sono sentita diversa... Di nuovo," sussurrò mentre grattava piano le orecchie dei suoi gattini. "Mi sento sempre fuori posto, qualsiasi cosa dico o faccio...Uff..."

Luce si accoccolò su di me, riscaldandomi come sempre, come fosse una coperta morbidissima.
Adoravo i miei gattini e ci tenevo davvero a loro, non erano semplicemente due animali ma creature che sapevano aiutarmi anche senza parlare.

Lasciai Celeste in camera sua, non ero preoccupata, ma feci comunque fatica quella sera a prendere sonno.
Avevo però un pensiero ricorrente: mi dispiaceva vederla così sola, con pochissimi amici... forse nessuno che potesse dirsi un vero amico. Questa sua tendenza ad isolarsi e la difficoltà nel socializzare mi facevano un po' soffrire.

Comunque prima di addormentarmi decisi che la mattina seguente sarei andata a fare una passeggiata con lei, per parlarle un po'.

"Toc Toc.. Celeee, Cele amore buongiorno... su, su forza svegliati! Apri la porta!"
Ogni mattina la mia esuberanza travolgente esplodeva per tutta la casa, come dice mio papà, proprio come dei fuochi d'artificio. Io sono fatta così!
"Eeeeccomi Mamma, che succede, perché mi svegli? Per una volta che potevo dormire!" Celeste aprì la porta stropicciandosi gli occhi ancora socchiusi.
"Dai togli quel broncio e preparati, andiamo a fare una passeggiata nel bosco...E non accetto un no come risposta!"

Era assonnata all'inizio ma fece le sue cose anche abbastanza velocemente, poco dopo uscimmo di casa. Camminavamo mano nella mano in silenzio, ma non ero uscita per sgranchirmi le gambe, io volevo capire cosa la turbava.
"Cele, ti ascolto... raccontami tutto,"
"Tutto cosa? Non ho niente da raccontare..."

"Dai amore, ti conosco... Parla... Sfogati. Sono qui per questo"

Lei ci pensò un attimo e mi guardò in volto, poi..."D'accordo, però non ridere. Sai ieri...Ieri non sono riuscita ad evocare il Verdalun, ho fatto una pessima figura davanti ai miei compagni."
Sospirò...

"Tutto qui il problema?" dissi col rischio di sminuire il suo problema. "Ti ho vista ieri sera eri così agitata, è questo che ti preoccupa?"
"Ma mamma, mi preoccupa che tutti i miei compagni ci riescono... Tutti tranne me! E non capisco cosa ho che non va!"

"Cos'hai che non va dici...Cele, non hai niente che non va. Sei capace di fare incantesimi che io alla tua età neppure mi sognavo, prova a chiedere al nonno! Non preoccuparti non ce n'è motivo, stai tranquilla e la cosa più importante è che non devi mai dubitare di te stessa e delle tue capacità, stai solo facendo il tuo percorso."

"Magari fossero tutti come te mamma, i miei compagni non la pensano così, spesso ridono di me e mi fanno sentire fuori luogo anzi mi fanno sentire proprio diversa."

Mi fermai di colpo, le accarezzai quei meravigliosi capelli biondi per poi cercare il suo sguardo:
"Celeste...Adesso ti confido una cosa... Essere diversa da tutti è ciò che ti rende speciale. Devi restare sempre te stessa tesoro. Chi ti vuole bene ti amerà proprio per questo, non devi dubitare".

Mamma era speciale, non so dove trovasse quella forza e quell'energia per essere sempre positiva, per essere la forza trainante della famiglia, le volevo molto bene, un giorno spero di essere come lei, almeno un po'.

Continuammo a parlare e camminare, poco dopo, in lontananza, vidi un gruppo di elfi radunati sotto un grande albero.
"Cele, ma quello non è Lioren Valthariel, il tuo compagno? Salutiamolo no? " Mi disse mamma sottovoce.

In effetti sì... Era proprio lui, coi suoi capelli sempre ordinati, chiari e brillanti, lo sguardo altezzoso e quel nome fin troppo regale. Era il figlio di una delle famiglie più influenti di Eosara, ed era sempre stato... competitivo... sin da bambino. Competitivo sì... Pensare a lui così è fargli un complimento. E non volevo fargli un complimento, affatto.

Mi perseguitava, ma mamma questo non lo sapeva. Ero sempre stata il suo punto di sfogo per sentirsi superiore.
Così, con lo sguardo fisso in avanti, Lioren ci ignorò completamente. Mamma ne fu stupita perché era convinta che ci saremmo salutati.

Io accelerai il passo per paura di ricevere qualche battutina e poco dopo averli superati iniziai a sentire delle risate, come fossero occupati a nascondersi, a trattenersi.
Ero in imbarazzo e mi irrigidì. Sapevo di cosa era capace e forse non si sarebbe contenuto neppure in presenza di mia madre. Ed infatti...
Sentì la sua voce acida e stridente gridare:
"Celesteee!! Dovrai cambiare lavoro da grande lo sai? Farai l'elfa spegnifiamme! Ieri stavi per incendiare il bosco con il Verdalun! Sei talmente scarsa che secondo me non sei neppure un'elfa di sangue puro...Chissà che creatura strana sei tu!"

I suoi esplosero in una fragorosa risata. Guardai mamma: aveva cambiato espressione mentre mi guardava e guardava anche loro.
"Ehi ragazzino, chi ti autorizza a trattare Celeste in questo modo? Parlerò con i tuoi genitori! " Gli disse mamma con tono autoritario.

"Celestee ti fai difendere dalla mammina?" Disse allontanandosi con il gruppo e sghignazzando.
Lioren, pur essendo il più giovane di quel gruppetto, li guidava, incitava gli altri ad offendermi, trasformando la sua arroganza in spettacolo. Mi ero quasi abituata a lui ed alle sue perfide battutine.

Era inutile rispondergli, mamma lo aveva già rimproverato, quindi restai accanto a lei e passo dopo passo la distanza attenuò il mio disagio.
Mamma era dispiaciuta per me, lo vedevo nei suoi occhi così mi strinse in un abbraccio fortissimo:
"Ti proteggerò dal mondo intero, non starli a sentire. " Mi sussurrò nell'orecchio.

Ero triste si, comunque non potevo ignorare del tutto il fastidio che mi provocavano questi episodi e dissi "mamma torniamo a casa dai... Non ho voglia di stare ancora qui."

Purtroppo, la nostra breve passeggiata, invece di alleggerire i miei pensieri aveva peggiorato la situazione. Non avevo ancora voglia però di rientrare, volevo provare a stare un po' da sola per cercare di tirarmi su il morale.

“Mamma, faccio una passeggiata, torno presto” lei mi osservò per un secondo e poi acconsentì. “D’accordo, non fare tardi mi raccomando.”
Così mentre mamma rientrava in casa io mi incamminai per un sentiero che conoscevo bene e nel mentre tiravo calci a dei piccoli sassi, quello era uno dei miei modi per sfogarmi.

Mi detestavo in quel momento, perché stavo dando ancora tanta importanza alle parole di quell'arrogante testa di ferlindra...Ma c’era una qualità invece che mi piaceva di me stessa ed era la testardaggine: non sapevo arrendermi. Nel bene o nel male, dovevo provare fino in fondo.

Così mi fermai e decisi di riprovare ad invocare il Verdalun. Stavolta ero sola, senza la pressione degli sguardi altrui. Assunsi la posa e pronunciai mentalmente le parole dell’incantesimo. Ed eccola. La fiamma verde smeraldo prese forma, curvandosi davanti a me, poi scomparve dopo pochi istanti, non riuscivo a stabilizzarla.

I Soli stavano per tramontare e gli alberi allungavano le loro ombre. Adoravo quell’effetto. Affrettai il passo, delusa da me stessa per il risultato dell'invocazione. Ed ogni volta un evento negativo mi coglieva, la mente mi riportava lì...

Per quanto mamma fosse forte e facesse di tutto per non farmi mancare nulla, una parte di me sentiva la mancanza di...Di mio padre.

Osservavo le altre famiglie. Non era invidia, era desiderio. Desiderio di vivere quel legame che non avevo mai potuto provare.

Rientrai a casa. Quello era il mio rifugio, dove potevo sentirmi me stessa. Presi coraggio, chiesi a mia madre di lui. Non era la prima volta, ma avevo sempre preso l’argomento con estrema delicatezza. Oggi ero pronta per fare una domanda molto diretta e volevo una risposta vera:

"Mamma, perché non ho mai conosciuto mio padre? Dov'è? Perché non è qui con noi?"
Sapevo che erano domande difficili per lei. Non volevo ferirla, ma avevo bisogno di sapere.

"Amore... Purtroppo non sempre le cose vanno come vorremmo, sono sicura però che la sua assenza non è mai stata per mancanza d'amore verso di te"
"E tu come fai a saperlo? Non vi siete più visti!"
"E' così, non ci siamo più visti...Però lo sento Cele, c'è una spiegazione solo che non noi ora non la sappiamo, possiamo solo accettarlo."

Mi sentì spegnere dopo la sua risposta e lei lo notò, avrei davvero voluto insistere, chiederle di più ma non volevo metterla in difficoltà. Mamma mi prese la mano: "vieni con me tesoro, voglio darti una cosa."
Andammo verso la sua stanza, dall'armadio estrasse un sacchetto di tessuto.

Al suo interno, custodito con cura, c'era un ciondolo bellissimo: una goccia blu perfettamente intagliata, mi trasmetteva un'energia positiva solo con lo sguardo.
Mamma lo prese delicatamente e lo posò tra le mie mani. "Ti regalo il Linyavalë", mi disse. "Apparteneva a tuo padre"..."A Papà?" "sì, sono sicura che tuo padre, Vyomandros, avrebbe voluto che lo avessi tu".

Per me, quel ciondolo non era solo un oggetto: era un'eredità, lui lo aveva tenuto tra le mani, era appartenuto a lui ed io lo avrei protetto e custodito per sempre.
"Ma-Mamma..sei sicura? lo ha dato a te... Perché adesso hai deciso di darlo a me?" "È giusto così tesoro, hai bisogno di avere un suo ricordo, io non riesco a parlarti di lui in questo momento e poi io lo porto dentro di me, tu me lo ricordi tantissimo ogni giorno."
La guardai negli occhi...Dopo tutti questi anni sentiva molto la sua mancanza, forse più di me.
Lo indossai immediatamente. Il Linyavalë ora pendeva sul mio petto. Forse non era un caso che si appoggiasse proprio lì, all'altezza del cuore.

Cercai di scaricare la tensione quella sera così andai in camera mia perché volevo stare un po' sola, all'inizio non riuscì a prendere sonno perché su Eosara, quella notte, si abbatté una tempesta improvvisa.
Nonostante la sua potenza, il vento ed i fulmini sembravano non svegliare nessuno, come se l'intera città fosse immersa in un incanto, solo io non riuscivo a dormire forse.

Pensavo al Linyavalë, a lungo custodito da mia madre, era stato da lei incantato, mi aveva spiegato prima di separarci che aveva usato un antico rituale elfico: il Rito dell'Incisione. Un incantesimo in grado di conservare ricordi ed immagini, trasformando il ciondolo in un contenitore di memorie condivise da lei e da papà.

Piano piano, dopo una giornata così satura di emozioni, mi addormentai.
Mi giravo e rigiravo nel letto però, così poco dopo mi tirai su ed accadde qualcosa di straordinario: il ciondolo emetteva una luce blu intensa, che illuminò l'intera stanza.

Poi improvvisamente caddi di nuovo nel sonno profondo, quella notte ebbi delle visioni, divenni spettatrice di ricordi e pensai che fossero quelli custoditi nel Linyavalë visto che era stato di papà e di mamma... La mia mente stava viaggiando altrove, guidata dalla magia del ciondolo.

Camminavo in luoghi che cambiavano continuamente, si trasformavano davanti ai miei occhi, finché qualcosa prese forma in maniera più nitida...

Vedevo mia madre passeggiare tra gli alberi di Eosara. Era splendida, come sempre. I lunghi capelli color dell'oro brillavano alla luce dei Soli. Accarezzava gli alberi uno ad uno con premura.

Intravedevo un sorriso sulle sue labbra... Ma qualcosa in lei era diverso dal solito, diverso da come la conoscevo io. Non irradiava l'energia gioiosa e luminosa che ero abituata a vedere. Sembrava... Vuota. Melanconica.

Poi inclinò il capo, come se annuisse a qualcuno, o qualcosa. Dal tronco accanto a lei sembravano provenire suoni... vibrazioni, sottili come un sussurro.

D'improvviso nella visione, il bosco cambiò: le foglie persero il loro verde brillante, gli alberi si fecero opachi, il paesaggio si scolorì. Mia madre abbracciò il tronco come per salutarlo, poi la sua figura svanì. Scomparve nel nulla.

Iniziai a correre. Non sapevo il perché. Il cielo sopra di me era azzurro, limpido. Poi sentì una voce familiare nella mente. Mi ritrovai davanti alla porta di casa mia.

"Hylea, ti sembra questa l'ora di tornare?"

Era mio nonno, si stava rivolgendo a mia madre, era in piedi sulla soglia, composto e fiero come l'ho sempre visto.

Poi d'improvviso divenne notte. Vedevo mia madre dormire nel suo letto agitata, si rigirava di continuo.

"Ma che cosa è successo?" Dissi ad alta voce... ero sveglia ora e seduta sul mio letto stringevo forte il ciondolo tra le mani, il sogno svanì anche se la luce blu continuava a riempire la stanza. Tutto d'un tratto udii un sussurro che sembrava giungere proprio dal ciondolo, una voce mi parlava come se fosse in un luogo lontanissimo da me. Ebbi paura, anche se la voce non sembrava ostile.
Provai ad ignorarla ma pian piano i bisbigli si fecero sempre più intensi, come se volessero disperatamente farsi comprendere.

All'improvviso, un'energia mi avvolse. Mi alzai dal letto, afferrai il mantello, come se una forza estranea al mio corpo mi facesse fare dei movimenti contro la mia volontà. Uscii di casa e chiusi la porta dietro di me cercando di non fare rumore per non farmi sentire.

La foresta era immersa nell'oscurità. Lucciole, o forse animaletti del bosco, punteggiavano il buio con la loro luce.

Avanzavo in silenzio, protetta dal mantello nero e dal cappuccio che mi copriva anche il capo, la cosa strana era che non provavo più alcuna paura. La luce del ciondolo si fece diversa, come se volesse indicarmi una direzione precisa.

Conoscevo quel luogo. Ci ero già stata: era il punto in cui il Verdalun si era spezzato bruscamente sotto gli sguardi dei miei "amici" elfi.
E poi, di nuovo... Un bisbiglio, sempre dal ciondolo. Ma stavolta compresi perfettamente le parole:
"Questo è il momento giusto. Io sono con te."

Era una voce maschile, calda e confortante.
All'improvviso, il ciondolo sprigionò una luce accecante. La foresta intorno a me si rivelò in tutta la sua interezza: limpida, vibrante.

Sapevo esattamente cosa fare.

Ero circondata da un'aura potente. Con piglio fermo e deciso, invocai di nuovo il Verdalun. Lo scudo curvo, di un verde smeraldo vivido, si materializzò davanti a me. Ma stavolta era diverso: sentivo che lo stavo dominando. Lo stavo controllando con naturalezza.

Ero in completa connessione con lo scudo, sentivo l'energia crescere dentro di me. Lo scudo cresceva possente, davanti ai miei occhi.

Ce l'avevo fatta.
Potevo scegliere quando interrompere il flusso magico o ristabilirlo. Ero padrona del mio potere. Ma poi, all'improvviso, ci fu il buio più totale. Le mie ginocchia iniziarono a tremare, il terreno sembrava liquido sotto i miei piedi.

Istintivamente, strinsi il ciondolo tra le dita. Esausta, priva di forze, mi lasciai andare.
Persi i sensi e caddi a terra.

Il buio si stava ritirando, i primi raggi di sole filtravano tra gli alberi.

Nella casetta del bosco regnava un silenzio innaturale. Nessun suono. Nessuna risata dalla camera di Celeste.

Hylea gridò a gran voce "Celeste... Dov'è? L'avete vista?" poi si voltò verso di noi.
"Papà! Papà io non la trovo! "Mi disse guardandomi dritto negli occhi.

Guardai Hylea e Sylmara poi scattai in piedi, presi la prima tunica che trovai nell'armadio la indossai e corsi nella stanza di Celeste. Rovistai tra le sue cose, per cercare un indizio.
Notai subito che il suo mantello non era appoggiato al solito posto, ed il cuore mi balzò in gola.

Non era da Celeste uscire da sola, soprattutto, senza avvisare nessuno. Sylmara continuava a cercare in casa, sperando che Celeste si fosse nascosta per gioco, ma non era da lei.

Attendemmo qualche interminabile minuto, poi decisi, "Andiamo a cercarla forza".
La chiamavo a gran voce "Cele dove sei?! Cele rispondi per favore!", camminavamo a passi veloci tra i sentieri della foresta. Conoscevamo bene quel bosco, io ed Hylea ci dividemmo recandoci nei luoghi che solitamente Celeste amava frequentare, mentre Sylmara restò a casa nella speranza che rientrasse prima di noi.

Hylea posò la mano sul tronco ruvido di una grande quercia. Chiuse gli occhi ripetendo ad alta voce: "Voi che vedete senza occhi... Aiutatemi a ritrovare mia figlia."
Un vento leggero si alzò all'improvviso, la foresta sapeva e ci stava indicando il luogo preciso dove l'avremmo trovata, cercavo di concentrarmi ed ascoltarla fino in fondo.

Mi feci guidare dal vento, che mai mi avrebbe mentito, ed infatti poco dopo la vidi. Avvolta nel suo mantello, sdraiata a terra, c'era la mia piccola nipotina.
Corsi subito da lei, era viva, sentì il suo respiro appena percettibile, era immersa in un sonno profondo.

Appena mi avvicinai meglio notai un dettaglio: sulle sue mani erano impresse sottili bruciature, lungo i palmi e le dita, come se avesse trattenuto qualcosa di caldo.

Mi chinai per prenderla in braccio, respirava lentamente tra le mie braccia come se fosse esausta.
"Cosa è successo?" Continuavo a chiedermelo, poi sul terreno accanto a lei notai un bagliore.

Guardai con attenzione e vidi un ciondolo che pulsava di energia, seppur debolmente.

Hylea mi raggiunse:
"Papà, l'hai trovata! Per tutti i Guardiani, che spavento. Che ci è venuta a fare qui?"
"Forse la risposta è in questo oggetto" ribattei mostrando il ciondolo ad Hylea che non sembrava sorpresa di vederlo.
"Papà stai tranquillo, le ho dato io quel ciondolo, cercherò di capire cosa è successo"

Stavo riprendendo conoscenza anche se ancora molto debole sentivo mio nonno che camminava e mi stringeva forte contro il suo petto. Mi sentivo al sicuro e... in controllo.

L'Addestramento

E mentre il vento soffiava tra gli alberi del bosco di Eosara, muovendo delicatamente le fronde, tutti, o quasi, gli abitanti del villaggio si svegliavano, anche Celeste si rigirava con fare agitato tra le coperte del suo letto.

"Celesteeee, buongiorno amore!! È ora di alzarsi!"

Hylea raggiunse la stanza della figlia e si sedette sul letto, accarezzando dolcemente il suo viso con una mano. Nell'altra stringeva un vassoio ricolmo di pietanze tra cui un infuso di erbe provenienti dall'orto di casa e l'Elvenar, una specialità di pane elfico con potenti effetti benefici ed energizzanti, creato appositamente dagli elfi per essere consumato principalmente al mattino e che Celeste adorava.

Mentre stava per addentarne una fetta, all'improvviso balzarono sul letto Luce e Palla di Pelo che, come ogni mattina, riservavano tenere effusioni alla loro padroncina. Celeste era molto coccolata, la maggior parte delle mattine era questo il rituale: la colazione a letto e le fusa dei suoi gattini. Hylea ci teneva che fosse carica di energie per affrontare le giornate di addestramento.

Hylea sapeva bene quanto l'addestramento elfico richiedesse impegno e dedizione perché anche lei l'aveva affrontato in gioventù. Uno dei pilastri dell'Accademia era Thalendir, padre di Hylea e nonno di Celeste e questo rendeva il tutto carico di aspettative.

Thalendir, oltre ad essere uno dei consiglieri più fidati di re Aerendyl, ricopriva anche un ruolo speciale per conto della Corona; era incaricato di individuare gli allievi più promettenti e curarne la formazione. Era lungimirante, durante gli addestramenti si preoccupava di individuare e valorizzare gli elfi dotati di abilità fuori dal comune.

Avevo fatto colazione ed ero pronta ad uscire per andare in Accademia, vidi i due Soli che splendevano alti nel cielo azzurro e mentre "rubavo" un bacio a nonna, sempre indaffarata nelle faccende di casa, con la coda dell'occhio mia madre e mio nonno erano pronti sull'uscio che mi aspettavano.

L'Accademia di Eosara non era troppo distante da casa nostra, la si raggiungeva a piedi, lungo un sentiero che costeggiava una cascata meravigliosa dalle acque trasparenti e scintillanti, infatti ogni volta che ci passavo davanti mi veniva voglia di tuffarmi, proseguendo poi ci si ritrovava davanti ad un'immensa vallata, apparentemente vuota...

L'Accademia era ben nascosta e protetta da potenti barriere magiche invocate dai Saggi più anziani, mamma mi aveva spiegato che era necessario renderla invisibile a chi non era degno di entrarvi; solo chi aveva il privilegio di frequentarla poteva sapere che al tocco della mano su un punto preciso della barriera essa si rivelava in tutta la sua maestosità e solo chi era ammesso riusciva a passare oltre.
Enormi colonne di pietra dall'aspetto maestoso emergevano, come un castello naturale a cielo aperto, dove elfi di ogni età venivano addestrati per perfezionare le proprie abilità.

Come tutti gli altri, anche io indossavo la tunica argentata, in seta, con lunghe maniche morbide, un po' scomode per me, ma davvero bellissime, decorate con disegni di foglie, simbolo della connessione tra noi elfi e la natura. Ci tenevo particolarmente a quella tunica perché era appartenuta a mamma quando aveva la mia stessa età. Mi aveva raccontato che quel periodo lo aveva amato, era felice di riviverlo attraverso la mia esperienza.

Mi ripeteva sempre, come una cantilena:
"Ascolta ogni insegnamento con umiltà ed attenzione, perché solo così potrai crescere e comprendere fino in fondo le tue abilità."

Ci teneva ad accompagnarmi ogni mattina e così fu anche quel giorno. Dopo avermi stretta in un forte abbraccio, la vidi allontanarsi lungo il sentiero verso casa. Sembrava un giorno come tanti altri, ma non ero pronta a ciò che stava per accadere.

Nonno si avvicinò al mio orecchio e sussurrò:

"Oggi inizia una nuova fase del tuo Addestramento. Rendimi fiero. "Giusto per non mettermi pressione pensai!

All'improvviso, da lontano, una voce rassicurante si levò nell'aria:

"Celeste, vieni, unisciti alla nostra classe!"

Mi voltai, con grande stupore vidi che era la Saggia Altheara, la più anziana tra i mentori, conosciuta come colei che guida le anime dei giovani elfi, nonché grande amica di mio nonno. Mi stava invitando ad unirmi al suo gruppo di addestramento.

Ma perché proprio io? Quella era una classe avanzata, riservata agli elfi più grandi. Conoscevo, per sentito dire, il tipo di lezioni che vi si tenevano: molto complesse, un connubio tra tecniche di combattimento, controllo delle emozioni e delle arti magiche. Non mi sembravano adatte alla mia età.

Con un po' di timore, mi avvicinai alla Saggia. Ero anche dubbiosa: forse nonno aveva visto in me qualcosa che ancora non vedevo. I miei poteri erano forti? Forse, sì...Ma spesso avevo dimostrato di non saperli dominare.

Mi avvicinai ai piedi di una colonna e scrutai l'ambiente intorno, sperando di incrociare lo sguardo di qualcuno che conoscevo. Nulla. Tutti volti nuovi.

La lezione iniziò.

"La vostra mente è un ponte. Essa ci connette direttamente alla natura che ci circonda. Non esistono confini tra noi e ciò che ci vive attorno."

"Ogni emozione si riflette nella natura e quando siamo in sintonia con essa, ne percepiamo la bellezza, ne manteniamo l'equilibrio e possiamo usarne la forza.
Ricordate sempre che la magia comporta dei sacrifici, non potete semplicemente creare qualcosa con la magia, da qualche parte questo esaurisce altre risorse quindi usate l'energia di Galaris con saggezza"

La sua voce era ipnotica, i suoi occhi incatenavano i nostri. Ed in un attimo, quando i miei si incrociarono con i suoi: sentì una connessione profonda, inspiegabile.

Dopo qualche ora, dove iniziai davvero a capire cosa fosse il potere elfico, la lezione terminò. Mi alzai di scatto: volevo chiederle se la mia presenza fosse stata solo un'eccezione o se sarei rimasta anche per le lezioni successive.

La vidi sgattaiolare tra gli altri allievi, appoggiata al suo bastone che sembrava un'estensione del suo corpo.

"Sarà per la prossima volta" pensai tra me.

Stavo per allontanarmi, quando gli elfi attirarono la mia attenzione perché si stavano riunendo in cerchio, in piccoli gruppi da quattro. Si sedettero a terra, vidi che stavano usando dei mazzi di carte da gioco, che non avevo mai visto prima ed a giudicare dalle risate sembravano divertirsi.

Poi, alle mie spalle, una voce maschile mi interruppe:

"Ehi, ciao! Sei nuova, vero? Ti vedo pensierosa, ma tranquilla... sono solo carte!"

Il suo tono era ironico ma gentile. Mi voltai: era un giovane elfo, più grande di me, forse aveva una quindicina d'anni. Capelli scuri, spettinati, un fisico esile ed un'energia positiva che pareva avvolgerlo.

"Ciao, sì, lo vedo. Ma come si chiama il gioco?" chiesi.
"Si chiama Nexus o, per esteso, Nexus Arcani. Ma qui lo chiamiamo solo Nexus. Non ne hai mai sentito parlare? È famosissimo in tutto il regno!"
"Sì, in effetti, ora che ci penso, ne ho sentito parlare. Ma mia madre dice che ho solo dieci anni e finora non mi ha mai lasciato giocarci, anche se non ho capito il perché."

Lui mi guardò dritta negli occhi e sorrise.

"Adesso sei nella classe avanzata, dovrai imparare anche tu per stare con noi no? Comunque, piacere di conoscerti: mi chiamo Elyndor! Ho sentito prima la Saggia pronunciare il tuo nome... Celeste, giusto?"
"Sì, piacere mio."
"Se ti va, un giorno ti spiego le regole del Nexus."

Mi sentivo in soggezione davanti a lui ed anche un po' emozionata a dire il vero, così feci solo un cenno col capo in segno di assenso.
Poi qualcuno dai tavoli lo chiamò.
"Allora ci si vede in giro... Ciao Celeste!"
Rimasi lì. Immobile. Un po' intontita.

Capitolo 4:
Il Sussurro delle Torri

Gli insegnamenti della scuola e soprattutto le lunghe chiacchierate tra Celeste, sua madre Hylea e sua nonna Sylmara le avevano trasmesso tanto del mondo, se così si può chiamare, più spirituale di Galaris, di come il mondo fosse effettivamente un essere vivente a tutti gli effetti e di come, proprio come gli esseri viventi, questo avesse delle fasi crescenti e delle fasi calanti dettate dal livello delle energie presenti sul pianeta.

La Torre dei Soli Gemelli l'aveva sempre affascinata, in fondo Hylea faceva parte dei Custodi del Tempio dei Soli Gemelli e questo aveva permesso a Celeste di frequentare con assiduità ciò che circondava la torre stessa.

"Mamma mi porti oggi con te a lavoro?" era una frase tipica che Celeste diceva a sua madre quando non aveva scuola, quando questo non era possibile restava a casa a giocare con Luce e Palla di Pelo oppure leggeva storie di leggende che ogni volta le facevano luccicare gli occhi.

Era una sognatrice Celeste, eppure era attratta dalla concretezza e dall'atmosfera che le torri celavano al loro interno.

Le piaceva passeggiare nel Tempio e guardare la statua dei Soli, a volte portava con sé anche i suoi gatti considerato il tempo che vi passava dentro le facevano compagnia, poi sconfinava sempre verso la Torre per guardarla all'interno.

Ogni volta che entrava sua madre le intimava sempre "mi raccomando, non scendere nelle segrete, resta dove posso vederti" le diceva in modo molto serio.

"Perché, cosa c'è nelle segrete?" Rispose Celeste, Hylea evitava sempre di parlare delle segrete come se effettivamente vi fosse qualcosa di oscuro, o per meglio dire, pericoloso.

Di fianco al Tempio, la Torre ad Eosara era estremamente luminosa, con grandi finestre che portavano all'interno la luce calda dei Soli.

Grandi scalinate correvano lungo le pareti circolari e vari piani si intravedevano fino al tetto perché i pavimenti erano trasparenti.

Sul tetto, un grande terrazzo mostrava il panorama su tutto il regno e Celeste ci saliva spesso per far volare l'Aëlyn e si divertiva un mondo, si vedeva perfino la Torre della Terra di Elyndar quando il cielo era sereno.

Era un privilegio per lei poter frequentare quei luoghi poichè quasi nessuno era autorizzato ad entrarvi.

All'interno della Torre era custodita inoltre una grandissima biblioteca che i Custodi di Enarion avevano popolato con tomi provenienti da ogni angolo di Galaris.

Di questi Custodi c'era un gran viavai, Hylea si occupava del controllo, della verifica dei tomi e della conoscenza che nella Torre veniva custodita, a volte Celeste sgraffignava qualche libro di nascosto per leggerlo.

Celeste era un'avida lettrice e divorava letteralmente i libri, le piacevano quelli che parlavano delle creature di Galaris e gli unicorni, tra tutti, erano i suoi preferiti.

Inoltre, lo studio delle piante le piaceva molto, passava intere giornate ad osservare i libri ma soprattutto le piaceva andare in giro nella foresta per raccogliere erbe e fiori che poi condivideva con sua nonna durante le preparazioni di infusi ed unguenti, sua madre poi li usava per curare questo o quel viandante che passasse dal tempio lamentando qualche piccolo malanno.

Hylea tendeva a non utilizzare la magia quando possibile, come se questo la facesse sentire più leggera in qualche modo.

"Quando per ottenere qualcosa fai fatica, il gusto di ottenerla è completamente diverso Celeste!" Ecco perché amavano entrambe fare le cose a mano, senza l'uso spasmodico delle arti magiche.

Così Hylea le insegnò ad accendere un fuoco con dei rami secchi ed un cordino, oppure le faceva prendere Palla di Pelo, che puntualmente si arrampicava sull'albero che cingeva al suo interno casa loro usando solo mani e braccia su per il tronco.

Si, a volte si era sbucciata un ginocchio o preso un colpo in testa da qualche ramo ma niente di grave, lei era lì a vegliare su sua figlia quando era necessario e ad intervenire qualora servisse.

Celeste, in un giorno in cui si annoiava terribilmente, trovò un libro all'interno della biblioteca il cui titolo era "Trattato sui Fondamenti delle Torri".

Non è che l'avesse proprio trovato, le era caduto in testa mentre rovistava sui piani alti di uno scaffale, diciamo che il libro aveva trovato lei.

Era tutto impolverato e probabilmente non veniva aperto da diversi secoli.

Quando lo aprii una luce color arancio si palesò intorno al libro, questo incuriosì Celeste che iniziò a sfogliarlo.

Il libro, parlava di misteriose creature che a quanto diceva proteggevano l'essenza stessa delle Torri di Galaris.

"Quando Galaris era popolata solo dagli esseri primordiali, i primi Elfi ed i primi Veggenti vivevano pacificamente.

Gli Elfi, impararono ad usare la loro magia della natura ed appresero come coltivare del cibo che potesse sfamarli.

I Veggenti aiutavano gli Elfi a prevedere quando i loro raccolti avessero avuto bisogno di nutrimento e tutti vivevano in armonia.

Un giorno, alcuni di loro decisero di iniziare a conservare i raccolti per i tempi più duri e così le Torri vennero costruite.

Per il progetto di costruzione delle Torri serviva un grande artigiano, Galanor fu scelto dai popoli delle terre abitate per occuparsi della costruzione.

Galanor accettò di buon grado l'incarico, orgoglioso che i popoli di tutte le terre abitate avessero riposto in lui una così grande fiducia.

Chiese però di non esser lasciato solo, così una delle Veggenti più capaci si fece avanti. Lindora si offrì di aiutarlo nella costruzione.

Entrambi si misero al lavoro e quando la prima torre fu completata, entrambi i popoli cominciarono a portarvi all'interno le eccedenze dei propri raccolti.

Con il tempo, le scorte crebbero creando una disparità perché chi contribuiva maggiormente all'incremento delle scorte veniva in qualche modo privilegiato nel poter accedere alle risorse.

Questo rendeva la società di Galaris sempre più divisa e con il tempo, le differenze crebbero.

Galanor e Lindora divennero i primi Re e Regina delle Ere, quando questo accadde insieme al popolo di più alto rango decisero di porre a guardia della prima torre una delle creature più potenti e così fu fatto per tutte le altre 5 che furono costruite.

Le 6 torri ebbero i loro guardiani e chi osava avvicinarsi senza il permesso del Re e della Regina ne subiva le conseguenze."

Celeste rimase incantata da quel racconto che proseguiva narrando la storia di Galaris.

il "Trattato sui Fondamenti delle Torri" era stato scritto da un certo Vyomar di cui però non conosceva nulla, Altheara non gliene aveva mai parlato ed il titolo era assolutamente noioso ma dal suo contenuto Celeste rimase affascinata.

Così, chiuse il libro ed il luccichio con esso, lo ripose nella sua bisaccia anche se era tutto impolverato e corse a cercare sua madre.

"Mamma!" era insolitamente agitata pensò Hylea vedendola arrivare di corsa.

"Giusto un attimo tesoro..." Le rispose di sfuggita mentre era tutta affaccendata nel somministrare un infuso ad un elfo raccoglilegna che si era ferito mentre raccogliendo del legname nel bosco aveva ricevuto un colpo in testa.

Nulla da fare, Hylea era troppo impegnata in quel momento, cosi Celeste, che attese lì qualche secondo che la madre si liberasse dai suoi impegni, decise di cercare da sé la risposta alla sua domanda.

Qual era la sua domanda?

Voleva sapere chi fosse il guardiano della Torre dei Soli Gemelli, sembra ovvio no?

Non avrebbe potuto leggere in tranquillità perché se Hylea si fosse effettivamente liberata dai suoi impegni e l'avesse trovata con quel libro si sarebbe presa sicuramente una ramanzina coi fiocchi, da far scappare anche le ferlindre pensò Celeste.

Cosi disse "d'accordo, io torno a casa, vado a chiedere a nonna", Hylea la guardò per un istante, poi "ok ma fa' attenzione lungo la strada e non correre per prendere i quirel nel bosco che poi ti fai male e devo venire a cercarti". "Lo giuro sui Soli" le sorrise Celeste che allontanandosi da Hylea andava via dalla torre correndo... "Appunto, le ho appena detto di non correre" aggiunse Hylea tra sé.

I Guardiani delle Torri

Celeste uscì dal Tempio ed una volta fuori pensò ad un posto dove avrebbe potuto leggere con tranquillità il proseguo della storia di Galaris...A casa ci sarebbe stata sicuramente sua nonna quindi era da escludere così ripiegò sul luogo dove normalmente si rincantucciava quando voleva star tranquilla con i suoi pensieri.

Sulle sponde del Lindaril, nell'area appena fuori da Eosara e vicina a casa sua dove questo attraversava la foresta, aveva trovato un posticino tutto per lei.
Suo nonno, Thalendir, l'aveva aiutata a costruire una casetta su un albero dove all'interno spesso portava anche Luce e Palla di Pelo per giocare.

Così si incamminò per il sentiero che portava al suo nascondiglio.
Arrivata sotto alla scala a pioli che scendeva dalla casetta si arrampicò con non poca fatica dato il peso del libro che portava nella bisaccia ed una volta arrivata all'interno chiuse la botola che dava l'accesso alla casetta da sotto e con un filo di voce disse "Lómelindra", era un incantesimo che anche i bambini imparavano fin da piccoli perché li aiutava a superare la paura del buio.
Una piccola luce del color dell'oro e del fuoco si accese dentro la casetta rischiarando l'interno.

Celeste l'aveva abbellita con fiori alle pareti, qualche pianta di Sylphiris rubata a sua madre ed alcuni pupazzi che le aveva regalato suo nonno.

Aprì la bisaccia ed estrasse il libro che posò con cura su di essa che era a quel punto quasi vuota, voleva evitare di rovinarlo più di quanto già non lo fosse.
Lo aprì nuovamente ed il bagliore arancio si unì a quello della lucciola che aveva evocato così prese a cercare il punto dove aveva interrotto la lettura qualche ora prima.

"Vediamo... Sì ecco...Re Galanor e la Regina Lindora...Ecco qui" disse tra sé sfogliando le pagine del libro. Poi si fermò "... Vaelthar, La Sentinella dei Gemelli era stata messa a guardia della Torre dei Soli Gemelli" proseguiva "a guardia della prima torre, quella di Eosara, era stato collocato un imponente drago che rappresentava l'equilibrio tra luce e oscurità, giorno e notte. In uno degli occhi brillava uno dei Soli mentre nell'altro una luna crescente ne segnava l'esterno della pupilla." ..." Wow un Drago?! Sarà fantastico! Prima o poi devo chiedere a mamma di portarmi a vederlo, chissà se me lo farà cavalcare" disse Celeste...

"Chissà le altre torri che guardiani hanno...Ma quale guardiano potrà mai battere un Drago? Vediamo..." Continuò a leggere fino a tardi la piccola Celeste e perdendo la cognizione del tempo si fece buio inoltrato.

"Grat grat". "Grat grat" si sentì da sotto la botola... "E ora chi è? che faccio?!" Rifletté nel panico Celeste... "Miaooo...Grat grat" sentì sotto le tavole che sigillavano la botola.

Celeste guardò attraverso le fessure e vide due occhietti gialli proprio sotto la tavola.

"Ma sei tu! Mi hai fatto prendere uno spavento" aprì la botola e Luce le saltò addosso leccandole il viso, era andata a cercarla per riportarla a casa, le voleva molto bene ed era così affezionata a lei da trovarla dovunque si cacciasse.

Probabilmente Hylea aveva mandato Luce a cercare Celeste, così decise di sospendere per ora la lettura del libro e tornare a casa.

Ripose il libro dentro la bisaccia ed aprendo nuovamente la botola scese con attenzione la scala a pioli che la condusse a terra.

Toccò terra con i calzari che poggiarono sull'erba morbida e si voltò; il panorama era fantastico la sera da lassù. La foschia nascondeva parzialmente il porto però poteva vedere le luci delle case illuminate mentre in alto era ben visibile la Torre dove era stata la mattina.

Sembrava quasi fosse un faro che le navi utilizzavano per individuare il porto e forse era proprio così.

Celeste prese un respiro profondo, quella vista trasmetteva tranquillità.
Vicino a lei, anche Luce era scesa dalla casetta e giocherellava con alcune lucciole che circondavano l'albero.

Una gran folata d'aria si mosse proprio dove Celeste stava osservando il panorama, l'erba che la circondava si aprì a cerchio come fosse qualcosa attorno a lei ad emettere questo intenso soffio che le sembrava ritmato, come un grande battito d'ali.

Celeste dovette accucciarsi a terra per non rischiare di cadere e mentre si proteggeva la testa con le braccia e tutto intorno a sé, piante ed alberi, venivano sferzati da questi colpi d'aria, una voce profonda le parlò nella sua mente "Ci vedremo presto" diceva e l'aria che la stava trattenendo a terra svanì in un battito di ciglia.

Si alzò guardandosi attorno, cercando di capire chi o cosa le avesse parlato ma non trovò nessuno tranne Luce che si era rintanata in una piccola cavità dell'albero, visibilmente spaventata.

Celeste si avvicinò a Luce, la prese in braccio e si incamminò verso casa.

Continuava a pensare a quelle parole, non trovandovi un senso logico, chi avrebbe visto presto? Mentre camminava, si sentiva solo il fruscio del vento e lo scalpiccio dei suoi passi sui ciottoli che delineavano il sentiero verso casa.

Voleva approfondire la lettura del libro nonostante fosse inquieta per quello che era accaduto; tornata a casa aprì la porta "Lascio le mie cose e scendo per cena" disse ad Hylea che nel frattempo si muoveva veloce insieme a Sylmara all'interno della cucina. "Va bene, sbrigati che si fredda" ribatté Hylea, non disse nulla del suo ritardo, Celeste era una bambina responsabile e Luce sapeva sempre dove trovarla.

Celeste si diresse in camera sua dove lasciò la bisaccia, si tolse anche i calzari per mettersi comoda.
Anche Luce, si mise a suo agio nel cesto di arbusti intrecciati che Celeste ed Hylea avevano preparato per lei e Palla di Pelo, lì, vicino alla finestra.

Poi tornò giù in cucina dove la tavola era pronta, prese posto ed addentò un pezzo dell'Elvenar che era rimasto dalla colazione del mattino, Hylea le versò un piatto di zuppa calda e Celeste vi intinse l'Elvenar all'interno.

"Tesoro, che hai fatto di bello oggi pomeriggio? Sei andata via di fretta, non dovevi chiedere qualcosa a tua nonna?" Ci pensò un attimo. "Si ma poi ho trovato da sola la risposta, poi sono andata a giocare alla casetta."
Hylea non ci fece molto caso, Celeste ci andava spesso.
"Nonno non c'è stasera?"
"È rimasto a palazzo, aveva del lavoro da sbrigare con il Re" disse Hylea mentre assaporava la zuppa.
"Forse resterà fuori per la notte ma è tutto ok, è il solito lavoro, lo sai com'è fatto. Non lascia mai le cose a metà."

Tra le chiacchiere ed un cucchiaio di zuppa alla volta, la serata trascorse serena.

Sylmara era seduta in poltrona, stava intessendo un cappello con la lana delle capre di Lunasole che aveva comprato al mercato, probabilmente la mattina stessa.
Hylea rassettava la cucina e chiacchierava con Sylmara mentre Celeste si defilò, andando in camera sua finalmente dove poteva continuare la lettura del libro.

"Vediamo...Quindi Vaelthar è la sentinella della Torre dei Soli, poi..."

Il racconto del libro continuava...
"... Quando la Torre dei Soli fu lì per riempirsi, Galanor e Lindora iniziarono la costruzione della Torre di Velmora e così via per tutte le altre. A Velmora decisero di affidare la protezione dei raccolti a Thoryndar, il metalupo dagli artigli color del crepuscolo.
Erano sicuri che avrebbe protetto il raccolto come proteggeva i membri del suo branco.

La costruzione delle torri proseguì e la strategia di conservare i raccolti più abbondanti aveva pagato e molte carestie erano state superate o quanto meno attenuate dalla presenza delle scorte.

Così nacquero anche le altre torri:
ad Elyndar presso la Torre della Terra a cui protezione fu chiamato Aelgor – L'Anima della Terra - un grosso primate ricoperto di muschi e licheni con la roccia viva che proteggeva il suo corpo in alcune aree;

ad Halmyris alla Torre dell'Alba, Sygraleth – L'Araldo dell'Alba - prese di sua spontanea volontà il posto di guardiano. La mattina in cui fu terminata la costruzione venne trovato in cima alla torre che costruiva il suo nido con gli arbusti che aveva trovato nel bosco;

a Nerion, presso la Torre del Cielo, si sentì la sera della fine della costruzione Neryael – La Voce del Cielo - che che bramiva in prossimità della torre e il rumore dei suoi zoccoli spaventava le creature che tentavano di avvicinarsi.

In ultimo, fu la Torre della Notte a Nyelthas dove Vel'Zahr – L'Occhio della Notte - correva attorno alla torre spaventando con il suo occhio argenteo le creature che volevano prendere con la forza il cibo in essa contenuto. "

Celeste non conosceva questa parte della storia di Galaris, non sapeva cosa pensare e mille domande le affollavano la mente.

"I Guardiani ci sono ancora? e cosa fanno dentro le Torri?" Rifletté che ormai le Torri avevano perso il loro scopo di semplici edifici adibiti allo stoccaggio del cibo, in effetti ad Eosara dove viveva lei, la torre dentro era tutto tranne che un deposito di cibo.

Con queste domande in testa si addormentò sul libro ancora aperto che illuminava la stanza con il suo bagliore arancio.

"Miaooo" Celeste si stropicciò gli occhi, Palla di Pelo si stava rotolando per terra giocando con il suo gomitolo mentre lei tornava indietro dal mondo dei sogni.

Si guardò intorno e poi si rese conto "il libro! Che fine ha fatto? Per tutte le ferlindre, non posso aver perso il libro...Non l'ho ancora finito e soprattutto devo riportarlo in biblioteca prima che mamma si accorga che l'ho preso." Si guardava intorno cercando sotto il letto, sotto il cesto dei suoi gatti, nell'armadio e sotto i vestiti, niente da fare il libro non c'era più.

Non poteva essere sparito da solo, doveva essere successo qualcosa anche perché l'ultima cosa che ricordava della sera precedente era che stava leggendo...

"E se l'avessero preso mamma o nonna?" Disse a Luce che nel frattempo era entrata in camera. Così, camminando in punta di piedi, fece per entrare in camera di sua madre.
Rovistò sommariamente sotto il letto e nel baule che ne era posizionato ai piedi senza trovare quello che cercava.

Poi sempre in silenzio, uscì dalla camera di Hylea e scese al piano terra dove c'era la stanza di Sylmara.

"Questa camera è piena di cose, come faccio a cercare qualcosa qui? Eppure non è proprio piccolo piccolo..." Disse a bassa voce... "Cos'è che non è piccolo?" La sorprese Sylmara...Celeste sussultò e dopo qualche secondo si riprese "no è che...Io stavo cercando Palla di Pelo, non riesco a trovarlo..." Rispose con una faccia da Nexus che era degna di uno dei migliori giocatori.

"Miaooo"...Palla di Pelo le passò tra le gambe "eccoti dov'eri finito?" Esclamò uscendo dallo stallo.

Prese in braccio Palla di Pelo mentre tra sé e sé pensava ad una soluzione.

Si sedette a tavola pensierosa, Sylmara volle assicurarsi che avesse già fatto colazione, era molto premurosa con Celeste. "Tesoro, hai mangiato qualcosa stamattina?" Lei rispose di no, così Sylmara in quattro e quattr'otto preparò qualcosa da mettere sotto i denti.

Pose il piatto sul tavolo di fianco a Celeste e la informò che sarebbe uscita per andare nell'orto.
"Mamma è già uscita?" Chiese... "Si, è andata al tempio, aveva del lavoro da svolgere ma tornerà per l'ora di mezzodí".

Celeste cercò di ragionare, si trattava sicuramente di un artefatto magico, conoscendo sua madre, se avesse trovato il libro l'avrebbe messa in castigo da lì al solstizio dei Soli, quindi la spiegazione poteva essere solo una.

Decise di lasciar perdere a malincuore, in fondo aveva letto la maggior parte di quello che c'era scritto sopra.

La sua curiosità rispetto ai guardiani delle Torri però non faceva che crescere e si promise che alla prima occasione avrebbe incontrato Vaelthar di persona.

Capitolo 5:
Un Oggetto Proibito

Quella notte sognai, ricordai quel libro "preso in prestito" dalla biblioteca del tempio dove lessi dei guardiani, lo ricordavo come se fosse stato ieri, ma quando mi risvegliai ero...Non sò spiegare...

Le mie palpebre si sollevarono a fatica, lente, come se pesassero più del dovuto.
Mi sentivo confusa, ancora immersa tra sogni ed i ricordi di quelle visioni che avevo avuto. Mi voltai sul fianco ed il mio corpo era indolenzito, come dopo uno sforzo immenso. Probabilmente invocare il Verdalun aveva richiesto molte delle mie energie, pensai.

Vedevo la luce filtrare tra le tende e d'istinto portai una mano al collo, cercando il ciondolo...Trovai solo il tessuto liscio della mia tunica da notte, mi tirai su di scatto e realizzai... "Non c'è più!"

Un brivido mi attraversò la schiena, quel ciondolo era così importante per me, non potevo averlo perso. Non dopo quello che era successo la notte scorsa. Poi mi voltai verso la panca accanto al mio letto e lo vidi, il Linyavalë era lì, non brillava più, così allungai la mano per prenderlo e lo indossai.

Quel giorno non era previsto alcun addestramento per fortuna, considerando che mi ero svegliata nel tardo pomeriggio, avevo sicuramente bisogno di recuperare energie.

Avevo solo dei flash confusi della notte appena trascorsa: ricordavo di aver sentito una voce provenire dal ciondolo, che mi aveva guidata nella foresta per invocare il Verdalun.

Dopo quel momento però, non ricordo granché.
Non riuscivo a ricordare bene cosa fosse successo nel bosco. Ma di una cosa ero certa, erano stati mia madre e mio nonno a trovarmi e riportarmi a casa.
Avevo bisogno di prendere aria e dopo aver salutato mia nonna che mi chiese visibilmente in pensiero per me:" tesoro, dove vai? " "Esco un po' nonna, vado in città e poi rientro, ok?" " D'accordo Cele, ma torna presto, non attardarti mi raccomando. "

E così, presi il sentiero che conduceva ad Eosara e più mi avvicinavo e più la sagoma della città diventava nitida, anche l'odore dell'aria stava cambiando meno selvatico, più speziato...Sentivo metallo e qualcosa che non riuscivo a definire tra la miriade di spezie che si potevano trovare in città. Era una città suggestiva ed armoniosa, mi piaceva tantissimo.
Appena varcai le sue porte il brusio della vita urbana mi avvolse.

Ero abituata alla quiete degli alberi e la preferivo, ma allo stesso tempo i movimenti, i suoni e le voci della città mi attiravano.
Durante il giorno potevo uscire tranquillamente, anche per venire in città ma solo fino al calare dei Soli ed ormai mancava poco.
Mentre mi guardavo attorno mi sentii osservare da lontano così mi voltai e notai un elfa con lunghi capelli castani acconciati con una treccia. Era appoggiata ad un muretto con le braccia incrociate e si, aveva lo sguardo fisso proprio su di me.

Era giovane, forse leggermente più grande della mia età e non l'avevo mai vista prima, nemmeno in Accademia.
"È insolito vedere un elfa dei boschi qui a quest'ora" sembrava avercela con me forse per come ero vestita, così le chiesi conferma. "Dici a me? Si in effetti hai ragione! Ma tornerò a casa, prima che la luce svanisca del tutto. "Le confermai.
Da quando indossavo il ciondolo ero molto più sicura di me stessa, non avevo esitato prima di risponderle.

Mi sorrise e notai che il suo sguardo si soffermò sul Linyavalë.

"Posso chiederti dove lo hai comprato? "
Ero un po' tesa, perché era interessata al mio ciondolo?
"È un cimelio di famiglia, non so quale sia la provenienza"

"A vederlo mi sembra... Beh si può essere..." "Cosa?"
"Mia nonna anni fa vendeva anche questo tipo di gioielli, qui, al mercato di Eosara! Mi diceva sempre che ogni ciondolo sceglie il suo portatore, non il contrario. Non ho mai capito bene cosa intendesse dire!"

Avrei voluto darle una risposta anche perché volevo saperne di più, ma non trovai le parole giuste. Mi stupì sentire questa storia però mi venne istintivo proteggermi in qualche modo e riuscì solo a dirle:
"Ehm, ciao io devo andare! "
"D'accordo, ci vediamo allora!".

Il giorno seguente mi svegliai presto: avevo una commissione da svolgere per mio nonno e mi incamminai nuovamente verso la città.

Portavo con me la sua seconda spada, una lama sottile, attraversata da una lunga crepa che distorceva l'incisione eseguita lungo la lama, che ormai non si leggeva più.

C'era solo un luogo in cui si poteva ridare vita a quell'arma: "Il Fuoco delle Radici", la bottega del Maestro, il più grande tra i fabbri elfici.
Era il forgiatore di fiducia della mia famiglia da generazioni, si diceva fosse l'unico ad avere il privilegio di realizzare le spade del Re.

Il suo negozio non somigliava affatto ad una fucina ordinaria. Si trovava in una delle piazze più belle della città: tra bancarelle di seta e tavoli ricolmi di frutti dai colori accecanti, la sua bottega spiccava per eleganza e semplicità.

Eppure, tra tutti i misteri, ce n'era uno che non riuscivo proprio a spiegarmi: il suo aiutante era un Alogon, molto giovane, a cui il Maestro permetteva non solo di osservare, ma persino di usare gli strumenti da forgiatura.
Un privilegio raro, se non unico.

Appena entrai, una voce familiare mi accolse:

"Ben ritrovata, cara Celeste".

Era l'aiutante Alogon.
Ricambiai il saluto con un cenno gentile, posando la spada sul bancone.

"Credo che mio nonno abbia avvisato il Maestro del mio arrivo. Lascio la spada a te" dissi e quasi senza accorgermene, toccai il ciondolo.
Era diventato un gesto istintivo, capace di trasmettermi sicurezza.

Lo sguardo dell'Alogon si posò brevemente sul ciondolo.
Poi annuì, prese la spada e mi salutò.

Uscita dalla forgia mi ritrovai a camminare tra il viavai delle bancarelle, in mezzo alla folla.
Cercavo con lo sguardo l'elfa del giorno prima perché speravo di incontrarla di nuovo. Oggi mi sentivo pronta per farle delle domande
Le sue parole mi erano rimaste impresse.
Non sapevo il suo nome, né da dove venisse, ma c'era qualcosa in lei, un mistero che mi attirava. Forse sapeva qualcosa in più sul ciondolo.
E forse...Anche su mio padre?

Avrei voluto parlarne con mia madre.

Sentivo il bisogno di condividere con lei quell'incontro e quello che mi aveva detto ma la sera precedente non avevamo avuto un momento per restare da sole.
Mi promisi che prima o poi gliene avrei parlato.
Così come le avrei raccontato ciò che stava per succedere.

Approfittai della splendida giornata per passeggiare ancora un po' per le vie di Eosara mentre continuavo a giocherellare con il ciondolo involontariamente, quasi come se cercassi conforto nella sua presenza.

All'improvviso, Linyavalë vibrò leggermente sotto le mie dita.

Lasciai che quella vibrazione penetrasse nel mio corpo, non so spiegare bene come ma la sensazione era come quella di essere travolta da un'onda.
Non opposi resistenza, decisi di fidarmi di nuovo.

Mi lasciai guidare, come accadde quella notte nella foresta, anche stavolta la forza che mi avvolse non poteva essere contrastata e mi condusse passo dopo passo davanti al Tempio dei Soli Gemelli.
Entrai, sentii la vibrazione del ciondolo intensificarsi, capìi che ero nel luogo giusto.
Una volta all'interno, la mia percezione cambiò, stavo vivendo come un'osmosi: mi sentivo a metà tra la realtà che mi circondava ed una dimensione quasi immateriale.

Poi accadde tutto così velocemente.
Il ciondolo cominciò a pulsare di luce intensa ed a proiettare davanti a me delle immagini. Non erano nitide, vedevo delle figure sfumate, eteree, quasi trasparenti eppure incredibilmente reali.
Stavo osservando dall'esterno un'altra realtà.

"Sylphiris. Si chiamano Sylphiris..." udì una voce pronunciare queste parole.
Mi voltai e vidi mia madre.
Stavolta era diverso, non si trattava di sogni notturni o visioni.
Io ero lì...
"Mamma...Mamma mi senti? "
Lei neppure si voltò, mi fu chiaro che non potevo parlare ma solo osservare.

Accanto a lei, c'era un giovane dal viso bellissimo. Non era un elfo.

Li osservavo ed era impossibile non percepire la sintonia tra loro.
Poi vidi mia madre accarezzargli il volto e sussurrargli qualcosa.

Sentii l'energia del Linyavalë iniziare a perdere di intensità, il suo bagliore stava svanendo e con esso, anche quell'immagine.

Le figure svanirono come nebbia.
Il tempio, che poco prima sembrava avvolto da una luce incantata, si riempì nuovamente del suo chiarore naturale.

Mi inginocchiai, mi sentii stremata.

Come se il mio corpo avesse compiuto un viaggio nel tempo e riportarlo nel presente fosse stato uno sforzo immenso.

Ero così stanca, non sarei riuscita a tornare a casa a piedi, le mie gambe erano deboli così come il resto del mio corpo.

Fortunatamente, gli elfi avevano cura dei propri anziani ed avevano trovato una soluzione semplice ma efficace alla stanchezza.

Non lontano dal Tempio dei Soli Gemelli si trovavano le Stalle di Elenya, un luogo dove era possibile noleggiare un destriero.

Proprio come un Alogon affaticato avrebbe preso una carrozza.

Appena entrai, fui accolta da un elfo dal volto sereno, vestito con una lunga tunica verde.

Senza parlare, mi accompagnò lungo un sentiero costeggiato da splendidi cavalli, lasciandomi tutto il tempo di guardarli uno ad uno.

Camminavamo in silenzio, forse aspettava un gesto o una parola da me.

Poi arrivati quasi alla fine del sentiero, mi voltai e lo vidi...Avevo scelto!

Un destriero dal manto argenteo mi guardava come se fosse stato lui a scegliermi, il suo sguardo era profondo ed ebbi una strana ma allo stesso tempo bella sensazione, come se riuscisse a leggere la mia anima.

Mi voltai verso l'elfo e gli porsi gli Oril indicando quel cavallo.

"Si chiama Nauril" affermò.

Al suono del suo nome, il cavallo sollevò il capo.

Montai in sella ed iniziai il viaggio di ritorno verso casa.

Sul dorso di Nauril, i miei pensieri scorrevano ancor più liberi del solito, ero confusa e volevo solo dare un senso a ciò che era accaduto nel Tempio, ma davvero non sapevo da dove iniziare per fare ordine.

Mentre il cavallo fendeva l'aria con grazia al piccolo trotto, un ricordo tra tanti emerse dalla mia memoria.

Il Rituale dell'Incisione, l'incantesimo di cui mi aveva parlato mamma. Non ero soddisfatta di quello che mi aveva detto, così per approfondire bene e saperne di più ero andata a consultare i libri di mia nonna.

Trovai che solo l'esecutore dell'incantesimo poteva accedere ai ricordi che conservava l'oggetto incantato. E allora, com'era possibile che io avessi avuto accesso a quei frammenti della vita di mamma?

Dopo ogni visione, la mia mente era affollata da tantissime domande e la confusione la faceva da padrone, quasi non riuscivo a distinguere la differenza tra la visione stessa e la realtà.

Giunta davanti alla porta di casa, Nauril si congedò con un leggero inchino, poi riprese la via del ritorno.

Ero davanti al giardino della mia casa e Palla di Pelo si stava rotolando spensierato tra i fiori...I fiori...I Sylphiris! Gli stessi fiori della visione. Perché? Cosa c'entrano? Non poteva essere una coincidenza.

Mentre Palla di Pelo si rotolava i petali si staccavano e svolazzavano tutt'intorno danzando nella luce dei Soli, in quell'istante una domanda mi venne alla mente: mamma mi avrebbe dato delle spiegazioni?

La sera si avvicinava, avevo bisogno di trovare il momento giusto per parlarle, volevo che fossimo solo io e lei, così aspettai con pazienza che smettesse di aiutare nonna con le faccende domestiche.

"Mamma, puoi venire un attimo da me?" La invitai ad entrare nella mia stanza ma ero nervosa, le mani cercavano conforto nel ciondolo, respirai profondamente e presi coraggio.

Sollevai lo sguardo verso di lei e lasciai andare il Linyavalë.

"Io... Ho visto delle cose mamma, non so come, ma credo tramite il ciondolo, c'entri tu perché ho visto i tuoi ricordi...Credo."

Poi continuai mentre mi osservava senza accennare una reazione:

"Non voglio spaventarti mamma, ma se puoi aiutami a capire... Per favore."

Il suo volto si fece preoccupato, teso e le sue labbra erano strette in una linea sottile, come se trattenessero parole che non voleva o poteva pronunciare.

Poi, sussurrò appena con un filo di voce:

"Non è niente Cele..."

Le frasi successive furono vaghe ed i concetti spezzati, mi stava nascondendo qualcosa sicuramente.

"Può essere che sia qualche effetto collaterale dell'addestramento sai, con tutti gli incantesimi che stai provando! Sicuramente è qualcosa che è successo per questo,che ne dici di parlarne alla Saggia Altheara alla prossima lezione?"

Sperava che non insistessi. Infatti non lo feci, lasciai correre anche se dentro di me, le domande erano ancora più vive di prima.

Qualcosa non tornava. Dovevo solo scoprire cosa non riusciva a dirmi.

Capitolo 6:
Il Primo Vero Incontro

Col passare dei giorni, Celeste si stava abituando al nuovo corso di Addestramento.
Il cambiamento, inizialmente difficile, le pesava molto meno, anche se una parte di sé continuava a sentirsi ai margini.
Non erano gli altri ad escluderla; sapeva bene che quella distanza nasceva soprattutto da sé stessa, dai suoi timori e dai suoi silenzi.
Quella mattina, come quasi ogni giorno, Celeste si recò all'Accademia di Eosara.

Stava percorrendo la strada che conduceva alla sua classe, quando sentì chiamare il suo nome dentro la sua testa:
"Celeste!"
Era la sua insegnante, la Saggia Altheara.

"Celeste, sono giorni ormai che ti osservo ed ho notato che resti troppo in disparte. Sai bene che l'integrazione per noi elfi è molto importante, i legami sociali creano un gruppo unito e per noi l'unione è fondamentale e per questo...Ho deciso che oggi non farai lezione, ti porterò in un posto."
Io accettai, non potei far altro...Ogni volta che incrociavo il suo sguardo avevo sempre un po' di timore o forse era solo riverenza.

Mentre raccoglievo i miei appunti caduti a terra per lo spavento della voce improvvisa nella testa, ero nel turbinio dei miei pensieri ma la voce di Altheara mi strappò di nuovo bruscamente dalla quiete.
"Celeste, vieni con me... Dobbiamo andare!" mi disse con tono deciso.
"Chissà cosa mi aspetta. "Pensai.

La vidi arrivare, così andai verso di lei ed improvvisamente sollevò il suo bastone che si illuminò di una luce dorata.
Mormorò alcune parole ed un attimo dopo i nostri corpi vennero avvolti da un turbine di luce.
Fu come essere attraversate da un fulmine indolore, la gravità svanì per un istante, poi, la realtà si ricompose in un altro luogo.

Davanti a noi si stagliava la Biblioteca di Eosara, la adoravo ed era davvero affascinante. Ma quel giorno, c'era qualcosa di diverso. Le sue alte mura, di solito immerse nella calma, stavano vibrando dall'eccitazione che si sentiva provenire dall'interno. Entrammo, al posto del solito mormorio degli studiosi percepivo l'energia viva di qualcosa di speciale.

Ma cos'era?

Leggendo i manifesti capii che si trattava del più grande e prestigioso tra tutti i tornei del regno, il celebre Torneo di Nexus Arcani dell'Accademia di Eosara, avevo visto dei volantini appesi in città dove si cercavano giocatori ma avevo dimenticato che fosse proprio in quei giorni.

Si svolgeva ogni anno ma era la prima volta che ci andavo ed ero attratta dall'atmosfera elettrica che si respirava, anche se fortemente in imbarazzo.
Altheara posò la sua mano sulla mia spalla "Devi sapere che il torneo non è solo una sfida. È un modo per conoscersi, per cominciare a far parte di qualcosa. L'integrazione di cui ti parlavo può nascere anche da una semplice partita".

Poi si allontanò, lasciandomi sola. Non mi diede neppure il tempo di risponderle.
Mi sentivo spaesata, in quell'ambiente pieno di luci, suoni e risate, mi sentivo praticamente trasparente... "Altro che integrazione" pensai, nessuno sembrava voler parlare con me e veramente neanche io ero molto predisposta, mi sentivo parecchio fuori luogo.

Così mi accomodai in un angolo con gli occhi che vagavano tra i tavoli, finché lo vidi.
Proprio in fondo alla sala, oltre un arco di rami, allestito appositamente per l'evento, era seduto Elyndor! Era ad un tavolo e mescolava le carte con estrema sicurezza.

Non ci pensai troppo, quella era un'occasione per avvicinarsi a qualcuno che già conoscevo, attraversai il salone per vedere meglio. Ero di lato al suo tavolo e notai una presenza familiare. Proprio accanto ad Elyndor, seduta e con lo sguardo colmo di entusiasmo c'era l'elfa con la treccia che avevo incontrato in città, impossibile dimenticarla...Aveva commentato il mio ciondolo!

Così più mi avvicinavo e più mi rendevo conto che non era solo una spettatrice, stava chiaramente tifando per lui. Da come lo guardava, lo conosceva, forse anche molto bene.

Mi fermai ad osservare Elyndor, si muoveva con naturalezza e dentro di me speravo in un suo sguardo solo per essere riconosciuta, per sentirmi meno a disagio da sola in quella folla.

I suoi occhi però erano fissi sul tavolo da gioco ed in quel momento, non sembrava esserci spazio per nient'altro; avevo però la sensazione di essere osservata di sfuggita, finché una voce mi raggiunse.

"Ciao, ci siamo già viste, vero?"
Era lei... L'elfa con la treccia, la "presunta amica" di Elyndor.
"Mmmh...Sì...Mi sembra di sì" le risposi ma l'avevo già riconosciuta, d'altronde come potevo dimenticare quello strano incontro?
"Sei anche tu qui per il torneo? Sei un'appassionata di Nexus?"

"A dire il vero... No, è stata la mia insegnante a portarmi qui"

"Forzaaaa!" Gridò all'improvviso distraendosi dal discorso che stavamo facendo ed alzando il pugno in aria.

La guardavo stupita: era completamente coinvolta, come se anche lei stesse giocando.
"Ci siamo! Il campo di battaglia è conquistato. Adesso, se il "riccetto" fa bene la sua mossa, controllerà anche la torre avversaria ed otterremo il bonus per il prossimo round!"

La loro complicità era sempre più evidente, soprattutto nell'uso di quel nomignolo affettuoso, la cosa mi colpì.
C'era intimità tra loro, così mi accomodai su una sedia lì di fianco al tavolo e divertita mi godetti la partita...

"Nooo" esclamò Elyndor battendo il pugno sul tavolo, gli altri li attorno fecero per complimentarsi con il suo avversario ed anche l'elfa sembrava dispiaciuta, evidentemente Elyndor aveva fatto la mossa sbagliata, perdendo la partita.

Mentre li osservavo, provai un senso di dispiacere, poi d'un tratto, una voce possente risuonò in tutta la biblioteca:
"Attenzione a tutti i partecipanti e spettatori! La prima parte del torneo di Nexus Arcani dell'Accademia di Eosara è giunta al termine. Un caloroso applauso per gli incredibili duelli a cui abbiamo assistito oggi! Ma non disperate, la seconda fase ci attende! Ci rivediamo domani per nuove, avvincenti sfide!"

Alzai lo sguardo e vidi Elyndor che parlava con la sua amica, era visibilmente amareggiato. Stavo per andarmene quando i suoi occhi incrociarono i miei. Un fremito mi attraversò il petto.
Sentivo salire l'imbarazzo, ma non distolsi lo sguardo.
Mi fece un cenno con la mano e così mi avvicinai...

"Ehi unisciti a noi! Stiamo andando alla locanda di Gavren, non è molto distante da qui." "Dopo questa delusione ci farà bene sicuramente." Concluse la sua amica.
La locanda la conoscevo già, sapevo che il proprietario era l'organizzatore di una festa che si teneva ogni anno nella nostra città, ma a parte questo, non ero mai entrata... Forse mi sarei sentita un po' fuori luogo?

Eravamo tre giovani elfi, la locanda l'avevo sempre associata a ragazzi più grandi di me. Volevo dirle di no per questo ma poi le parole della Saggia mi risuonarono nella testa...
"Integrazione", in sostanza voleva che mi facessi degli amici; stavo per risponderle ma vidi un cambio nella sua espressione.

Un pensiero sembrava averle attraversato la mente all'improvviso: "Aspetta...Prima le buone maniere, ti sto invitando come se ti conoscessi da sempre ma non ci siamo mai presentate" fece un piccolo passo indietro ed un piccolo inchino "io mi chiamo Linaya. E tu?"

"Piacere di conoscerti, io sono Celeste." Conclusi con un piccolo sorriso imbarazzato.

"Bene, ora che le presentazioni sono fatte, direi che possiamo andar via! Tanto Elyndor già lo conosci, no? Mi ha detto che frequenti il suo corso di addestramento" aggiunse accennando un sorriso.
"S-sì... È vero, l'ho conosciuto lì" "allora dai...Vieni con noi!"
"D'accordo e tante grazie per l'invito!"

Fuori l'aria era fresca, ci avviammo lungo la strada che conduceva alla locanda. Notai che Elyndor era piuttosto silenzioso, camminavo accanto a Linaya ma non riuscivo a distogliere lo sguardo da lui.
Non sembrava sereno, a dire il vero, non sembrava nemmeno più l'elfo dai capelli spettinati che mi aveva sorriso con naturalezza quel giorno dopo la lezione, ora pareva appesantito da un pensiero che non riusciva a lasciare andare. Per un attimo credetti che fosse la mia presenza a creargli qualche problema ma non era imbarazzo, era qualcosa di diverso.

Dopo aver seguito una scorciatoia suggerita da Linaya, sbucammo davanti alla locanda di Gavren. Varcammo la soglia e ci accolse un fantastico profumo, simile a quello che c'era a casa mia quando nonna cucinava.
Sugli scaffali dietro al bancone vedevo spiccare decine di bottiglie etichettate con un nome curioso: "La Furia del Drago".

"Attenta a cosa ordini" mi disse Elyndor, appoggiandosi ad una colonna.

"Quell'idromele non è roba per te...È troppo potente!" Aggiunse con tono provocatorio, ma divertito.
Ero felice, finalmente mi aveva rivolto parola con una battuta!

Stavo per ribattere perché volevo stare al gioco ma la voce di Linaya mi interruppe.
"Gavren!!"
L'uomo non si voltò subito nonostante fosse lì a poca distanza da noi, intento a sistemare dei boccali.

"Ehi, signor Gav, credo che le tue orecchie stiano diventando un po' pigre!" Aggiunse lei, affettuosamente. C'era molta confidenza anche con lui per fargli un commento del genere.
Si girò lentamente. Era un Alogon ormai anziano ma dal portamento fiero e dalla presenza ancora autorevole.
Le sue mani grandi si muovevano con sicurezza, sembrava davvero che fosse li a servire boccali da tantissimo tempo.
Poi vidi che alle sue spalle, c'era un giovane con lo stesso portamento che sistemava delle casse.

"Figliolo, porta quei bicchieri nuovi da questa parte" disse Gavren, il ragazzo obbedì senza proferire parola.
Il legame tra loro era evidente. Ero certa che l'aiutante fosse suo figlio.
Gavren si avvicinò al tavolo con un panno sulla spalla.

"Allora, ragazzi miei...Siete stati al torneo? Vi porto il solito?"

"Si, veniamo da lì. Ma stavolta non è andata bene purtroppo, siamo venuti qui proprio per ricaricarci un attimo Gav, il solito andrà benissimo, grazie!! A meno che tu non abbia inventato qualcosa di nuovo!" Rispose Linaya strizzando l'occhio.

"Per sperimentare ci vuole calma e clienti pronti a rischiare" ridacchiò Gavren.
"...Poi lo sapete come la penso: per voi giovani è importante dissetarsi senza far girare troppo la testa. Tua madre, Lin, si sente tranquilla a saperti qui... Continuiamo a farla stare tranquilla! Quindi... Solita Luce di Bosco. Frizzante, con i migliori frutti di bosco di Eosara. Una bevanda leggera, adatta a voi giovani."

Mi guardò ed aggiunsi "Luce di Bosco anche per me signore, mille grazie."
Elyndor prese il bicchiere e si allontanò in silenzio, avvicinandosi al bancone.
Io e Linaya restammo a fissare il liquido ambrato e frizzante nei bicchieri.
"Qualcosa lo tormenta? È per la sconfitta di oggi? "Le domandai sottovoce, non potevo resistere, volevo sapere.

Linaya scosse la testa e la sua espressione si fece seria: "non ti conosco bene, ma ho la sensazione che posso fidarmi di te quindi te lo dico; non lo fa per scortesia però ogni volta che finiamo una battaglia di Nexus Elyndor cambia, è come se si chiudesse in sé stesso per un po'."

La ascoltavo, senza interromperla.
"Pensa a suo padre quando è così. È stato lui ad insegnargli le regole del gioco. Passavano ore insieme, adesso che è tornato alla natura... Ogni partita gli ricorda quel vuoto, riesce a giocare spensierato solo al tavolo con sua madre."

Restai in silenzio, quelle parole mi colpirono profondamente perché, forse io e lui...Forse avevamo qualcosa in comune...L'assenza di un padre.

Il tempo trascorse velocemente e dopo quella triste parentesi, quando Elyndor si riunì al nostro tavolo, affrontammo argomenti leggeri e spensierati ridendo, ridendo veramente tanto. Era tanto che non mi accadeva.
Prima del tramonto, li salutai e mi avviai verso casa.

Il giorno dopo, ci eravamo dati appuntamento davanti alla biblioteca per la seconda fase del torneo ma arrivai tardi.
Le sfide erano ormai terminate e tutto era tornato alla normalità: un luogo quieto e silenzioso dove consultare pergamene e tomi elfici... Proprio come piaceva a me anche se quell'aria di ieri un po' mi mancava.

Davanti alla porta d'ingresso, Elyndor e Linaya mi stavano aspettando.
"Ciao! Finalmente!" Esclamò Linaya. "Ci stavamo chiedendo se fossi stata inghiottita da un drago!"
Ormai ero preparata alle sue battute. Il suo modo di scherzare era affilato, ma mai cattivo e non potevo certo dirle che il mio ritardo era dovuto ad un'altra confusa visione evocata dal ciondolo, non li conoscevo così tanto bene da volergli parlare del potere del Linyavalë.

Così dissi una piccola bugia, sperando che né lei né Elyndor se ne accorgessero.
"Ero a casa, immersa in una lettura, scusatemi, ho perso la cognizione del tempo."

Linaya si sistemò una ciocca ribelle della treccia e rispose con un sorriso:

"ho capito. Mi spiace Celeste, ma io adesso vi devo salutare. Ho promesso a mia madre che l'avrei aiutata con certe cose, se non arrivo in tempo...Beh meglio che non ve lo dica cosa è capace di fare." Ci fece l'occhiolino e si allontanò, lasciandomi da sola con Elyndor davanti alla biblioteca.

"Ti va se ti porto in un posto? "Mi domandò.
Riposi immediatamente senza pensarci troppo "certo, vengo volentieri!".
C'era qualcosa in lui che mi spingeva a seguirlo, qualcosa di viscerale anche se non sapevo spiegarlo.
"Ma non mi dici com'è andato il torneo? "
"Mmm...Diciamo che non ho avuto fortuna con le carte neanche stavolta! Camminiamo, è meglio..." Mi fece un sorrisetto.
"D'accordo" conclusi.

Dopo un lungo sentiero, sbucammo davanti ad una radura verdeggiante...Non conoscevo quel posto, era la prima volta che lo vedevo. La radura era immensa ed un edificio dalle pareti in legno ed il tetto di paglia si ergeva perfettamente al centro. Sgranai gli occhi, restai per qualche istante senza fiato.

"Noooo...Non può essere..." Pronunciai ad alta voce.

Davanti a noi pascolavano in libertà almeno un centinaio di unicorni.
Erano sparsi tra l'erba alta ed i fiori selvatici, manti bianchi come la neve, criniere dai colori straordinari: azzurro cielo, rosso fiammeggiante, verde come il muschio ed oro...I più belli, esattamente come il colore dei Soli Gemelli.
Non avevo mai visto degli unicorni dal vivo prima d'ora. Per noi elfi sono creature sacre, spiriti della foresta e simboli di speranza.

"Che dono" pensai.
Ammirare da così vicino tanti unicorni... Elyndor mi stava offrendo un privilegio raro.
Li conoscevo solo attraverso le pagine dei libri e nei racconti antichi di mia nonna.
Un'ondata di entusiasmo mi travolse.
Mi voltai verso Elyndor, pronta a chiedergli dove mi avesse portata...Che posto meraviglioso era questo... Ma lui mi anticipò.
"Benvenuta. Questa è casa mia."
"C-Cosa??? Tu scherzi."
Mi sorrise.

"Ma sono tuoi? Ma come fai a vivere vicino a tutti questi unicorni? Sono rarissimi!"

"Beh io e la mia famiglia siamo i "Protettori del Corno", in pratica, ne siamo gli allevatori."
Lo seguì con lo sguardo mentre camminava sull'erba.

"Scusami ma non posso crederci...Mi sembra incredibile che tu sia uno di loro! È vero quello che ho letto? Gli unicorni vengono custoditi dai protettori come voi finché non trovano qualcuno degno di unirsi a loro?"
"Si si è così. Abbiamo il compito di allevarli finché non si legano ad un prescelto.
Di solito, è qualcuno destinato a compiere qualcosa di grande."
"Ma... Ma io ancora faccio fatica a crederci. Che bello per te e la tua famiglia occuparvi di loro, ma che grande responsabilità!
Senti ma hanno un nome?
"Oh si che ce l'hanno! Te li presenterei tutti, ma non basterebbe tutta la notte!"
Scoppiammo a ridere.

Poi aggiunse:
"Pensavo che Lin te l'avesse già detto... Parlate molto, voi due. O almeno così mi è sembrato."

La sua osservazione mi spiazzò, ma era evidentemente un buon osservatore. Sapevo della perdita di suo padre perché Linaya me l'aveva detto ma non sapevo niente della fattoria e degli unicorni, non ne avevamo mai parlato, strano ma era così.

Così, con tatto, cambiai discorso:
"tu e Linaya siete molto legati, vero? Ieri ho notato un'intesa forte tra voi due."

"Siamo cresciuti insieme, passavamo le giornate tra la mia fattoria ed i vicoli del mercato di Eosara.
Siamo inseparabili ed inoltre le nostre madri sono sempre state grandi amiche, si conoscevano da molto prima che noi nascessimo. Per questo siamo cresciuti come fratello e sorella praticamente."

Chiacchierando ci sdraiammo sull'erba, circondati dagli unicorni che emettevano versi lievi, simili a melodie. Mi sembrava che stessero quasi cantando, in un linguaggio che solo la foresta sembrava comprendere ed assecondare con altri suoni, era tutto così magico.

Elyndor era una inarrestabile fonte di racconti. Desiderava farsi conoscere davvero ed io lo lasciai parlare, ascoltando in silenzio.
Mi raccontò del suo legame con Linaya e di come fossero cresciuti troppo in fretta.

Agivano con la lucidità di elfi ben più maturi, come se già portassero sulle spalle il peso di tempi duri che avevano trascorso insieme.
Capivo che dentro di sé desiderava altro. Forse mi stava dicendo, tra le righe, che certe responsabilità non avrebbero dovuto appartenergli. Voleva solo essere un giovane elfo, libero.

Poi fece un lungo respiro e disse guardando verso l'alto: "s-se in qualche occasione mi vedi rattristato o silenzioso, non è colpa tua o di Lin...Mi è ancora difficile parlarne ma mio padre...Lui è tornato alla natura da poco tempo ed a volte mi faccio travolgere dai ricordi."
Lo sapevo già. Ma non dissi nulla. Rimasi immobile. Eppure sentivo che Elyndor voleva dirmi di più. Così, con dolcezza, gli chiesi: "vuoi parlarmi di lui?"
Lui si sollevò lentamente dall'erba. Temetti di aver toccato una ferita ancora troppo aperta, ma il suo sguardo era diverso, più intenso.

"Seguimi" mi disse.

Mi prese per mano, non me lo aspettavo ed il mio cuore iniziò a battere fortissimo, ci incamminammo verso l'edificio al centro della radura e quando Elyndor aprì il portone mi trovai davanti un luogo meraviglioso e poetico: le stalle degli unicorni, vederle dal vivo faceva tutt'altro effetto, io me le ero sempre immaginate dai libri. Certo erano pur sempre delle stalle, ma non era solo un posto in cui custodirli, era la loro casa, inoltre Elyndor e la sua famiglia facevano di tutto per tenerle pulite ed in ordine, sembravano portare molto rispetto agli unicorni.

La luce naturale filtrava dai grandi finestroni ed ogni stalla aveva la sua mangiatoia, ricolma di erbe profumate. In fondo, vasche di pietra traboccavano di acqua pura, limpida come cristallo, alcuni unicorni erano lì chinati a bere.

Poi in tutto quello splendore qualcosa di macabro attirò la mia attenzione.
C'era una porta socchiusa, dimenticata, che rivelava al suo interno solo della polvere e che mi trasmetteva brutte sensazioni. Elyndor si fermò proprio lì davanti:
"Prima ti ho parlato del legame tra unicorni e prescelti... Ricordi?"
Annuii in silenzio.
"Ma non tutti i prescelti brillano di luce, alcuni sono nati per l'ombra.
Sono creature che usano la loro fiamma interiore non per illuminare, ma per distruggere."
Abbassò lo sguardo, poi indicò quella stalla vuota.

"Anni fa, uno di loro è riuscito ad avvelenare la purezza dell'unicorno che viveva qui."
Restai in silenzio. Ogni frase che mi veniva in mente sembrava troppo fragile, troppo piccola di fronte a quelle parole.

Poi la sua voce si fece più bassa, sottile, quasi un sussurro: "mio padre ha provato a purificarlo. Ha tentato di estirpare l'oscurità che lo aveva corrotto...Ma nel farlo, è stato avvelenato anche lui.
Mia madre si rivolse a tutti gli elfi esperti di Eosara. I più abili nell'arte della guarigione.
Hanno provato ogni rimedio, ogni incantesimo, ogni erba conosciuta, hanno cercato di purificare il suo sangue...
Ma per la prima volta fu tutto inutile, fu il primo elfo che non riuscì a guarire."
All'improvviso, una lacrima mi scivolò sul viso. Istintivamente sollevai la mano per asciugarla ed Elyndor se ne accorse, abbassò lo sguardo senza dire nulla.

Mi sentivo in balia delle emozioni. Lui mi aveva aperto il suo cuore ed io avrei voluto fare lo stesso. Parlargli di mio padre, per mostrargli che conoscevo quel dolore. Il vuoto. L'assenza. Per farlo sentire meno solo nel suo dolore.
Le parole erano lì, pronte ad uscire. Un rumore improvviso però spezzò quella intimità che si era creata.
Il grande portone scricchiolò, dopo qualche istante si udì un tonfo. Mi voltai di scatto.

Una figura femminile si stagliava sulla soglia: un'elfa dalla pelle chiara e luminosa. Dai lunghi capelli nero corvino spuntavano due ciocche bianche come la luna.

La sua presenza era rassicurante, avvolgente. Emanava un'aura speciale e potente, capì subito che era la madre di Elyndor.

Erano molto diversi nei tratti, ma sentii in quell'istante quasi le stesse sensazioni di quando ero con lui.

Mi guardò con un'espressione sorpresa, forse di trovare suo figlio con un'elfa che non fosse Linaya, poi mi rivolse un lieve sorriso. Si girò verso Elyndor, con tono fermo ma dolce allo stesso tempo gli disse:

"hei Ely sei qui! Gli unicorni devono tornare nelle stalle. Si sta facendo tardi."
Lo accompagnai mentre si avviava verso i recinti. Gli unicorni iniziarono a seguirlo con obbedienza, ognuno dirigendosi con passo sicuro verso il proprio rifugio, come se sapessero che la notte stava arrivando.

Elyndor si voltò verso di me.
"Ti va di entrare in casa? Ti riaccompagno io più tardi." Ero in imbarazzo ma avevo una gran voglia di restare, vedere casa sua mi avrebbe mostrato un'altra parte importante di lui così risposi "Sì... Volentieri".
La sua casa era calda, in perfetta armonia con la natura. Le pareti erano adornate da rampicanti e foglie, una luce morbida filtrava dall'alto del lucernario illuminando ogni angolo con delicatezza.
La mia attenzione fu subito catturata da una tunica di piccole dimensioni poggiata su una sedia in legno che sembrava appartenere ad un bambino.
Proprio mentre osservavo gli oggetti intorno a me la madre di Elyndor si avvicinò poggiando la sua mano sulla mia spalla:

"sei un'amica di Elyndor? Scusami se prima, nelle stalle, non ti ho salutata come avrei voluto...Ma prima che cali la notte ho sempre fretta di riportare gli unicorni nei rifugi. È importante proteggerli dal buio."

Poi, con un sorriso gentile, aggiunse:

"Il mio nome è Theona, come avrai capito, sono la mamma di Elyndor e di..." Non fece in tempo a concludere la frase che da sotto la sua veste sbucò il volto di un piccolo elfo, il sorriso vispo e contagioso.

"...E del vivacissimo Falidor, che adora infilarsi sotto la mia tunica!" concluse ridendo.
Scoppiammo tutti in una risata. Con un pizzico di imbarazzo, replicai:

"sì, sono un'amica di Elyndor. Piacere signora, mi chiamo Celeste."
"Ti unisci a noi per cena?" mi domandò Theona.
"Se non porto disturbo sarebbe un piacere per me signora!" " Celeste, chiamami Theona per favore. Resta cara, mi fa piacere! Anche se devo ammettere che non sono una gran cuoca! Mio marito... Era lui quello bravo in cucina" ci scambiammo un sorriso con gli occhi. "D'accordo, grazie. Esco un attimo qui fuori per avvisare mia madre". Così, chiesi il permesso a mamma attraverso un incantesimo di comunicazione a distanza, piuttosto difficile, a dire il vero e la rassicurai che mi avrebbe riportato Elyndor a casa, volle parlare con Theona ma poi mi diede il suo consenso.

Iniziavo ad avere un po' fame e dalla cucina sentivo provenire un profumo delizioso, pensai che a giudicare dall'odore Theona non era così male in cucina come mi aveva confidato, ma stranamente la tavola non era ancora apparecchiata. Forse Theona notò il mio viso perplesso.

"Celeste, prima di mangiare, io ed i miei figli ci concediamo sempre un momento speciale: una partita a Nexus, una tradizione di famiglia, un piccolo rito che ci unisce ogni sera. Vieni cara, siediti. "
"Mi piacerebbe molto, ma io...Io non so giocare."
"Non preoccuparti, Elyndor può mostrarti come si gioca!"

Mi misi subito seduta accanto ad Elyndor, lo seguivo con attenzione mentre mi dava delle istruzioni. Mi mostrava le carte, le diverse tipologie di mosse e soprattutto come ogni decisione poteva avere conseguenze a catena nei turni successivi. Ad ogni spiegazione, si accendeva nei suoi occhi una luce speciale, quella di una passione autentica; sapevo molto bene da dove proveniva e col suo modo di fare e di spiegare, stava appassionando anche me.
"Ehi Cele, che dici? Facciamo un giro di prova? Te la senti? "
Iniziammo ufficialmente la partita e l'atmosfera si accese, nonostante fossimo in un contesto famigliare, la sfida era presa molto sul serio: le mosse erano ragionate, il silenzio tra un turno e l'altro pieno di pensieri...
Il fratellino minore di Elyndor seduto accanto alla mamma, giocava seguendo le sue indicazioni sottovoce.
Lei gli sussurrava consigli con dolcezza, guidandolo appena, senza mai esagerare, nonostante fosse ancora così piccolo, lo lasciava libero di usare le sue strategie.

Io osservavo, provavo, sbagliavo, ad ogni round capivo qualcosa di più.

Quella sera, ovviamente, non vinsi. Ma mi innamorai del gioco e da allora, ogni volta che se ne presentava l'occasione, mi univo alla partita. Con il tempo, mossa dopo mossa, mi accorgevo di diventare sempre più abile, presi anche a collezionarne le carte.

Atto 2: La Scoperta Ed Il Pericolo

Capitolo 7:
Il lato oscuro della Torre

Il tempo scorreva lento, come il Lindaril, il più antico dei nostri fiumi.
E l'amicizia tra me, Elyndor e Linaya cresceva ogni giorno di più.
Non sapevo spiegare come fosse successo ma ormai sentivo un filo invisibile unire i nostri cuori, ed era una sensazione meravigliosa.

Eppure, c'era sempre qualcosa di cui non riuscivo a parlare, quando si presentava l'occasione ed ero sul punto di confidargli la questione delle visioni legate al ciondolo mi tiravo sempre indietro, mi sentivo un po' come se viaggiassi con loro su una carrozza ed uno dei cavalli non andasse come gli altri, come se tirasse da un'altra parte. Avrei voluto aprirmi ma allo stesso tempo non lo volevo.

Ad esempio avevo solo accennato ai legami della mia famiglia senza mai entrare nei dettagli, ero la nipote del Primo Consigliere del Re di Eosara e mia madre era una Custode del Tempio. Appartenevo ad una delle famiglie più prestigiose della città ed il nostro nome lo conoscevano quasi tutti, a differenza di Elyndor e Linaya che discendevano dal "popolo".

La famiglia di Elyndor, pur allevando unicorni e custodendo un compito sacro, aveva scelto di vivere lontano dalla popolarità, lontano dai privilegi della corona ed era stato lo stesso Elyndor a dirmelo.
Era proprio in quella semplicità d'animo che, per la prima volta, mi sentivo davvero me stessa, dopo una vita trascorsa a sentirmi diversa.

Sono sempre stata abituata a frequentare persone importanti nel regno, la mia stessa famiglia lo è...E nonostante sapessero da dove venivo, non me lo hanno mai fatto pesare, per questo mi sentivo me stessa con loro due. E sono grata alla mia famiglia perché mi ha sempre permesso di vedere davvero cosa conta, mi hanno insegnato che la gentilezza, l'umiltà e la bontà sono molto importanti ed è questo che rende le persone di valore, non un titolo o una medaglietta appesa alla casacca.
Volevo fidarmi di loro, lo volevo davvero.

Col tempo, mi ritrovavo sempre più spesso nella fattoria di Elyndor.

Ci piaceva sdraiarci sull'erba a guardare il cielo, mentre gli unicorni, ormai abituati anche alla mia presenza, pascolavano tranquilli attorno a noi. Altre volte invece ci perdevamo tra i vicoli affollati del mercato di Eosara, immersi nei profumi, nei colori e nelle voci. Linaya mi raccontò che i suoi genitori avevano ereditato da sua nonna un banco al mercato che un tempo vendeva oggetti vari tra cui gioielli che erano la vera passione di Linaya, ma sua nonna tornò alla natura qualche tempo prima e le cose cambiarono e ad oggi si occupavano di commerciare tessuti a dir poco meravigliosi, si vedeva che sapevano fare il loro lavoro.

Linaya infatti non si addestrava più in accademia, mi aveva confidato che stava dedicando tutta la sua vita a portare avanti l'attività della famiglia.
Ormai li conoscevo bene, così, un giorno finalmente, mi convinsi che dovevo iniziare a parlare davvero di me.

Colsi l'occasione un giorno che eravamo sdraiati sul prato della fattoria, mentre Elyndor intagliava un pezzo di legno e Linaya decorava la sua treccia con dei fili colorati, mi alzai in piedi, presi un lungo respiro e parlai come se stessi facendo un annuncio importantissimo:
"ragazzi...Emmh. Volevo dirvi che...Mia madre e mio nonno avrebbero piacere di conoscervi meglio, passiamo così tanto tempo insieme che credo sia arrivato il momento di presentarveli."
A dire il vero, mia madre ne sentiva il bisogno quasi quanto me. Le parlavo di loro così spesso che, in un certo senso, le sembrava già di conoscerli.
Linaya si voltò e mi sorrise: "Cele!!! Ma è fantastico!! Sarà un vero piacere."
Ovviamente sapevano già che non avevo mai conosciuto mio padre. Fu l'unica cosa che trovai il coraggio di dire, solo poche settimane dopo che anche Elyndor mi raccontò della sua perdita.

Riuscii a dirgli quel poco che sapevo: che per motivi a me sconosciuti, aveva lasciato Eosara.
Quel giorno arrivò più veloce di un fulmine durante una tempesta. Camminavo avanti e indietro per la casa, agitata ed ogni suono mi faceva sobbalzare. Nel frattempo mia nonna preparava la tavola con la cura di sempre. Le piaceva apparecchiare con i migliori servizi di piatti e bicchieri anche senza ospiti a cena.

"Ricordati Celeste che una tavola curata è un gesto d'amore", me lo ripeteva sempre.
Quella sera aveva deciso di usare i piatti in pietra, i miei preferiti, erano sottili come ali d'insetto e dei bicchieri luccicanti che sembravano scolpiti in un cristallo.

Per non parlare del profumo inebriante, un intreccio di aromi deliziosi di cibo e fiori che si diffondeva nell'aria. Nonna sì che aveva un dono, lei riusciva a cucinare pietanze elaborate, sia dolci che salate, con grande naturalezza ed in pochissimo tempo.

Ero nervosa e guardavo continuamente fuori dalla finestra.
"Amore, stai tranquilla" mi disse più volte nonna.
I due Soli erano ormai tramontati, ero affacciata alla finestra ed osservavo le scie di rosso acceso che avevano lasciato nel cielo, bellissime.

E poi, all'improvviso, li vidi: Elyndor e Linaya erano arrivati.
"Ciao ragazzi!! Ben arrivati! Entrate entrate" disse mamma spalancando la porta di casa. Con un sorrisetto accennato li osservavo. Si guardavano attorno con curiosità. Elyndor aveva lo sguardo attento su tutto, Linaya, invece era stranamente silenziosa.
Anche mio nonno, seduto al tavolo, li scrutava in silenzio, come se volesse comprenderli, anche se, in realtà, faceva così con tutti.
Vidi l'espressione di Elyndor sbalordita quando posò lo sguardo su di lui, lo riconobbe sicuramente per via del suo ruolo in Accademia.
Mia nonna, invece, si muoveva con grazia tra i piatti, riempiendoli continuamente, senza lasciare spazio tra una pietanza e l'altra. Era proprio da lei.
Poi, tutto d'un tratto nel bel mezzo della cena Elyndor si rivolse direttamente a mia madre: "Signora... non vorrei essere inopportuno ma non ho potuto fare a meno di notare il vistoso mazzo di chiavi che penzola dalla sua tunica. Che cosa sono?"
"Queste?" disse afferrandole e poggiandole sulla tavola. "Sono le chiavi del Tempio dei Soli. Le ho sempre con me perché sono una delle Custodi."
"Signora, in quanto custode del tempio ha accesso anche alla Torre, vero?"

Non avevo mai visto Elyndor così curioso. "Sono un giocatore di Nexus e le Torri mi hanno sempre affascinato. Mi...Mi rendo conto che è una richiesta insolita ma...Mi piacerebbe vistarne una!"
"Ma allora sei curioso proprio come la mia Celeste! Se vuoi potremmo andarci domani stesso! Ti confesso che la Torre non è un luogo che si apre facilmente a tutti ma per te posso fare un'eccezione."

Incredibile pensai, Elyndor aveva già conquistato la fiducia di mamma se lei gli aveva fatto una simile promessa.
E comunque la cena si concluse in un clima di perfetta armonia, era andato tutto per il meglio ed io ero così felice. Finalmente avevo mostrato ai miei amici la mia famiglia e le mie origini.

Il mattino seguente, mi svegliai con una strana percezione. Aprii gli occhi e sul bordo del mio letto c'era Elyndor, che mi osservava con un sorriso enigmatico.

"Ely! Ma che fai? Mi hai fatto prendere un bello spavento!!!" Esclamai. "Hai dormito qui? Ma quando sei arrivato?"
Il suo sorriso si allargò, rivelando quasi tutti i suoi denti bianchissimi.
"Buongiorno Cele! A dire il vero non ho dormito neppure un minuto, non vedo l'ora di andare alla Torre!"

Nonno si affacciò dalla porta della camera: "è arrivato qui molto presto il tuo amico Celeste, ero di sotto a prepararmi e l'ho trovato a cavalcioni sulla staccionata del giardino" "ehm si mi perdoni Signore! È che non sto nella pelle, voglio davvero visitare la Torre, lo desidero da quando ero bambino, mio padre me ne parlava sempre." "Vedrai ragazzo, non deluderà le tue aspettative, si tratta di una delle opere elfiche di maggior prestigio, mi raccomando seguite le indicazioni di Hylea quando sarete all'interno. Hai capito Cele? Dai retta a tua madre, non fare di testa tua." "Nonno..." gli risposi facendo il muso, lui fece un sorriso e tornò di sotto.

Elyndor iniziò a mettermi fretta così mi preparai in pochi minuti, decisi persino di prendere il cavallo di nonna pur di muovermi più velocemente. Galoppavamo lungo il sentiero che ci avrebbe condotto alla Torre, mamma già era lì ad aspettarci e così mentre il paesaggio scorreva veloce ai nostri lati, la Torre dei Soli emerse all'orizzonte come un enorme gigante di pietra. Elyndor era agitatissimo ed iniziò a parlare senza prendere fiato, mi divertiva vederlo così.
"Cele! Quella è la barriera che protegge la Torre vero? Mi sembra come quella che usiamo col Nexus più o meno."
Ero divertita dalla sua euforia.
"Vuoi che ti dia qualche spiegazione prima di entrare?"

"Sì, sì! Voglio sapere tutto!"
Mentre il cavallo continuava a galoppare ed eravamo sempre più vicini alla Torre, gli raccontai tutto ciò che sapevo:
"la luce che vedi tutt'intorno sì, è la barriera di protezione, quando brilla così forte non avvicinarti mai o il tuo corpo brucerebbe come uno stoppino in cima ad una candela! Lungo il perimetro invece pattugliano dei guerrieri, riesci a vederli?" Glieli indicai con il dito. "Sono fatti dell'energia dei Soli, sono le Sentinelle della Luce. Ne hai sentito parlare giusto? Mamma mi ha spiegato che sono creazioni evocate tramite un antico incantesimo elfico direttamente dai Custodi di Enarion ed ho trovato conferma anche sui libri ma non spiegano altro...
Poi...La parte più suggestiva...Come vedi è quasi completamente immersa nel mare, sembra un faro no? Tu che ne dici?"
"Sì è vero...Dico che è magnifica! "

"Eccoci arrivati! Lego il cavallo al recinto ed entriamo!"

Dopo aver attraversato il ponte sul mare che collegava la torre alla terraferma arrivammo davanti all'enorme cancello che improvvisamente si aprì rivelando al suo interno la figura di mia madre che disattivò temporaneamente la barriera nella zona del cancello per farci entrare.
"Ciao ragazzi e benvenuti!
Elyndor... Cele lo sa, ogni giorno ci sono nuovi incarichi da portare a termine al Tempio, ma oggi ho il piacere di mantenere una promessa. Sono felice di mostrarti la Torre in tutto il suo splendore, oggi non c'è tanto movimento perché è giorno di chiusura per il pubblico."

E così dopo essere entrati, percorrevamo la strada che separava il cancello dall'ingresso principale, l'atmosfera era immersa in un silenzio incantato. Sembrava quasi che ogni passo ci allontanasse dal mondo conosciuto, era una bella sensazione. Il portone principale si apriva prima con una chiave e poi successivamente al tocco di una mano autorizzata. Così mia madre posò la sua sul sigillo centrale a forma di sole che improvvisamente iniziò a brillare e poco dopo la porta si spalancò.

All'interno, la Torre era un luogo sorprendente. Elyndor non riusciva a contenere l'entusiasmo e mi divertivo sempre di più ad osservarlo. Camminavamo con la guida di mamma tra scalinate a spirale e pavimenti trasparenti fino ad arrivare alla biblioteca che conteneva un numero incalcolabile di libri antichi e rarissimi.
"Vogliamo fermarci qui? Penso che tu lo sappia Elyndor che Celeste adora i libri...E a te? Piacciono i libri?"
"A-Abbastanza signora." Leggere non era proprio in cima alla lista delle passioni di Ely ma credo che non volesse fare brutta figura.
Mia madre ci aveva dato dei tomi interessanti da consultare, io ero totalmente coinvolta quando tutto ad un tratto sentimmo un suono acuto simile al "din don" di una campanella.

"Scusatemi ragazzi, devo andare. Il dovere mi chiama, voi proseguite tranquillamente le letture. Cele, mi raccomando restate qui. Non potete girare nei locali da soli senza di me." poi mamma si allontanò.
"Sei fortunata Cele, hai una mamma davvero speciale."
" È vero!!! Anche se alcune volte vorrei che fosse meno protettiva e più diretta con me, nel dirmi le cose"
"in che senso?" "Hai sentito? Non vuole che vada in giro senza il suo permesso, ma non mi ha mai spiegato il motivo.
Mi ritrovo a farmi mille domande, soprattutto pensando a ciò che i racconti nei libri dicono sulla Torre e sui suoi segreti. Se vuoi possiamo provare ad esplorare un po'. Che dici?"

"Fai pure, io ti aspetto qui. Preferisco non disobbedire a tua madre"
"Ma non dobbiamo disobbedire, dobbiamo solo curiosare un po', senza allontanarci dalla biblioteca! "
Poco distante, intravidi una pila di libri rilegati in cuoio. L'avevo notata già prima di sedermi a leggere, mi sembrava una sistemazione strana per dei libri. Si innalzavano come una sorta di torre sbilenca. Mi avvicinai, spinta dalla curiosità. Mentre camminavo il Linyavalë cominciò a vibrare. All'inizio fu solo un tremolio leggero, quasi impercettibile ma poi divenne sempre più intenso.

Elyndor non sapeva nulla del ciondolo così cercai di non mostrare alcun tipo di reazione. Finché non udii di nuovo quella voce, nella mia mente:

"La posizione dei libri, non è casuale! Devono essere sistemati in un ordine preciso. La giusta combinazione rivelerà un passaggio."
Stavolta non potevo far finta di nulla, Elyndor mi stava fissando.
"Ely, vieni qui...Aiutami. Devo sistemare questa pila di libri in un ordine preciso."
"Ma...Ma che stai dicendo?".
"Fidati di me, ti prego."

Elyndor fece un lungo sospiro. Poi mi raggiunse ed iniziò a spostare secondo le mie indicazioni ogni singolo volume, io ero guidata dalla voce che proveniva dal ciondolo che continuava a sussurrarmi quale libro toccare, finché sentimmo un lieve scricchiolio rompere il silenzio. Un angolo della parete si sollevò, rivelando una scala di pietra che sprofondava nel buio.

Era inquietante e spaventosa ma avevo già deciso che dovevo andare avanti. "Lómelindra" dissi ad alta voce, sollevando la mano davanti a me. Il piccolo lume di fuoco ondeggiava, rischiarando la scalinata davanti a noi.
"Celeste, che vuoi fare?"
"Elyndor!! Non posso crederci...Sono sicura che abbiamo trovato le segrete della Torre. Io scendo, se non te la senti aspettami qui, anzi forse è anche meglio nel caso dovesse tornare mia madre, mi copriresti."
"Sarebbe meglio sì, ma non voglio lasciarti da sola!"

Pian piano stavamo scendendo "Poi mi spieghi perché lo stiamo facendo"
"sssh- Ely...Cerchiamo di muoverci in silenzio."

L'aria si faceva umida, giunti alla fine della scalinata ci trovammo davanti una sala immensa illuminata dalle pareti di vetro, completamente immersa nel mare. Al centro c'erano degli scaffali altissimi disposti a cerchio, mi ricordavano un po' un labirinto ed erano colmi di antiche pergamene.

"Ma che posto è? Hai letto qualcosa del genere sui tuoi libri?"
Non risposi. Poi abbassai lo sguardo sul Linyavalë. Proiettava un raggio sottile di luce azzurra come se volesse indicarmi una strada tra gli scaffali "Ely, non muoverti. Torno subito!"
Le pergamene tremolavano al mio passaggio, fino a che il raggio non si fermò, puntando dritto verso una di esse, arrotolata ed avvolta in un nastro rosso. La presi.
Elyndor era poco distante da me e con voce tesa mi disse: "Celeste, aspetta! Non aprirla!"
Per un attimo esitai ma riponevo la massima fiducia nel ciondolo e sapevo che se mi aveva condotta fin lì voleva che io leggessi.
Aprii la pergamena ma mi sentii stordita per qualche secondo, riuscii solo a leggere:

...PATTO IRREVOCABILE...

LEGAMI PROIBITI...

...IBRIDI...

Il mio sguardo fu catturato da quelle parole in rilievo.

"Celeste, non so perché ma ho una strana sensazione. Mi sento osservato, sbrigati andiamo via."
In effetti non era solo una sua sensazione con la coda dell'occhio vidi, al di là del vetro, qualcosa che giaceva sul fondale. Era una figura immensa, sembrava parte stessa del mare. Che fosse proprio lui, il drago Vaelthar...Potevo distinguere due simboli, uno di fianco all'altro, una luna crescente ed un sole...Sembravano due occhi ma avrei potuto sbagliarmi, ero terrorizzata.
Poco dopo lo indicai ad Elyndor che lo vide chiaramente.
"C-Celeste... Andiamo!"

Improvvisamente Elyndor afferrò la mia mano ed al tocco un'ondata di luce ci avvolse entrambi...Totalmente.
Quando la luce svanì eravamo di nuovo nella biblioteca a leggere libri, c'era anche mamma con noi. Mi voltai verso Elyndor e dal suo sguardo capii che era sorpreso quanto me.
All'improvviso sentimmo nuovamente quel suono... "dìn don", risuonò per tutta la Torre.

"Scusatemi ragazzi, devo andare. Il dovere mi chiama. Ma voi proseguite tranquillamente le letture. Cele, mi raccomando restate qui. Non potete girare nei locali da soli senza di me."
Quelle parole...Erano identiche.
Le stesse che mamma aveva pronunciato qualche minuto prima. Ma che stava succedendo?
Mamma si allontanò.
"Ely, ma che sta succedendo?" Sussurrai, confusa. "Sembra come se... Ma siamo tornati indietro nel tempo??"
Elyndor annuì lentamente vedevo il suo sguardo fisso nel vuoto.

Le domande affollavano la mia mente.
Ora lo scopo era uno solo: trovare le risposte.
A qualunque costo.

Capitolo 8: Il Segreto delle Torri

Velmora si trovava sulla parte occidentale di Galaris, rappresentava uno dei punti centrali, uno dei punti focali di Galaris perché era stata la seconda città a ricevere la costruzione di una torre. La Torre del Tramonto inizialmente era stata affidata in mani elfiche ma poi, questi si resero conto che il suo potere sarebbe stato in mani migliori se i veggenti ne avessero preso il controllo.

Non fu perciò un atto di altruismo bensì un segno di consapevolezza.

Questa volta il concilio si sarebbe tenuto a Velmora e per me questo era di importanza vitale.

Era tanto tempo che un concilio non veniva celebrato nella mia città natale ma non avevamo dimenticato come si dovevano organizzare le cose.

Erano settimane che ci stavamo preparando ad accogliere i regnanti di tutte le Torri, come si conviene in questi casi.

Ma stavolta ero in tensione, non era da me esserlo lo so. Negli ultimi giorni però non riuscivo a dormire sereno ed alla mia età questo non fa per niente bene. Mio figlio mi mancava, mi ricordo che quando mi capitava di non dormire lui preparava da sempre un decotto di erba sonnina che mi rilassava. Ora però lui non era qui, non sapevo più dove fosse da tanto tempo e a volte mi perdevo nei ricordi che avevo conservato nella memosfera e a guardare le vecchie memografie.

Mi preparai così una tazza di decotto, per provare a dormire...Almeno un po'.

Mentre bevevo mi sedetti vicino alla finestra dove la luna era alta nel cielo.

La serata era fresca così il tepore della bevanda mi scaldò e gradualmente mi addormentai senza rendermi troppo conto.

Mi ritrovai all'interno di un bosco, mi guardai intorno...Mi sembrava...Mi sembrava quello nel centro di Velmora. Anzi no...Sicuramente era quello al centro di Velmora. Davanti a me un fuoco crepitava ed io ero seduto su un tronco d'albero che era adagiato vicino al fuoco. Potevo sentire il calore del fuoco sulle mani, ma ero consapevole di star sognando. Noi veggenti spesso finiamo all'interno di sogni lucidi per via della nostra natura, mi sentivo a mio agio nei sogni perché normalmente ne avevo il controllo.

"Auuuuhhh" ..." Auuuuuuuhhh" ...un ululato possente si sentì mentre ero lì a contemplare il fuoco.

Sentii il rumore di una corsa, potevo distinguere dal rumore che si trattasse di quattro passi ritmati a coppie di due sempre più vicini.

Intorno a me tutto ad un tratto vidi comparire delle piccole luci dorate, prima due e poi quattro e poi otto e così via...persi il conto.

Poi davanti a me si mostrò Thoryndar con il suo mantello che lo riparava dagli sguardi indiscreti anche se i suoi artigli si vedevano distintamente nel buio della notte.

Ero abituato a vederlo, andavo spesso a trovarlo per confrontarmi con lui, così non mi sentii in pericolo.

La cosa strana però è che non era sua abitudine venire a trovarmi durante il sonno.

"Vyomar, amico mio" pronunciò accucciandosi alla mia destra.

"Che ci fai qui? Qualcosa ti preoccupa?" chiesi.

"Tu sai che qualcosa sta per accadere, giusto? Sei abbastanza esperto ormai da sentire quello che sta per succedere..."

Evidentemente non aveva percepito quello che mi stava accadendo. "Si, c'è un vento che non ho mai sentito anche le stelle hanno una luce più brillante del solito, però... non riesco più a vedere Thoryndar, ormai sono mesi che non riesco più a vedere.

Ho paura."

Lui voltò il muso verso di me, fece come per ispezionarmi da capo a piedi. Poi fece un gran sospiro e si sollevò sulle zampe.

"Andrà tutto bene, non dimenticare di cercare la luce" annunciò mentre mi parve di vedere un luccichio che si muoveva sul suo viso... una rigatura che gli scendeva dagli occhi.

Stava piangendo? Perché?

Mi sentivo in pace in quel momento, il crepitio del fuoco mi calmava, osservare l'ondeggiare quasi ipnotico delle fiamme mi era di conforto.

Thoryndar ululò di nuovo e poi si allontanò.

A terra vidi uno scintillio, erano le sue lacrime condensate in una piccola pietra che chiamai Thoryan...mi sembrava appropriato, in fondo era frutto del suo cuore e del suo affetto per me. Era di un blu cobalto con delle striature violacee dello stesso colore degli occhi di Thoryndar.

La presi e la conservai nella mia sacca anche se era un sogno non volevo lasciarla lì a terra.

Alzai lo sguardo verso il cielo ed una stella cadente mi passò sopra, in quel momento mi risvegliai nella mia stanza, mi ero addormentato sulla sedia vicino alla finestra.

La luce che traversava le tende mi colpiva in volto, si era fatto giorno.

Cosi mi sollevai a fatica dalla poltrona ed andai in cucina per mettere qualcosa sotto i denti.

Preparai una tazza di Kavethil che avevo acquistato da Marethon durante uno degli ultimi viaggi a Nerion, mi sedetti al tavolo e lo sorseggiai ancora stordito dal sonno.

Feci per alzarmi e mi resi conto che oggi Thalendir sarebbe giunto in città insieme a sua figlia Hylea per prendere parte al concilio.

Così mi vestii e scesi in strada raggiungendo Aelvaran nella piccola stalla che avevo nel cortile di casa.

Quando mi avvicinai lui stava seduto in terra, ma subito si alzò e quasi con un sesto senso...mi leccò il viso non dandomi quasi tempo di respirare.

"Hei sei di buon umore stamattina?" ridacchiando risposi alla sua manifestazione d'affetto.

Evidentemente sentiva cosa avevo dentro.

Così aprì il castelletto con la chiusura che teneva il piccolo cancello di legno e misi le briglie.

Salì a cavallo pronto per andare verso il castello di Velmora, pronto a ricevere Thalendir.

Il Concilio di Velmora

A cavallo su Aelvaran, passai di fianco alla carovana che entrava nel castello, i preparativi per accogliere i regnanti fervevano, onde evitare di rallentare passai dalla porta est del castello.
Arrivato a palazzo, legai Aelvaran nelle stalle reali e passando dai giardini raggiunsi la Sala del Trionfo dove Re Uranandor Lysarion e sua moglie Aetheria stavano prendendo posto.

Vicino all'entrata della sala, vidi Thalendir e sua figlia parlottare tra loro così mi avvicinai per salutarli.

Posi una mano sulla spalla di Thalendir per farmi vedere, lui si voltò e mi sorrise, mi abbracciò e quasi mi fece cadere l'Astryalis dall'impeto.
Non me l'aspettavo ma quella mattina evidentemente c'era qualcosa di speciale nell'aria.

"Come stai, dormito questa notte?" mi chiese sottovoce Thalendir mentre anche Hylea mi fece un piccolo inchino con il capo.

"Meglio di tante altre notti, ma senza erba sonnina diventa sempre più difficile." Gli confessai apertamente.

Era un uomo estremamente intelligente e sapevo che potevo fidarmi di lui e della sua amicizia.
Probabilmente era l'unico vero amico che avessi mai avuto e nonostante fossimo di due razze e due regni diversi, questo non rappresentava un problema anzi tutt'altro, ci univa e ci completava a vicenda.
Da quando Anthara non c'era più e Vyomandros era sparito da un giorno all'altro, lui era rimasto al mio fianco, nonostante la distanza fisica ci sentivamo spesso scambiandoci missive, ci piaceva mantenere dei metodi di comunicazione tradizionali quando non c'erano emergenze.

"Hei, hai sempre più capelli bianchi è?" affermò Thalendir osservandomi, "Perché tu pensi di essere più giovane? credo che tu non li abbia mai avuti come tutti gli altri o sbaglio?" "Ma sì certo che ce li avevo! Avevo i capelli biondi da giovane, come quelli di Hylea, vedi?"

Hylea era semplicemente meravigliosa nella sua tenuta da custode, raggiante quasi, anche se i suoi occhi erano come dire... più scuri del solito anche se allo stesso tempo il suo viso era molto dolce. Forse anche lei sentiva pesantemente la mancanza di Vyomandros, ma non volevo indagare.

Mi sentivo in colpa anche per quello che stava passando quella ragazza, io avevo perso le tracce di mio figlio e lei del suo compagno, avrei dovuto ricordarmi di parlarle di quel sogno che avevo fatto diverso tempo fa ma ora non era il momento, avevamo altro a cui pensare.

Ad ogni modo, accompagnava sempre suo padre negli ultimi tempi, non credo fosse soltanto per imparare da lui ma probabilmente anche Thalendir stava invecchiando, come me d'altronde.

"Non hai portato anche Sylmara?" gli chiesi, anche lei mi era stata vicino durante il periodo buio che avevo passato, spesso quando mi trovavo ad Eosara mi invitavano a stare da loro, mi trattavano come uno di famiglia ed a volte Sylmara mi preparava anche il Tharnelor d'Inverno perché sapeva che ne andavo matto, Hylea era più distante diciamo, soffriva come me, ne ero sicuro.

"No è rimasta a prendersi cura del giardino, sai com'è fatta lei. Il suo giardino e le sue piante a volte sono più importanti di me!" concluse ridendo come uno scolaretto.

Tre colpi a terra ci destarono dalla nostra chiacchierata:

"Vorthian ar selûn. Darel tha serûn, amar lothar." ("Che la soglia si chiuda. Le parole restino, il tempo decida."), Re Uranandor aveva pronunciato la frase di apertura così tutte le porte furono chiuse dalle guardie ed il concilio ebbe inizio.

Prendemmo posto vicino, ultimamente però il concilio era diventato uno sfoggiare informazioni e ostentare ricchezza più che effettivamente pensare al futuro ed al bene del popolo. Puntavano a mantenere uno status quo che sembrava essere gradito ai regni più influenti.
Non mi piaceva ed anche Thalendir era d'accordo con me sul fatto che alcune casate sembravano ostacolare il lavoro di sviluppo che altre volevano portare avanti.

Le discussioni vertevano ancora una volta su come poter mitigare le carestie che si propagavano dai regni del nord verso il centro.

La prima torre che aveva iniziato a percepire i cambiamenti più tangibili era stata la Torre dell'Alba ad Halmyris.

Re Helion infatti era visibilmente preoccupato e partecipava alla conversazione con il piglio ed il tono che tutti gli altri avrebbero dovuto mantenere.
I regni del sud però sembravano non curarsi di quello che stava accadendo, ipotizzando che una volta che i territori del nord avessero perso gradualmente la propria influenza e la propria popolazione, il sud avrebbe ricominciato a prosperare.

"Non è possibile, ancora non capite che il problema è su tutto Galaris. Dobbiamo agire tutti insieme per trovare una soluzione! Non è solo un problema di Halmyris o della Torre dell'Alba.
Se il flusso dell'Alba viene a mancare tutti ne subiranno, tutti i popoli subiranno le conseguenze!" esclamò con veemenza Re Helion.

Anche i Thalanor di Eosara ed i Lysarion di Velmora erano concordi con altri che parteggiavano per loro ed alcuni che semplicemente ignoravano la situazione, il problema è che negli ultimi anni la distanza psicologica aveva impedito ai pochi che erano concordi di trovare una soluzione, neanche i Custodi di Enarion avevano trovano una maniera efficace se non quella di contenere sempre di più l'uso della magia.

Cosi negli anni l'uso delle arti magiche era stato sempre più contingentato ma questo non aveva impedito il lento e inesorabile declino delle terre del nord soprattutto.
Flussi di persone si spostavano dai regni del nord ormai in maniera regolare verso il centro, erano alla ricerca di una salvezza che difficilmente poteva arrivare se non avessimo fatto qualcosa.
Re Thalanor stava per prendere la parola quando all'esterno della Sala del Trionfo si sentì gridare "fermati! per tutti i regni! lasciami andare" e poi un gran colpo scosse il portone della sala.

Un gran vociare si diffuse per tutta la sala, Re Uranandor parlava con il suo capitano delle guardie e si allontanò andando all'esterno da un accesso di servizio.

Thalendir ed io ci guardammo in volto, capimmo che qualcosa non stava andando per il verso giusto cosi feci un cenno al Re che con il capo mi diede l'autorizzazione ad uscire dalla sala.

La battaglia ha inizio

Seguimmo lo stesso percorso che il capitano delle guardie aveva mostrato qualche minuto prima, Hylea restò all'interno della Sala del Trionfo.

Appena fuori dal passaggio, vidi uno dei soldati del Re a terra con il viso che era diventato avvizzito e lui poggiato a terra in un angolo si lamentava farfugliando parole senza senso.
Non riuscivo a distinguerle bene così mi avvicinai per parlargli.

"Lui...la luna calante... mi ha...io non sono riuscito a...." Cadde a terra in fin di vita per poi tornare alla natura.

Il suo corpo era stato come prosciugato della vita, era una guardia reale per cui fisico imponente e tutto il resto.
Ora non era rimasto altro che un anziano veggente all'interno di quell'armatura.
Non capii cosa significasse la "luna calante" "Tu ci hai capito qualcosa?" chiesi dubbioso a Thalendir. "Assolutamente no, ma è una magia molto potente, questo potere è fuori dall'ordinario, eppure sono sicuro di aver già visto una cosa del genere." mi suggerì lui riflettendo.

Rumori di battaglia, spade e deflessioni magiche provenivano dai piani inferiori così ci precipitammo di sotto mentre i soldati sfrecciavano attorno a noi.

Seguimmo la battaglia ed arrivammo alla base della torre dove la Sala del Guardiano si frapponeva tra noi e la Sorgente.
Nella Torre del Tramonto era Thoryndar a proteggere la Sorgente, evidentemente aveva previsto tutto ecco perché era venuto a trovarmi.

Però la Sala del Guardiano era... aperta.
"Com'è possibile... solo i più alti Custodi in grado ed i Re conoscono la formula di apertura della Sala del Guardiano..."

"Appunto, evidentemente chi ci sta attaccando è in qualche modo legato ai Custodi o alle famiglie reali" ribatté Thalendir.

Avanzammo nella Sala ma Thoryndar non c'era, l'ansia iniziò a farsi pressante, mi guardai intorno ma avevamo solo corpi di anziani a terra in armatura e qualche soldato tremante sotto le pile di armature accatastate sopra di essi.

Aprimmo l'accesso alla Sorgente che fortunatamente era ancora intatto, forse eravamo arrivati in tempo.
All'interno non trovammo nessuno, sembrava tutto in ordine quando alle nostre spalle si sentì un ruggito.

Ci voltammo di scatto, Thoryndar saltava da un lato all'altro della stanza scomparendo mentre lo faceva.
Restava visibile solo il suo mantello e gli artigli che ci permettevano di seguire l'azione.
Delle figure incappucciate si scagliavano contro Thoryndar utilizzando incantesimi che non avevo mai visto finora.

Mentre Thoryndar combatteva, rivolsi uno sguardo a Thalendir che estrasse il suo bastone ed insieme ci preparammo allo scontro, lui con il suo ed io con il mio fidato Astryalis.

Mentre combattevamo, osservai i corpi degli assaltatori che pian piano svanivano tornando alla natura, alcuni di essi portavano un tatuaggio molto particolare poco prima di svanire, rappresentava una luna calante all'interno di un cerchio con un intreccio di radici alla base che lo sosteneva.

Con il fiato corto chiesi a Thalendir "Hai mai visto una cosa del genere?" "No, mai visto in centinaia di anni, Argh" rispose schivando un colpo.

Iniziavo ad essere stanco, un fascio d'energia magica mi colpì un braccio, che avvizzì improvvisamente per poi tornare gradualmente alla sua forma naturale dopo averlo curato.

Si trattava di un qualche tipo di incantesimo oscuro tanto più che alcuni di loro non erano né elfi né veggenti.

Thoryndar comunicando con noi mentalmente ansimò "Non possiamo andare avanti così, non andremo da nessuna parte. Voi dovete andarvene, dovete raggiungere Eosara. Subito.

Io userò la Sorgente per chiudere il portale dal quale stanno arrivando, voi fate ciò che vi ho detto".

Dovevamo correre ad Eosara ma ci avremmo messo delle settimane a cavallo, cosi Thalendir ebbe un'idea "Usiamo la Sorgente anche noi, aprirò un portale per arrivare a Eosara in un'attimo. È una situazione di emergenza, non possiamo perdere tempo".

"Sbrighiamoci, coprimi le spalle mentre preparo l'incantesimo" esclamò in tutta fretta preparando il Neryasal.

Era pericoloso ma non avevamo altra scelta, Velmora forse sarebbe caduta ma non volevamo che anche ad Eosara toccasse la stessa fine.

Il Neryasal era pericoloso, figuriamoci evocarlo usando il flusso della Sorgente, Thalendir rischiava di lasciare una parte di sé stesso all'interno del flusso, il potere della Sorgente era troppo grande per essere gestito.

Coprì le spalle a Thalendir finché non fu pronto, il portale si aprì e ci catapultammo dentro per ritrovarci nei pressi della Torre dei Soli.

Capitolo 9:
L'Attacco alla Torre

Seduta in casa, immersa nei miei pensieri, riflettevo sulle scoperte fatte alla Torre. Eppure, ciò che più mi turbava in quel momento era capire come Elyndor fosse riuscito a portarci indietro nel tempo. Avrei potuto chiederglielo ma non mi avrebbe dato una risposta perché era evidente che neanche lui lo sapesse.

A volte pensavo di aver immaginato tutto: la pergamena, il drago sul fondo del mare. Poi cercavo il confronto con Elyndor, che ultimamente sembrava in crisi con sé stesso ma che nei momenti di lucidità riusciva a confermarmi ogni cosa.

Il drago... non era una leggenda. Le parole scritte sulla pergamena, invece, non avevano alcun significato per me, però il ciondolo mi aveva condotta lì, mi aveva spinta a leggerle e doveva esserci un motivo.

Perché mamma non mi aveva mai parlato di nulla? Mi domandavo se fosse stato per proteggermi… o altro. Forse, visto che era una Custode, nascondeva più segreti di quanti avrei mai potuto immaginare.

Quel giorno c'era qualcosa di diverso nell'aria, scavavo tra i miei dubbi alla ricerca di risposte e guardando dalla finestra della mia stanza vidi il cielo oscurarsi lentamente, preannunciando una tempesta. Le nuvole, addensate sopra la foresta erano strane, avevano un aspetto minaccioso.

All'improvviso dalla cucina, sentii mia nonna pronunciare ad alta voce parole in antico elfico. Sembrava stesse recitando un incantesimo rivolto al cielo. Mi avvicinai e le chiesi a bassa voce, quasi temendo di interferire con la sua magia:

"Nonna, ma… Che succede?"

"Nelvar, en duial, lume na vather" rispose.

"Se le nubi danzano al tramonto, la tempesta cammina tra le strade?" Ma... che significa?

"Quando i segni dal cielo sono chiari, il disordine è imminente nella città. Temo, bambina mia, che stia per accadere qualcosa di brutto a Eosara" mi disse con tono inquieto.

Per la prima volta, la vidi impaurita. E questo spaventava anche me. Il peggio era che eravamo senza protezione: mia madre e mio nonno erano lontani da Eosara. Eravamo sole. Cercavo di farmi forza. Dopo tutto, eravamo due elfe legate dal sangue e dalla magia. In qualche modo saremmo riuscite a difenderci.

Ma da quale pericolo? Era questo a farmi paura.

Poi accadde qualcosa di incredibile.

Un tonfo secco risuonò in tutta la casa, come se un oggetto pesante fosse caduto da una grande altezza. Andai verso la sala da pranzo, da dove avevo sentito il rumore e vidi sul tavolo una pietra. Mi avvicinai con cautela.
Sulla sua superficie ruvida intravidi un messaggio che stava prendendo forma. Le lettere incise brillavano di luce argentata. Lessi a voce alta:

"La luce vacilla, rispondi al richiamo."

Mia nonna, che nel frattempo mi aveva raggiunta, mi guardava preoccupata.

"Celeste... Devi correre in città" mi disse. "Raggiungi la Torre. Questa è una richiesta d'aiuto! Il Guardiano della Torre dei Soli ha scelto te. Hai l'obbligo di rispondere al suo richiamo!"

"Vaelthar!" esclamai, sconvolta. "Ma nonna, come fai a sapere che è lui? È perché ha chiamato me? Forse il messaggio era per mamma! Lei è una Custode!"

Mi guardò per un attimo intensamente senza dire nulla, ma nel suo sguardo c'era tutta la risposta di cui avevo bisogno, poi mi disse: "Celeste... io lo sento, la chiamata è per te, fidati. Vai e non ti preoccupare per me io sto bene, sta tranquilla tesoro."
Ci pensai un attimo, poi in cuor mio seppi che era così
"D'accordo, allora vado."

Non avrei mai voluto lasciarla sola ma a quanto pare non avevo altra scelta. Così, infilai la pietra nella tasca della tunica e salì sul destriero di nonna. Galoppai verso il cuore di Eosara, diretta alla Torre dei Soli Gemelli.

La paura mi faceva avere il fiato corto. I ricordi dei libri letti sui Guardiani e sulle Torri riaffioravano nella mia mente. Provavo emozioni contrastanti: da un lato la paura, dall'altro volevo dimostrare a tutti di cosa ero capace.

Non riuscivo a crederci che il Guardiano aveva scelto me. Ma per fare cosa? E perché mia nonna parlava di disordini in città? Cosa stava succedendo a Eosara?

Trovavo forza nel ciondolo che portavo al collo e nelle mie origini, pensando a mia madre ed a mio nonno, al loro coraggio ed alla loro saggezza. Mentre galoppavo mi sentivo più grande, più forte. Volevo vedere cosa sarebbe stato per me il futuro, mi sentivo impaziente.

Continuavo a pensare che non sarei potuta andare senza i miei migliori amici, Elyndor e Linaya. Loro condividevano tutto con me ormai. Eppure ragionandoci non sapevo cosa avrei affrontato... e non volevo metterli in pericolo. Era giusto andare da sola.

Quando arrivai in città, il solito ordine era scomparso. Le strade, normalmente tranquille, erano ricolme di elfi che si muovevano in fretta, senza una direzione chiara. Sembravano smarriti ed i loro volti terrorizzati. Non avevo mai visto una cosa del genere.

Le nubi sopra di me erano sempre più scure.

"Ma cosa sta succedendo?" continuavo a ripetermi.

Mi diressi verso la strada del mercato, sperando di trovare Linaya e la sua famiglia. In lontananza, vidi che il loro banco era uno dei pochi ancora aperti. Mi avvicinai.

Linaya era lì, accanto a sua madre e c'era anche Elyndor!

"Cele! Ma che ci fai qui?" esclamò Elyndor, visibilmente sorpreso.

Feci un cenno a lui ed a Linaya, invitandoli a seguirmi in un angolo appartato. Estrassi la pietra dalla tasca, mostrai loro il messaggio del Guardiano.

"Che cosa? Un messaggio dal Guardiano della Torre?" esclamò Linaya, spalancando gli occhi.

"Sssh... non urlare, ti prego" le dissi. "Mi dite cosa sta succedendo? È tutto così strano. Voi eravate qui...che è successo?"

Elyndor abbassò lo sguardo poi inizio a parlare a voce bassa:

"Eravamo qui tranquilli, come sempre, poi all'improvviso un gruppo di persone incappucciate, in sella a dei cavalli neri, ha attraversato le strade seminando il panico. Nessuno ha avuto il coraggio di fermarli. Cavalcavano velocissimi. Erano diretti verso la Torre."

"Sapete chi sono e cosa vogliono?"
"No Cele, non sappiamo nulla. Abbiamo avuto paura e ci siamo nascosti dietro al banco di Lin. "

Mentre parlavamo una vibrazione scosse l'aria, attirando la nostra attenzione. Un "Tump Tump" faceva vibrare il suolo sotto i nostri piedi: era il plotone delle guardie reali che marciava per le vie della città.

Il loro capitano, Seryndra Val'shael, mi passò proprio accanto e per un attimo mi parve che i nostri sguardi si incrociassero.

Sicuramente si stavano dirigendo verso la Torre. Poi mi voltai verso i miei amici:

"Ragazzi, io devo seguirli. Solo così posso capire cosa sta succedendo e soprattutto cosa c'entro io con tutto questo."
Linaya mi guardò, stringendosi le mani: "Io resto qui Cele. Non posso lasciare mia madre da sola, fai attenzione ti prego, quelle creature incappucciate sono terrificanti! "

"Cele, vengo io con te. Non ti lascio sola." mi disse Elyndor.

Montò con me in sella al mio cavallo, dietro di me e ci accodammo in silenzio in fondo al plotone. Ora che cavalcavo con loro e con Elyndor, mi sentivo più sollevata. La loro presenza attutiva il timore che mi stringeva lo stomaco.

Mi voltai leggermente verso Elyndor ed a bassa voce gli domandai:

"Ely, ehi Ely...Se dovessimo imbatterci in qualcosa di estremamente pericoloso... pensi che riusciresti a ripetere la magia di quel giorno alla Torre? Quella che ci ha permesso di tornare indietro nel tempo?"

"Non lo so, Cele. Te l'ho detto, quel giorno non so come sia successo ma la magia si è scatenata da sola, spontaneamente, senza il mio controllo."
All'improvviso, il plotone si fermò, perfettamente allineato ai piedi della Torre dei Soli. Io ed Elyndor restammo in disparte ad osservare.

Seryndra avanzò di qualche passo e con voce ferma, iniziò a pronunciare ai suoi soldati parole di incoraggiamento:
"Valorosi guerrieri, abbiamo affrontato molte battaglie insieme. Ma oggi ci troviamo davanti a una minaccia che non sapevamo nemmeno esistesse. Eppure, questo non deve fermarci. In nome del nostro Re, del nostro popolo e della nostra terra, io vi chiedo: restate saldi. Difendete ciò che amiamo. Proteggete il popolo di Eosara!"

Vedevo lo sguardo degli elfi rivolto al loro capitano, colmo di stima. L'avrebbero seguita fino alla fine, senza esitazioni.

Stavo ancora osservando quella scena quando, all'improvviso, si aprì un varco davanti ai nostri occhi: una sorta di portale che pulsava di energia. Da lì vennero letteralmente proiettati fuori, come scagliati con forza, mio nonno ed un anziano veggente che non avevo mai visto prima.

"Seryndra, aspetta! Devo parlarti. Io e Vyomar veniamo da Velmora!" gridò nonno, rivolgendosi con forza al capitano.

"Prestate attenzione: ci sono gli Ankaris di mezzo, ma, stiamo per affrontare una minaccia che sfugge a ogni logica conosciuta. Non è un nemico comune, per questo non sarete soli: io e Vyomar combatteremo con voi!"

Iniziavo a preoccuparmi molto, se mio nonno doveva unirsi alla battaglia significava che il nemico non solo era sconosciuto ma probabilmente anche estremamente temibile.

Solo il ponte ci separava dalla Torre dei Soli. La barriera di luce che di solito la circondava era svanita e le Sentinelle che la vegliavano erano scomparse. Una magia potente e oscura sembrava pulsare dietro quelle mura.

Scrutavo il mare con ansia, sperando che Vaelthar, il Drago Guardiano, si palesasse per aiutarci. Se c'era qualcuno in grado di guidarci attraverso quel mistero, era lui.

L'incursione alla Torre ebbe inizio. Cavalcavamo tutti insieme verso il grande cancello. Elyndor si stringeva a me.

"Il mio compito è trovare il drago, sono sicura che così aiuteremo tutti" gli dissi con decisione. "Ely...dobbiamo farcela."

Una volta entrati nella Torre, l'oscurità ci avvolse. Fummo attaccati.

Creature incappucciate ci piombarono addosso da ogni lato. Non sembravano elfi, era impossibile capire chi fossero: i loro volti erano completamente nascosti e si muovevano con una velocità innaturale.

"Vogliono l'energia della Torre!" gridò mio nonno con tutta la voce che aveva. "Non permettete loro di raggiungere la Sorgente!"

Mi destreggiavo a cavallo tra colpi ed ombre in movimento, cercando di mantenere il controllo mentre il caos esplodeva intorno a noi. Elyndor continuava a suggerirmi come muovermi, dove girare, quando abbassarmi.

Eravamo circondati da magie sconosciute che attraversavano l'aria. Ma dovevamo avanzare. Le guardie avrebbero difeso la Torre. Noi dovevamo trovare il Guardiano.

Non potevo però ignorare del tutto ciò che accadeva intorno a me. Sempre più elfi cadevano in battaglia ma non in modo normale. Non erano semplicemente feriti: giacevano a terra in preda ad un delirio, con gli occhi sbarrati e le labbra che sussurravano frasi sconnesse. Era qualcosa di oscuro. Qualcosa che spezzava le loro menti, non solo i loro corpi.

Ero preoccupata per nonno. Lo vedevo combattere con coraggio, il bastone tra le mani ma i nemici non ci davano tregua. Poi mi tornò in mente ciò che aveva detto: la Sorgente.

Mi voltai verso Elyndor:

"Il drago deve essere lì" esclamai
"Li dove Cele? "
"vicino alla Sorgente... ricordo di aver letto nei libri che è un nucleo di potere, nascosto nel cuore della Torre. Se c'è un luogo dove può trovarsi il drago, è quello."

Scendemmo nelle segrete tramite il passaggio che avevamo trovato l'altra volta dalla biblioteca.

L'intuizione di Elyndor aveva senso: se la Sorgente era protetta dal drago, allora dovevamo cercare nel punto più profondo. L'ultima volta lo avevamo visto giacere sul fondo del mare. E se la Sorgente fosse proprio lì?

Iniziammo a scendere. Poco dopo giunsero anche mio nonno, il veggente suo amico ed un gruppo di guardie reali guidate da Seryndra. I loro volti erano segnati dalla battaglia, erano esausti.

Cercavo Vaelthar. E forse anche gli altri lo stavano cercando, ma non c'era traccia di lui.

Al suo posto, nella penombra della sala più profonda, trovammo una figura inginocchiata, il volto nascosto dal cappuccio. Davanti a sé, tra le mani, stringeva un oggetto dal quale si irradiavano strani simboli in continuo movimento, come scolpiti nella luce stessa.

Lo sfregava lentamente con le dita, come per mantenere vivo un contatto e stabilire una connessione con qualcun altro forse attraverso un incantesimo.

Ad un certo punto, una forza che non avevo mai sentito prima di quel momento prese possesso del mio corpo.

Senza volerlo, lasciai la mano di Elyndor, che avevo stretto fin da quando eravamo scesi nelle segrete e feci un passo avanti. Il mio respiro si fece affannoso.

Qualcosa stava cambiando. Avvertì una presenza dentro di me, un'energia che cercava spazio nel mio corpo, come se un'altra essenza mi stesse dominando. Non era malvagia, ma non ero nemmeno io.

Mentre Seryndra si preparava a colpire il nemico, udì una voce nella mia mente… un'altra voce:

"Ilyarthan. Invocalo."

Tentai con tutte le forze di resistere a quella presenza, di respingerla, di restare padrona di me stessa, avevo paura. Ma era inutile. Era troppo potente. Non avevo scelta…

E allora lo feci. Lasciai andare ogni resistenza e urlai:

"ILYARTHAN!"

Il suono si propagò come un'onda, rimbalzando sulle pareti di pietra, sotto lo sguardo dei presenti.

Un istante dopo, sentii il mio corpo cambiare. Le ossa si irrigidirono e dentro di me sentii un calore fortissimo, simile ad un fuoco.

Mi ero mutata in un drago, forse nel Drago Guardiano a giudicare dal riflesso che vidi sulla vetrata che dava sul fondale marino. Mi osservai le mani che erano diventate zampe con artigli.

Il mio ruggito squarciò le segrete. Lanciai fiamme dalle fauci per spaventare il nemico, che si voltò verso di me.
Spiazzati ordinarono la ritirata per poi sparire.

La minaccia era svanita ed io mi sentivo potentissima in quel corpo. Poco dopo ritornai alla normalità, in pochi istanti infatti, ripresi le mie sembianze.

Tutti avevano gli occhi puntati su di me, increduli. Mio nonno, che fino a quel momento non mi aveva vista durante la battaglia, mi guardava con un'espressione indecifrabile: un misto di stupore e preoccupazione.

Il tumulto si era placato, la Torre era salva. Ma la quiete era costata cara: molti guerrieri erano caduti, vite che nessuna magia avrebbe mai potuto restituire.
Quanto a me,non sapevo darmi nessuna spiegazione su quanto accaduto.
Fuallora che il Veggente, rimasto al fianco di mio nonno per tutta la battaglia, ruppe il silenzio:

"Thalendir, quell'elfa ha invocato l'Ilyarthan… che storia è questa? Non è possibile!"

"Vyomar… lei...lei è… "
"Mio Re!" esclamò di colpo Seryndra "Non dovreste essere qui! " tutti ci inchinammo davanti alla presenza di Re Aerendyl.
"In piedi forza, queste formalità lo sapete che non mi piacciono. Thalendir, ora che il nemico ha visto di cosa è capace, la sua vita è in grave pericolo" e rivolse lo sguardo verso di me mentre lo diceva.

All'improvviso, la sfera blu sulla sommità del bastone del Veggente si illuminò.
"Sire, Astryalis, il mio bastone sta emettendo una luce. Permettetemi di parlare a questa giovane."
Così, si rivolse sia a me che ad Elyndor, i suoi occhi erano buoni e colmi di gratitudine.
"Non ho mai mai visto nulla del genere... Sono scosso ma anche felice ragazzi... Grazie a voi, Eosara ed il Guardiano sono salvi per ora. Ma non possiamo abbassare la guardia"..si stava rivolgendo a tutti in quel momento.."Il Re ha ragione, la ragazza ora sarà in pericolo e non possiamo proteggerla da ciò che non conosciamo. Dobbiamo nasconderla almeno per ora."

"So cosa fare sire" disse nonno che si voltò verso Re Aerendyl che fece un cenno di assenso.
Si avvicinò a me senza parlare, mi strinse forte, come a volermi infondere coraggio. Poi, con un gesto deciso, batté il suo bastone contro il pavimento. Una luce intensa avvolse me ed Elyndor ed in un battito di ciglia fummo trasportati via.

Lontano.

Capitolo 10: La Fuga e la Verità

Viaggiammo attraverso un vortice di luce, rapiti da una forza che sembrava dividere il corpo in piccoli pezzi, era doloroso a tratti. Tutto attorno a me ruotava come in una centrifuga luminosa. Era la prima volta che viaggiavo in quel modo, mi sentivo sospeso tra mille direzioni, come se cercassi un appiglio in mezzo al nulla.

Con le braccia strette attorno al petto, nel tentativo di proteggermi, chiusi gli occhi e mi lasciai trasportare.

Poi, improvvisamente, sentì che i miei piedi toccarono di nuovo terra, ero frastornato. L'aria era molto calda. Riaprì gli occhi, mi voltai e Celeste era lì, accanto a me. Ero sollevato, a quel punto lasciai andare la tensione e sospirai profondamente.

"Ma...ma dove siamo?" mi chiese. Nella sua voce percepivo smarrimento.
Si guardava intorno, spaesata. Ci trovavamo su un tetto, ma non potevo dire con certezza se appartenesse a una casa o a qualche altra struttura. Sopra di noi, il cielo era azzurro e limpido. Oltre le linee dei tetti scorgevo... solo deserto.

Mi voltai verso di lei.

"Deserto. C'è solo un posto così in tutta Eosara... Nedia! ".

"Nedia? Ma è una città pericolosa, piena di mercenari. Perché nonno ci ha trasportati qui? "

Il tono con cui lo disse lasciava trasparire un misto tra preoccupazione e diffidenza.
La guardai, con un sorriso provocatorio cercando di rassicurarla.

"E cosa vuoi temere, esattamente? Ti rendi conto che hai assunto la forma del Drago Guardiano ed hai affrontato delle creature mai viste? Non credo che qualche mercenario possa essere un problema per te."

Per un istante restò in silenzio, poi scoppiammo a ridere, liberando la tensione. Ci concedemmo un momento di leggerezza: una risata sincera, quasi infantile, per ricordarci che eravamo vivi e che eravamo insieme.

Scendemmo dal tetto sfruttando una scaletta nascosta tra i muri di pietra. Camminavamo tra le vie di Nedia, il caldo era a dir poco insopportabile.

Ero molto teso. Le parole del Veggente continuavano a risuonarmi nella mente. Ogni volto che incrociavo mi faceva voltare di scatto.

Temevo che qualcuno, tra quelle strade affollate, potesse riconoscerci e condurci dritti dal nemico.

I nediati, così li chiamavano gli elfi di Eosara, ci osservavano anche se di sfuggita. Molti di loro erano Alogon: i loro volti erano temprati dal deserto e per sentito dire non godevano di una buona fama. Erano uomini potenzialmente pericolosi e fedeli solo al richiamo degli Oril.

Mi sforzavo di mantenere un'espressione neutra, ma il cuore mi batteva fortissimo. Celeste camminava al mio fianco in silenzio, vedevo il suo sguardo, non era affatto serena.

Poi, all'improvviso, dopo aver svoltato in un vicolo, un gruppo di persone ci accerchiò.

Erano elfi, ma ben diversi da noi. I loro lineamenti erano duri e la pelle, anche se più chiara di quella degli Alogon, risultava comunque scura per essere di razza elfica. Mi colpì anche il fatto che indossavano delle armature logorate e completamente annerite.
Un elfo dalla corporatura imponente, con lunghi capelli neri e una barba altrettanto scura, ci lanciò due armature.

"Prendetele ed indossatele. In fretta!"

Guardai Celeste, anche lei era spaventata, ma dovevo mantenere il controllo così obbedimmo. In fondo, cos'altro potevamo fare? Loro erano in tanti mentre noi solo in due e poi quegli elfi ci avevano circondato: sembrava ci stessero aspettando.

Mi guardai intorno ma non c'erano vie di fuga, il loro arrivo era stato preciso, quasi programmato.

Indossammo le armature e camminammo con loro tra le vie della città. Eravamo vestiti come loro: sembrava volessero quasi mimetizzarci, renderci parte del gruppo, invisibili agli occhi degli altri.
Dopo aver percorso poca strada, svoltammo bruscamente in un altro vicolo ma stavolta senza uscita.

Uno degli elfi si chinò davanti ad una crepa nel muro e pronunciando un incantesimo, improvvisamente la fessura si allargò, rivelando un passaggio segreto.

Scendemmo uno ad uno lungo una scala a chiocciola scavata nella roccia, ero terrorizzato, in quel momento pensai che fosse giunta la fine.
Temevo per la mia vita, ma ancor di più per quella di Celeste.
Stava succedendo tutto così in fretta che non riuscivo a ragionare con lucidità.

Superata la scala, ci trovammo davanti ad una galleria sotterranea che sembrava non finire mai.
Io e Celeste eravamo al centro della fila, ci muovevamo con quegli elfi, guidati dalle luci tremolanti delle lanterne che alcuni di loro tenevano in mano. L'inquietudine aumentava ad ogni passo.

Alla fine della galleria, la roccia si aprì in un'ampia caverna illuminata da cristalli incastonati nel soffitto, che proiettavano una lúce bianca e fredda, simile a quella lunare.
Ma che posto era?sembrava un rifugio...

Ai lati della caverna scorgevo delle alte impalcature colme di casse contenenti spade, archi e provviste di ogni genere.
Ovunque stendardi che raffiguravano un solo simbolo: un sole nero.
Ero sempre più convinto che si trattasse di un rifugio, forse un covo per combattenti pronti a vendere la loro lama al miglior offerente e ormai ci avevano in pugno...
Non eravamo neppure riusciti ad opporre un minimo di resistenza.

"Potete mettervi qui, togliervi l'armatura ed aspettare..."
Ci disse l'elfo dalla barba scura, mentre anche lui si slacciava i ganci della propria corazza. Indicò delle sedie intorno ad un tavolino grezzo di pietra.

"Aspettare cosa? Chi?" pensai.

Nel frattempo, notai che sul suo braccio, appena sotto la manica arrotolata, c'era un marchio: il sole nero, lo stesso simbolo raffigurato sugli stendardi.
Lui si accorse che lo stavo fissando:

"Ehi ragazzo. Chi conosce il marchio già sa... chi non lo conosce invece dovrebbe sapere che è meglio non fare troppe domande. Sono stato scortese con voi fino ad ora, ma l'unico obiettivo era mettervi in sicurezza. Ora posso presentarmi: sono Jarek Dravos, ma sono conosciuto con il nome di Mano di Ferro."

"Ma...Signore, al sicuro da cosa?" chiesi ad alta voce.

Avevo paura, sì. Ma se il loro scopo fosse stato farci del male, a quest'ora saremmo già stati spacciati, speravo che Dravos, detto Mano di Ferro, stesse dalla nostra parte.

"Le domande puoi farle a lei" mi disse.

Poi notai che tutti gli altri elfi intorno a noi avevano distolto lo sguardo, fissando qualcosa alle nostre spalle.
Mi voltai lentamente e vidi una figura familiare, immobile.
Impugnava il suo bastone come sempre, con quella stessa fermezza che ricordavo bene.

"Ben fatto, Jarek! Benvenuti miei cari..."

Ci guardò, allargando le braccia con un gesto ampio, in segno di benvenuto.
Davanti a noi, con un'aura di calma e autorità, si mostrò la nostra insegnante: la Saggia Altheara.

"Signora...ma come...?" balbettai, incapace di terminare la frase.
"Saggia Altheara... che ci fa lei qui?" aggiunse Celeste.

Lei mi guardò con un sorriso appena accennato:
"Cari, sono certa che abbiate molte domande.
Ma prima di tutto, ho promesso al mio vecchio amico Thalendir che mi sarei occupata di voi, garantendovi la massima protezione."

"Signora, la mia famiglia sta bene?" le chiese Celeste

"Sì. I tuoi nonni stanno bene. Le notizie che giungono dal regno di Eosara confermano che l'ordine è stato ristabilito dopo l'attacco alla Torre.
Per quanto riguarda tua madre, al momento si trova ancora nella città di Velmora, presto tornerà a casa sana e salva."

Anche io le chiesi di mia madre e del mio fratellino. Temevo che il nemico potesse colpire la nostra fattoria: gli unicorni che vi dimoravano erano creature rare, fonte di potere e saggezza e quindi un bersaglio prezioso.

"Dopo l'attacco, il Re ha disposto rinforzi in tutti i punti nevralgici della città.
Numerose pattuglie sorvegliano giorno e notte le vie principali ed i luoghi sacri. La fattoria è sotto protezione diretta.
Tua madre e tuo fratello sono al sicuro.

Avete avuto una lunga giornata, ora vi lascio nelle mani di Jarek, che vi mostrerà dove potrete mangiare e riposare. Da domani ci attendono giorni intensi: avrete bisogno di tutte le vostre forze."

Poi si voltò e se ne andò, noi restammo con Jarek e gli altri elfi, che uno ad uno si sedettero intorno al grande tavolo di pietra. Poco distante da noi vidi un braciere su cui erano poste delle griglie con diversi tagli di carne.
Nessun fumo, nessuna fiamma. Lo osservavo incuriosito e Jarek l'aveva notato:
"Ehi ragazzo, non dirmi che non l'hai mai vista prima... è una pietra speciale. Non fa fiamme, ma arrostisce la carne alla perfezione. Provala, poi mi saprai dire! "

Girò lentamente uno degli spiedi.
"Prego sedetevi e unitevi agli altri".

Durante la cena, il calore del pasto e dei racconti sciolsero parte della diffidenza iniziale che avevo e nel vederli a tavola tutti insieme mi era chiaro che erano abituati a condividere quei momenti.

Mentre Jarek rideva alle battute dei suoi compagni, mi avvicinai ed a bassa voce, gli chiesi:

"Signore... io non conosco il significato del suo marchio e quindi come mi ha detto non mi è concesso fare domande in merito a quello... ma ho il diritto di sapere, per quanto tempo io e Celeste dovremo restare qui sotto?
E come fa a conoscere la nostra insegnante?"

"Tu fai domande a me, ragazzo mio, ma siete voi il vero mistero.
La leggenda di cui tutti mormorano... soprattutto Celeste!"
Poi proseguì:
"Quando giunse voce che Celeste con l'Ilyarthan aveva materializzato l'immagine di Vaelthar – La Sentinella dei Gemelli - e che era apparsa qui, a Nedia, eravamo senza parole.
Siamo estremamente curiosi di conoscere questa elfa prodigiosa.
Tu c'eri... cosa hai potuto vedere?"

Non risposi.

"Prova a scioglierti un po', ragazzo," continuò con un mezzo sorriso. "Ti darei da bere un sorso della Furia del Drago, se non fosse che sei ancora troppo giovane per reggerla."

Poi si fece improvvisamente più serio.

"Ora sai che stiamo dalla stessa parte.
La Saggia è la tua mentore ed io lavoro per lei."

"Signore... sto solo cercando di capire" gli dissi senza distogliere lo sguardo.
"Dopo l'attacco alla Torre... è ancora tutto troppo confuso per me e Celeste.
Però chi siete voi? Quel simbolo sul braccio non passa inosservato... E poi...siamo a Nedia, famosa anche con il nome di Città dei Soldati d'Ombra... Chiedo scusa ma è così.
Siete dei mercenari per caso?" Stavo buttando tutto fuori ad alta voce senza trattenere i pensieri.

Jarek scoppiò in una fragorosa risata:

"Sei sveglio, ragazzo! E non scusarti mai, è vero Nedia viene definita proprio così e noi siamo uno scapestrato gruppo di mercenari. Ma attento ragazzo...qui arriva il bello: siamo al servizio di Re Aerendyl Thalanor di Eosara. Conosciuti, anche se non troppo, ah ah ah, con il nome di Soli Neri."

Quale mistero mi stava sfuggendo?

Perché il nostro Re avrebbe dovuto assoldare un gruppo di mercenari di Nedia?
E perché la Saggia vegliava su di loro? Forse erano davvero tanto scapestrati da necessitare di una guida oppure era tutto il contrario?

Le domande si accavallavano nella mia mente ed ero ancora molto scosso da tutti gli eventi. Intanto, il mio sguardo cercava Celeste che era seduta dalla parte opposta del tavolo, anche lei sembrava stanca e provata. La guardai intensamente, lei sospirò poi mi sorrise inclinando il capo. Aveva un viso molto dolce nonostante la situazione difficile.

La stanchezza ci vinse ed al termine della cena decidemmo di ritirarci per riposare.
Mentre gli altri continuavano a ridere e scherzare tra loro, sorseggiando furia del Drago da bicchieri sbeccati, Jarek ci mostrò un angolo tranquillo della caverna, già adibito a giaciglio e così in poco tempo sia io che Celeste ci abbandonammo al sonno.

L'indomani la Saggia si presentò a Celeste e le disse che avrebbe dovuto iniziare un duro addestramento, i suoi poteri dovevano essere gestiti, lei doveva imparare a controllarsi.

"Celeste, ho parlato con tuo nonno, mi ha riferito quello che hai fatto durante l'attacco. Ti spiegherò piano piano come gestire i tuoi poteri ma per ora non posso dirti altro, le spiegazioni spettano alla tua famiglia."

Celeste provò a chiedere qualche spiegazione in più..."Saggia Altheara, io ho sentito un fuoco dentro di me e non so spiegare come, però l'incantesimo, quell'Ilyarthan nessuno me lo ha insegnato, non l'avevo mai sentito prima... ho solo sentito il nome dentro di me. Come è possibile?" "Celeste tesoro, tutto a suo tempo, fai bene a farti queste domande però ora devi fidarti di me, ti spiegherò tutto con calma."
Questa fu l'unica spiegazione di quello che avremmo fatto.
Io restai in disparte ad osservare, così feci anche nei giorni seguenti.

Non saprei dire con precisione quanto tempo trascorremmo lì sotto, in quella caverna, ma una cosa era certa: il potere di Celeste cresceva di giorno in giorno, in modo impressionante. La Saggia la guidava con decisione, insegnandole a dominare le sue capacità con consapevolezza. E quel dominio sembrava arrivare rapidamente, sotto gli occhi di tutti.

L'addestramento era durissimo, ed anche io, nel mio piccolo, cercavo di imitarla per imparare qualcosa, per poterla aiutare. Ma le mie possibilità erano limitate, mentre lei, invece, sembrava in grado di fare tutto.
I suoi poteri elfici erano davvero straordinari.

La osservavo mentre si allenava nei tunnel sotterranei, dove l'oscurità era profonda e inquietante.
Altheara infatti, la costringeva a rinunciare alla vista, per affinare le sue percezioni spirituali.
Oppure la lasciava sola, in una sala completamente isolata, per ore ed ore, Celeste mi diceva che doveva affrontare delle prove durissime, ma non conoscevo i dettagli. Sapevo solo che lo scopo era quello di dominare la propria mente.

Era un tipo di addestramento che sembrava più adatto ad un veggente che ad un'elfa, eppure lei lo affrontava con determinazione e coraggio, mi sentivo... fiero di lei.

Nessuno lo dichiarava apertamente, ma io e Celeste, nei nostri discorsi notturni, iniziavamo a intuire che dentro di lei esisteva una dualità di potere.
Una forza divisa. Forse in contrasto.
O forse complementare. E lo scopo dell'addestramento, avevamo capito che era proprio quello di farle trovare un equilibrio.

"Sai...è come se quando cerco di eseguire qualche incantesimo ci sia un qualcosa che mi impedisce di rilasciare completamente l'energia" "Non ho capito...fammi un esempio" chiesi a Cele "come te lo spiego...fai conto che stai spingendo un carretto, tu ci metti tutta la tua forza ma davanti c'è qualcuno che spinge al contrario. Capito in che senso?" "Mm più o meno e Altheara ti sta aiutando?" "Si, dice che se stò concentrata dovrei riuscire a gestire questa forza contraria ma ancora non ho capito come fare...è difficile credimi... A lei viene tutto facile io non so come fa." concluse.

Una mattina, mentre Celeste proseguiva il suo addestramento, decisi di lasciare i sotterranei, approfittando della protezione di Jarek.

Ero stanco di restare lì sotto.
Non era nella nostra natura di elfi vivere lontano dalla luce, intrappolati nella pietra.
Sapevo che quel rifugio era necessario, ma dentro di me avevo bisogno di aria, di un momento per me. Di vedere il cielo azzurro.

Quel giorno mi sentivo strano. Diverso, forse un po' giù di corda.
Forse mi mancava casa, forse i miei unicorni, mamma e Falidor.
Ero demoralizzato, poi capii... appesantito da un pensiero che non riuscivo più a ignorare: i miei poteri elfici non sembravano mai all'altezza.
In nessuna situazione.

Celeste brillava, ed ero felice per lei, ma io resistevo a malapena.
Eppure, non riuscivo a smettere di pensare a quella volta nella torre, in cui, in modo inspiegabile, ero tornato indietro nel tempo.

Sentivo lo sguardo di Jarek fisso su di me.
Così, per rompere il silenzio, mi avvicinai a lui.
Stavo per rivolgergli una domanda, quando lo sfiorai appena con la mano...
E in quell'istante, qualcosa accadde.

Il mio corpo era ancora lì, accanto a lui.
Ma la mia mente... era altrove.

Vedevo tutto come uno spettatore.

Jarek si batteva con coraggio in una guerra violenta, il volto teso, la spada impugnata con forza.

Poi, all'improvviso, l'immagine cambiò: lo vidi inginocchiato in una stanza buia, in lacrime, accanto ad un corpo apparentemente senza vita.
Riuscivo a percepire la sua tristezza era profonda e devastante.

Dopo poco, mi ritrovai in un Palazzo, forse quello dei Soli, al cospetto del Re di Eosara.
Davanti a lui, chinato con la testa bassa, c'era sempre Jarek.

"La Guerra delle Radici è giunta al termine, mio Re.
Ho perso tanto...mio padre, tanti compagni ed ho preso decisioni sbagliate. Me ne vergogno e ne sono consapevole... però non posso tornare indietro, ho dato tutto quello che potevo, vi chiedo solo di comprendere che quello che ho fatto era per Eosara, se ho sbagliato sono disposto a pagarne il prezzo, vorrei mettere al servizio del regno le mie abilità ancora una volta, vi chiedo un'ultima possibilità Sire..."

Parlava con gli occhi lucidi, con quella leggera ombra nera che hanno solo gli occhi che hanno pianto e che hanno finito le lacrime da versare.

Il Re gli rispose ed il tono era glaciale:

"L'unico modo che hai per redimerti è unirti ai Soli Neri di Nedia."

Non capivo.
Che stavo vedendo? Era una visione del suo passato?

Stavo ancora cercando di capire ciò che avevo visto, quando, di colpo, tornai al presente.
Ero di nuovo lì, accanto a Jarek, che pareva non essersi accorto di nulla.
Si voltò verso di me e come se niente fosse, mi disse:

"Ehi, ragazzo...spero ti sia bastata l'aria che hai preso, dobbiamo tornare giù! "

Quella notte non riuscii a chiudere occhio.
Mentre Celeste dormiva profondamente, esausta dagli allenamenti, io restavo sveglio nel buio, lo sguardo rivolto verso l'alto.
Volevo svegliarla. Raccontarle tutto.
Ma non sapevo da dove cominciare...né come spiegarle cosa era accaduto.

Che potere era il mio?
Prima il viaggio nel tempo.
Ora una visione nitida su Jarek, dopo avergli sfiorato una mano.

Mi sentivo confuso, sì...ma anche più consapevole.
La sensazione di inadeguatezza che provavo ogni volta che cercavo di usare i miei poteri elfici stava lentamente svanendo.

L'indomani mattina intuimmo che l'addestramento, almeno per ora, era terminato ed era giunto il momento di andarcene.

Mi sembrava fosse trascorsa un'eternità.

E mentre la Saggia, sempre affiancata da Jarek, parlava con Celeste, riflettevo su tutto...Anche su Nedia...

Era una città avvolta nel mistero, quello che mi avevano mostrato i Soli neri era un luogo pregno di passaggi segreti nel sottosuolo che nascondevano rifugi, depositi di armi e vettovaglie, oltre a traffici di ogni genere. Ma soprattutto mi aveva colpito l'atmosfera, persino i mercenari che pensavo fossero tutta gente pericolosa ci avevano accolto nel migliore dei modi. Non sempre l'abito fa' il custode, in questo caso mi ero dovuto ricredere.

Tutto sommato però, nonostante l'intensa esperienza e tutte le varie scoperte, sapere che tra poco sarei rientrato a casa mi faceva sentire sollevato.

Presto avrei riabbracciato mia madre, mio fratello e rivisto la fattoria.

In quel momento, era l'unico luogo in cui avrei voluto trovarmi.

La Saggia ci parlò con tono affettuoso: "Siete stati bravi, siete coraggiosi e determinati, non era scontato. Stare lontano dai vostri cari per tutto questo tempo ed affrontare un duro addestramento, mi rendo conto di quanto sia stato difficile ma siete stati all'altezza ragazzi" Poi si rivolse a Celeste: "Salutami tuo nonno, ci rivedremo presto."
Batte un colpo secco di bastone sul suolo e ci trasportò indietro.

Durante il trasferimento, presi la mano di Celeste.
Appena le dita si incrociarono, quella sensazione tornò.
Come se la mia mente si staccasse dal corpo, trascinata altrove.

Sì...stava accadendo di nuovo.
Un'altra visione.
Ma questa volta vedevo lei. Celeste.

Ci ritrovammo nel bosco, non molto distante da casa sua.

La osservai per un attimo, poi mi passai una mano tra i capelli, un gesto tipico di quando ero nervoso:

"Celeste, ho avuto una visione... Ti ho vista andar via da Eosara. Partivi, ma non so verso quale destinazione. Io... Io non so che mi succede...Potrei sbagliarmi"

Celeste mi guardo un po' perplessa, ebbi la sensazione che non mi credesse.

"Ely...com'è possibile?"

Abbassai lo sguardo, non sapevo dare nessuna risposta né a lei né tanto meno a me stesso. Così, nel silenzio incantato della foresta, la abbracciai.
Lei probabilmente non se l'aspettava, restò rigida per qualche secondo per poi ricambiare il mio abbraccio.

"Hai visto che andavo via da Eosara?" "S-si..." "Aspetta...tu hai delle visioni?"

Annuii

Capitolo 11: La mossa di Kaelyr

Kaelyr era immerso, come al suo solito, nei suoi ragionamenti di cui poco si intuiva.

Portava stretto a sé il Codice senza mai separarsene, sperimentando continuamente su questo o quell'essere vivente le modalità di raccolta e trasmissione dell'energia.

Uno degli Ankaris irruppe frettolosamente nella sala che aveva adibito a laboratorio e con il respiro affannato agitava una pergamena che portava con sé: "Sì-Signore, ho ricevuto il rapporto dei sopravvissuti che abbiamo mandato alla T-Torre dei Soli."

Kaelyr era un uomo che non badava troppo ai fronzoli, così senza neanche voltarsi ribatté: "Forza non perdere tempo, cosa dice il rapporto? non è andata come speravo ma abbiamo raccolto molta energia."

"...sembra che abbiamo uno sviluppo interessante, una ragazzina elfa ha evocato l'Ilyartan prendendo le sembianze del drago guardiano di Eosara.

Da sola ha sbaragliato il gruppo di specialisti che abbiamo inviato"

"Mi sembra normale, i nostri contro un drago non possono niente... soprattutto il drago guardiano di Eosara, Vaelthar. Cosa sappiamo di questa ragazzina? E soprattutto... perché dovrebbe essere interessante? D'accordo sarà potente ma di veggenti potenti Galaris ne è pieno" conclusione senza trovare troppo interesse.

"È un'elfa Signore, non una Veggente"

"Quindi... nonostante tutto, si permettono ancora il lusso di creare degli ibridi?" Rifletteva a voce alta mentre osservava il tramonto fuori dalla sua finestra.

"Devi recuperare più informazioni su di lei" intimò Kaelyr "e soprattutto, mi serve.
viva..."

Le creature ibride

"Non riescono ancora a capire quanto può essere grave generare creature come questa ragazza".

Riflettei così, ad alta voce.

Avevo studiato l'energia di Galaris ed inoltre attraverso le conoscenze dei Custodi avevo appreso che c'era un motivo se le unioni tra razze erano state vietate.

Vi era un tempo in cui non c'era alcun vincolo e questo, insieme alla dispersione dell'energia di Galaris dovuta al naturale scorrere delle cose, portava all'esaurimento precoce dei sistemi vitali del pianeta.

Un po' come la strategia di quegli sciagurati di limitare l'uso di arti magiche, venne imposto il divieto di unione tra la razza elfica e quella veggente. Anche gli Alogon vennero generati dall'unione delle due razze, ma questo perché Galaris tentava di bilanciare le cose in questo modo ma sfortunatamente le cose non vanno sempre per il verso "giusto".

Alcuni degli esseri viventi che scaturivano dalle unioni tra elfi e veggenti avevano, per così dire, delle capacità uniche.

Essendo unioni, in alcuni casi questi riuscivano a gestire flussi energetici di entrambe le razze ed a volte anche combinandoli potevano scatenare incantesimi potenti oltre ogni immaginazione accedendo persino alle Sorgenti per i più capaci di loro.

A pensarci bene forse non fu soltanto una scelta per limitare la dispersione di flusso vitale, loro sono sempre stati pronti a tutto pur di mantenere il potere.. la possibilità che esseri così potenti potessero esistere su Galaris era sicuramente una minaccia per i regni e per la stabilità...

Studiai i carteggi che ne parlavano quando ero ad Eosara, fu un bel periodo quello.

Kaelyr, il Custode

"In realtà l'addestramento fu un bel periodo" pensai tra me e me.
Ero a Eosara per il mio secondo anno di addestramento, ci andai quando mi chiamarono dal Tempio.
Uno dei loro osservatori mi aveva adocchiato quando vivevo a Nerion con i miei genitori.
Eravamo gente semplice che però viveva con dignità.
Mio padre aveva la sua fucina nel quartiere della Porta, quasi nelle vie centrali di Nerion dove c'era un gran via vai di viaggiatori.
Mi piaceva aiutarlo nel lavoro, mi piaceva soprattutto vedere che da un lingotto potevo creare qualcosa con le mie mani.
L'odore del metallo che scaldavo nella fucina e le scintille che i colpi di martello scatenavano sull'incudine mi dava una strana soddisfazione.

Mia madre e mia sorella venivano spesso in negozio a trovarci, a volte ci portavano il pranzo e quando restavamo più a lungo anche la cena.
Gli ordini non mancavano, mi ricordo di nottate che abbiamo passato a martellare ed a forgiare strumenti per pastori e agricoltori che circondavano le mura esterne.

Mia sorella aveva un animo così dolce e solare, Kira amava stare a guardarci mentre facevamo il nostro lavoro ed ogni tanto, quando mio padre non c'era, le permettevo di aiutarmi a volte persino di martellare sull'incudine.

Lavoravamo i migliori metalli in circolazione, eravamo bravi nel nostro lavoro e così iniziai a sperimentare con le varie leghe e combinazioni di forgiatura e tempra dei metalli.
In poco tempo il nostro lavoro si diffuse in tutta Nerion, tuttavia non potevamo eguagliare i fabbri elfici... il mio riferimento era Thalorin Radicifiamma che nella sua fucina, Il Fuoco delle Radici ad Eosara, riusciva ad incantare i suoi strumenti per conferirgli proprietà straordinarie.

Volevo andare a studiare da lui, per imparare l'arte dell'infusione della magia nei metalli così iniziai segretamente a mettere gli Oril che guadagnavo da parte per pagarmi il viaggio.

Mi pare avessi quasi vent'anni quando venne in negozio quel tale, diceva di essere uno dei Custodi di Enarion che stava cercando di farsi forgiare una spada per una persona a lui molto cara ma che i fabbri elfici non avevano voluto crearla con il materiale con cui voleva farla lui.

Sprezzante gli dissi "ci pensiamo noi, siamo la migliore forgia della citta!" prima ancora di sapere il materiale con cui volesse produrre la spada.

Il Custode aprì la sua bisaccia e prese un fagotto che poggiò con attenzione sul tavolo.
Mio padre si avvicinò al bancone quando vide che non tornavo sul retro, aprii il fagotto e vidi al suo interno un minerale nero, con venature color del fuoco...non l'avevo mai visto di persona ma sapevo che quello era Vharadrium, ne avevo sentito parlare.

Mio padre tuonò "Non se ne parla, noi non lavoriamo un bel niente con quella cosa. Se ne vada!" ...ma nei miei occhi c'era una scintilla.
Il Custode mi guardò e probabilmente intuì che qualcosa mi saliva da dentro, così disse "d'accordo, l'ennesimo buco nell'acqua...andrò a prendermi una stanza alla Forgia del Velo per riposarmi" la presi come una indicazione.

La giornata di lavoro era quasi conclusa così, diedi un po' di vantaggio al Custode e poi feci a mio padre "vado via un po' prima, ho appuntamento con i miei amici per una partita a Nexus, ok?" "d'accordo, finisco io" mi accordò mio padre.

In realtà, mi incamminai verso la Forgia del Velo per incontrare il Custode.

Camminai per una decina di minuti, riflettendo su quel metallo, mi attraeva e allo stesso tempo mi spaventava.

Papà era stato molto categorico a riguardo ma al tempo non capì il perché.
Appresi poi a mie spese che lavorare il Vharadrium aveva delle conseguenze, nei tomi all'interno delle Torri trovai scritto molto tempo dopo che lavorarlo cambia le persone, è come se il Vharadrium avesse già una sua forma dentro di sé ed il fabbro che lo forgia non fa altro che rimuovere ciò che non è essenziale per portare allo scoperto quello che nasconde.
E nel processo di forgiatura, la stessa cosa accade anche al fabbro cosa che ovviamente successe anche a me.

Arrivai nella Piazza dei Riflessi dove la Forgia del Velo si affacciava.
Deglutii sensibilmente, avevo un po' di timore ma come sempre, stavo seguendo il mio istinto.

Così entrai, scostai la porta e mi feci largo all'interno della taverna osservando gli avventori, i viaggiatori che sorseggiavano idromele e furia del drago...uno di loro mi disse "hei ragazzino, tuo padre ti permette di venire qui alla tua età?" era mezzo ubriaco.

In un angolo, illuminato dal baluginio di una lampada riuscii a distinguere la sagoma del Custode che era venuto al negozio. Cosi mi avvicinai, scansando gli altri clienti.

Arrivato al tavolo dove era seduto a consumare un piatto di stufato, evidentemente sentì la mia presenza, posò il cucchiaio con cui stava mangiando e sotto il cappuccio vidi i suoi occhi osservarmi con uno sguardo penetrante che mi gelò il sangue.

"Sapevo che saresti venuto a cercarmi ragazzo, siediti"
Obbedii senza proferire parola, mentre lui, sempre misterioso, continuava a consumare il suo pasto.

Intravidi sotto il cappuccio una barba bianca e folta ma non riuscivo a distinguere il suo volto.
I suoi occhi, di un blu color lapislazzuli, a volte mi osservavano mentre andava su e giù con i bocconi.

Terminato il suo pasto, si pulì la bocca con la manica della tunica, posò il cucchiaio nella ciotola e mi rivolse finalmente la parola di nuovo.

"E così, vuoi forgiare la mia spada con il Vharadrium?" mi chiese con un sorriso che intravidi a malapena.

"Vorrei provarci, sento che devo farlo" ammisi senza pensarci un attimo.

"Ti avverto, non sarà una cosa semplice ragazzo... dovrai fare molto più che una semplice forgiatura. Vedi la spada è già dentro questo pezzo di metallo, devi farti guidare da lui. Dove l'ho messo..." rovistò dentro le tasche della tunica per tirar fuori una piccola sacchetta.

"Quando sarà il momento aggiungi questa polvere alla lega, sarà il tocco finale" mi suggerì porgendomi il fagotto con il Vharadrium e la piccola sacchetta.

"Mi farò trovare tra due lune piene qui, aspetterò il tuo arrivo ed avrai il tuo compenso"

Accennai un "Si" con il capo, presi il fagotto che conservai sotto la tunica e mi allontanai dalla taverna.

Ormai si era fatta sera, pensai che sicuramente mio padre fosse già rincasato così passai nuovamente per la fucina e nascosi tutto in modo che solo io potessi trovarlo; poi mi diressi a casa dove i miei mi aspettavano.

Quella sera, quando poggiai la testa sul cuscino avevo mille pensieri, soprattutto non volevo deludere mio padre...ma allo stesso tempo, volevo dimostrargli che io potevo farcela.

Gradualmente iniziai a lavorare più assiduamente alla forgia, mi trattenevo la sera dopo l'orario di chiusura con la scusa di ripulire il negozio.
Mio padre non sembrava disdegnare la cosa, certo passavo del tempo a ripulire ma poi mi dedicavo alla forgiatura della spada per il custode.

Completai il lavoro così come il Custode mi aveva indicato, ma quando feci per andare all'appuntamento lui non si fece trovare e non seppi più che fine avesse fatto.
Non lo trovai più così la spada di Vharadrium la tenni io, per nasconderla però decisi di ricoprirla con uno strato di metallo comune in modo che non si notasse.
Da allora la portai sempre con me, per ricordarmi di cosa ero stato e di cosa quella forgiatura aveva significato per me.
Un giorno però la perdetti e non seppi più che fine avesse fatto, la cercai ovunque senza riuscire a trovarla, neanche una traccia o un indizio.

Dopo quella esperienza, decisi che il mio futuro non poteva più essere in una semplice forgia, così lasciai Nerion e seguendo il mio desiderio di conoscenza approdai ad Eosara dove studiai per qualche tempo insieme ad una anziana elfa che significa molto nella mia formazione.

Ma poi, compresi...compresi che il potere politico delle casate reali stava distruggendo Galaris. Io...io dovevo fare qualcosa, così studiai giorno e notte, superando anche limiti imposti dai tabù che nei secoli, nei millenni avevano causato quella distruzione che ora mi trovavo ad affrontare.

Ho creato il Codice per questo e quella ragazzina, potrebbe essere la chiave che sto cercando.

"Devi trovare quella ragazza, hai capito? non voglio sentire scuse né fallimenti.
Torna da me solo quando avrai quella ragazza viva tra le mani."

"S-Si Signore..." l'Ankaris si congedò lasciandomi nella stanza con i miei pensieri.

Il ritorno a casa di Hylea

Galoppavo da qualche giorno ormai da Velmora, avevo portato con me Nauril perché Celeste me lo aveva prestato come pegno d'affetto.

"Mamma, prendi Nauril così lui saprà sempre come riportarti a casa" mi disse prima di partire.

Celeste aveva voluto prendere Nauril con sé, si era affezionata gradualmente, spesso andava a trovarlo alle stalle ed un giorno venne da me implorando in ginocchio di prenderlo perché lo stalliere non aveva più posto per tenerlo.

Quella piccola testolina!
Celeste era incredibile, ma l'amavo...più di ogni altra cosa al mondo.

Ricordo che prima di scoprirmi incinta, non fu un periodo facile per me. Trascorrevo gran parte delle mie giornate nel bosco ed avevo perso quel mio lato giocoso che un tempo mi apparteneva, mi sentivo spenta...Completamente.

In Accademia mi dicevano che possedevo abilità straordinarie, ma nemmeno la magia più potente riusciva ad alleviare il profondo malessere che cresceva dentro di me.

I miei poteri erano legati al mio lato emotivo, per quanto cercassi un equilibrio interiore, ogni giorno che passava capivo sempre più che quel vuoto mi avrebbe segnata per sempre.

Sapevo da dove proveniva tutto quel dolore, nasceva dall'essere rimasta sola dopo aver provato per la prima volta un sentimento così profondo per qualcuno.

Era uno di quei giorni vuoti e malinconici. Stanca di vagare su e giù per il bosco, persa nei miei pensieri, decisi di accoccolarmi accanto ad un albero.
Ricordo bene che, all'improvviso, sentii un bisbiglio nella mente.

Mentre cercavo di fare chiarezza tra le emozioni, una voce sottile iniziò a confondere i miei pensieri.
Fu allora che compresi che quelle riflessioni così personali, che credevo solo mie, non erano mai state davvero segrete; qualcuno o qualcosa le aveva ascoltate in silenzio per tutto il tempo.

"Ma dimmi un po', sei sempre così invadente quando qualcuno cerca di rilassarsi un po'?" La voce nella mia mente, non aspettava altro che parlarmi e mi rispose:
"Mi dispiace sentirti così malinconica, così triste. Vorrei vederti sorridere sempre, perché anche il tuo sorriso è parte della nostra linfa vitale".

Era vero, ero consapevole che nell'ultimo periodo non stavo trascorrendo le giornate con entusiasmo, ero priva di energie e per questo anche la natura tutt'intorno stava gradualmente appassendo, mostrando i segni di quel malessere che portavo dentro di me.

L'aspetto del bosco rispecchiava il mio stato d'animo in quel momento, spento...le foglie degli alberi non avevano più il loro verde brillante ed i mille colori che solitamente caratterizzano il bosco, sembravano ridotti ad un'unica tonalità sbiadita, con il bosco vicino casa avevo una affinità particolare eravamo sempre in una simbiosi molto forte.

Ma non sapevo che di lì a poco la voce nella mia testa, del mio amico albero, mi avrebbe sussurrato una notizia che avrebbe cambiato per sempre la mia vita.

"Non l'ho più visto da quel giorno sai... " mormorai per un attimo interrompendomi singhiozzando "siamo stati separati, strappati via letteralmente l'uno dalle braccia dell'altra da mio padre. Da quel momento non ho saputo più nulla di lui".
Ero sofferente e disperata...

"Hylea, mia cara, ascoltami" ma ricordo che l'albero non fece in tempo a terminare il suo pensiero che ricominciai a parlare...ormai dovevo dar sfogo a tutte le mie emozioni...
"Pensa che l'unica cosa che mi resta di lui è il ciondolo che mi ha regalato...Come faccio ad andare avanti? Sono così triste"
"Mia cara, ti dico solo di ascoltare bene te stessa e capirai" concluse enigmatico, anche se in quel momento non ci feci troppo caso.

Ormai si era fatto tardi, i soli stavano tramontando ed era l'ora di fare ritorno a casa. Abbracciai forte il mio amico albero, ringraziandolo di quello che al momento mi sembrava solo un semplice incoraggiamento.

Con passo svelto mi diressi verso casa, dove ad attendermi come ogni giorno c'erano mamma e papà.

Ricordo infatti che erano in piedi sul ciglio della porta e mamma, intuendo che qualcosa non andava, spalancò le braccia per stringermi forte a sé come se non mi vedesse da chissà quanto tempo.

Papà al contrario diritto al suo fianco, mai scomposto, mi fissò negli occhi e con un tono leggermente stizzito borbottò:
"Hylea, ti sembra questa l'ora di tornare?"

Non che il bosco fosse un posto particolarmente pericoloso ma papà, sempre ligio alle regole, dopo la questione di Vyomandros aveva stabilito un orario preciso per farmi rincasare.

Esitai perché la domanda di papà mi aveva messa a disagio... in generale comunque papà mi metteva in soggezione, era un elfo molto giusto, severo quanto bastava e nutriva verso di me aspettative molto alte.

Mamma invece era l'opposto, dolce, comprensiva e sempre protettiva:
"Non essere severo caro, Hylea non è arrivata poi così tanto tardi, sono sicura che la prossima volta starà più attenta".

Incrociai lo sguardo di mamma, intenso e complice. Le feci un sorriso, lei ricambiò.
Adoravo i miei genitori ma il legame profondo che mi univa a mia madre era così forte che costituiva un mistero perfino per papà, che in assoluto è la persona che ci conosce più di tutti, lui si rassegnava amorevolmente alla nostra complicità.

In casa nostra, ultimamente, l'aria era un po' tesa, soprattutto tra me e papà ma questo non sembrava turbare mamma, sempre positiva. Ricordo che anche quella sera...indimenticabile...aveva imbandito la tavola con i nostri piatti preferiti.

La osservavo durante le sue faccende e riflettevo sul fatto che per una serie di ragioni, aspiravo a somigliarle il più possibile.
Trascorse la notte ed ancora non potevo immaginare che, di lì a poco, sarebbe accaduto un evento meraviglioso ed inaspettato.

Mi rigiravo nel letto, inquieta e poi... ricordo che, con un po' di fatica, riuscì finalmente ad addormentarmi.
Il mattino seguente mi alzai e mi preparai come ogni giorno: indossai la mia tunica da Custode e raccolsi i capelli in un'acconciatura che lasciasse il volto libero, sgombro.

Mi sentivo strana quel giorno, ma inspiegabilmente felice.
Ricordo che proprio mentre legavo i capelli, sentii l'odore dell'elvenar provenire dalla cucina, come ogni mattina, ebbi un improvviso senso di nausea ma lì per lì non gli diedi peso.

I giorni passarono, quel senso di felicità unito ad altre stranezze legate al mio corpo che avevo percepito nell'ultimo periodo non passavano, finché un giorno mentre ero da sola in casa, mi tornarono in mente le parole del mio amico albero: "Ascolta bene te stessa e capirai..."

Istintivamente mi accarezzai piano il ventre con la mano e sentii dei piccoli movimenti impercettibili quasi come quando le bolle di sapone ti scoppiano sulla pelle. Mi guardai in basso allo specchio, non c'era nulla di diverso ma in quel momento feci la scoperta che cambiò per sempre la mia vita...ero incinta! Sapevo di esserlo lo sentivo e non mi sbagliavo.

Nel mio grembo, l'amore proibito che tanto mi aveva fatto soffrire aveva preso forma in una piccola creatura che, di lì a poco, sarebbe venuta al mondo, portando gioia ed amore nelle nostre giornate in un modo che non avrei mai osato immaginare.

Mi ero persa tra i miei ricordi mentre galoppavo, il viaggio di ritorno era abbastanza monotono soprattutto perché ero da sola...decisi di tornare senza scorta per evitare problemi e restare poco visibile ai più.

Passai per Nerion alla Porta del Velo per attraversare il confine e successivamente, attraverso le vie del sud, arrivai finalmente al tunnel dei monti Teliandest.
Attesi lì una notte intera nella locanda che trovai ai margini del tunnel, il traffico di persone e merci era davvero intenso.

Così, piuttosto che aspettare in coda, decisi di riprendere le forze riposando una notte.
Non avevo molta voglia di chiacchierare con la gente del posto, viaggiare da sola mi aveva reso triste perché continuavo a pensare che lì con me avrebbe potuto esserci anche lui. Erano passati poco più di quindici anni da che non lo vedevo...da quell'ultimo incontro che ebbi con Vyomandros nella foresta non seppi più niente di lui.

È praticamente scomparso.

Salii per la scaletta che conduceva alle stanze e lasciai le mie cose, poi mi diressi verso la finestra della stanza e vidi che lì di fianco c'era un piccolo tetto scoperto.
L'aria era fresca e le luci delle case che si spegnevano rendevano più visibile il cielo stellato.
Così mi arrampicai uscendo dalla finestra della mia camera e portandomi la coperta, mi stesi sul tetto a guardare il cielo.

Mi ricordava ancora di più lui, ogni volta che osservavo il cielo o le stelle mi veniva in mente.

E spesso mi pareva di intravederne i lineamenti unendo i puntini delle costellazioni che si palesavano; ogni tanto anche una lacrima scendeva mentre tornavo con i ricordi ai bei momenti che avevamo trascorso insieme.

Ma poi, in uno degli ultimi momenti lui mi disse che...
"Ti ho vista morire, non posso permetterlo... io ero lì e non potevo fare niente, niente capisci? non è così che deve andare, io devo salvarti e se stare al tuo fianco causerà la tua morte preferisco saperti viva anche se lontana."

Disse che preferiva sapermi viva, ma questa è vita?

A volte, quando Celeste mi chiedeva di lui, semplicemente glissavo anche se so che crescere senza un padre non è semplice.
Per quanto io possa impegnarmi, non posso sostituirlo né tanto meno posso chiederlo a mio padre.
Feci un gran sospiro...

Mi sono sempre ripromessa di andare a cercarlo e che avremmo di nuovo formato una famiglia, a costo di andare contro quello che dice la tradizione elfica, io voglio trovarlo.
Ma ho sempre cercato scuse, prima Celeste era piccola, poi i miei doveri al tempio, ora mamma e papà che stanno diventando anziani, non sto pensando a me stessa e nessuno mi darà più questi momenti.

Sono sicura che la sua visione fosse sbagliata...perché mai sarei dovuta morire? non sono di certo una scapestrata, per tutti i Soli!

Iniziai a piangere, piangevo con gli occhi aperti perché mi mancava Celeste, mi mancava lui.
Stetti lì qualche minuto e gli occhi mi si gonfiarono mentre piangevo.

Piangevo in silenzio, guardando il cielo, ad un certo punto vidi una stella cadente.

"È un segno?" pensai tra me, mi misi seduta e stetti lì ancora un po' raggomitolata con le ginocchia tra le braccia a guardare il panorama mentre la brezza notturna mi accarezzava il viso.

Volevo presentargli Celeste, stare insieme e trascorrere una buona vita ma non sapevo da dove cominciare...non mi aveva lasciato niente per trovarlo.
L'unica cosa che avevo di suo era il ciondolo dove ogni tanto guardavo qualche ricordo di noi due e l'avevo regalato a Celeste per farglielo sentire più vicino.

Feci di nuovo un gran sospiro, mi asciugai le lacrime in viso e riprendendo la coperta rientrai in camera.

Esausta mi sdraiai sul letto cadendo dopo poco in un sonno profondo.

Il tabù

La mattina seguente attraversai il tunnel con le carovane di merci e persone che si spostavano abitualmente, nessuno mi notò anche quando attraversai Nedia per riprendere la via verso Eosara.

Sapevo che a Nedia c'erano i Soli Neri così li cercai per chiedere se avevano informazioni sull'attacco, venne ad incontrarmi un certo Jarek che mi disse di star tranquilla e che Celeste era al sicuro ma che in questo momento non avrei potuto vederla.

Insistetti, volevo vederla, abbracciarla di nuovo... così lui si allontanò per qualche ora e tornò con una memosfera, mi fece vedere che si stava esercitando e con lei c'era Altheara ed il suo amico, Elyndor questo mi tranquillizzò.

"Fidati, sappiamo quello che stiamo facendo… tornerà presto da te. Torna a casa ed aspettala lì.
Intanto sistema il casino che è successo, Thalendir avrà bisogno di te" stavo per ribattere quando "e niente ma, devi fidarti di noi."

Volevo provare ad infiltrarmi ma… desistetti, dovevo fidarmi se l'aveva fatto papà ed anche Altheara era lì con lei doveva esserci un motivo.

Sapevo che questo giorno sarebbe arrivato fin dall'inizio…fin da quando partorii.

Celeste non è come me, come noi…è una creatura ibrida…Vyomandros era... (perché penso di lui al passato…lui è ancora vivo da qualche parte) Vyomandros è un veggente ed io sono un'elfa…

Non avremmo mai dovuto stare insieme, lo sapevamo. Però dentro di noi c'è qualcosa…chiamarlo legame è banale e riduttivo, è una forza… non so come spiegarlo.

Sapevo che se un giorno in Celeste il suo animo veggente si fosse risvegliato la sua parte elfica e quella veggente avrebbero dovuto trovare il modo di coesistere.

Altheara è l'unica che possa farlo, doveva insegnarle a controllarsi, al meglio delle sue possibilità.

Così me ne andai, ci misi quasi trenta lune a tornare a casa partendo da Velmora, arrivata in città tutto sembrava tranquillo come al solito.
Mi sentì più serena, così passai dal Tempio per un'occhiata veloce e poi mi diressi verso casa dove papà e mamma probabilmente mi stavano aspettando.

Mentre mi avvicinavo a casa al piccolo trotto, vidi dalla finestra mio padre che parlava animatamente, probabilmente con la mamma.
Mi avvicinai in silenzio, volevo capire cosa si stessero dicendo, cosa c'era di così importante da far agitare papà.

"Un concilio straordinario capito? quei tre hanno scoperto che Hylea...e che Celeste... e adesso vogliono scaricare tutta la responsabilità su quella povera ragazza.
Lo so che è stata sconsiderata a fare quello che ha fatto ma... "

Mamma ribatté "che possiamo fare? credo che per lei sia meglio mantenere un basso profilo adesso, sicuramente, ci saranno conseguenze ora che hanno scoperto che si è unita ad un veggente. Purtroppo tesoro la legge è legge per tutti e loro stanno sfruttando quello che hanno sapendo che indebolire la tua posizione al concilio gli sarà d'aiuto per portare avanti la loro ragione.

È chiaro ormai che per loro l'uso della magia non è un problema da risolvere, gli Alogon non ne hanno così bisogno come noi ma non si rendono conto che anche le fate che li circondano e li consigliano sono effettivamente esseri di natura magica."

"Hai ragione Syl, devo mantenere il sangue freddo e parlarne con il Re. Dobbiamo trovare una soluzione per evitare altri problemi...a costo di sacrificare la mia posizione ma devo proteggere Hylea".

Quelle parole...mi misi una mano a tapparmi la bocca e corsi via.

Avevo bisogno di riflettere, così mi diressi alla casa sull'albero di Celeste, sapevo che non sarebbe venuto nessuno a cercarmi.

Mi addormentai nella casetta mentre ragionavo sul da farsi e mi svegliai l'indomani tutta indolenzita, avevo dormito su un pavimento di assi in legno poco confortevoli.

Sentii raschiare la botola, per questo mi svegliai. Era Palla di Pelo che mi aveva trovata lì.

Lo presi in braccio e lo coccolai per qualche istante.

Mi feci coraggio, non potevo fare altro...papà avrebbe protetto me ma io dovevo proteggere Celeste.

Scesi le scalette della casetta sull'albero e mi incamminai per tornare.

Arrivata a casa, bussai alla porta...

"Mammaaa sono io!" la chiamai con un tono all'apparenza allegro.

Sentii uno scalpiccio dal piano di sopra e la vidi scendere la scaletta, "Tesoroo finalmente sei arrivata!" mi abbracciò con affetto "Fatti guardare...ma quanto ci hai messo a tornare?".
"Sono rimasta qualche giorno a sistemare le cose dopo l'attacco a Velmora, ho dato una mano per quello che ho potuto. Papà dov'è?" le chiesi guardandomi intorno.

"Dove vuoi che sia, lo sai che è sempre a lavoro no? ma lascia stare adesso, siediti, mangia qualcosa, ho sfornato l'Elvenar, prendine un pezzo" mi feci convincere, avevo voglia di un po' di coccole dopo quel viaggio così lungo.

La decisione di Aerendyl

Al castello si stava svolgendo un Concilio d'urgenza, i reali erano riuniti nella Sala del Trionfo ma al contrario del solito non c'era stata tutta la cerimonia pomposa che normalmente il protocollo richiedeva.

I regnanti erano arrivati d'urgenza con un piccolo drappello di guardie di scorta, da un paio di giorni erano chiusi all'interno della Sala dove ogni tanto dall'esterno si sentivano degli urli, segno che le cosiddette "buone maniere" probabilmente erano state lasciate da parte, almeno per ora.
Forse l'attacco aveva destato finalmente i regnanti dal torpore? Forse avevano capito che qualcosa andava realmente fatto?

Thalendir uscì dalla Sala del Trionfo richiudendo il portone dietro le sue spalle, era visibile nel suo volto che non c'era stata altra soluzione.

Seryndra lo seguì subito dopo.

"Hai fatto il possibile, non potevi proteggerla più di così è la decisione giusta, per ora sarà allontanata ed avrà anche l'occasione di proteggere Celeste."

"Dovevo fare di più...potevo..." "Ora basta con i dubbi, hai fatto il possibile e non sempre tutti i mali vengono per nuocere."

Seryndra gli mise una mano sulla spalla, lui sembrava rinfrancato dalla sua vicinanza, sembrava star meglio.

"Me l'hai insegnato tu, l'importante a questo mondo sono le persone non gli status sociali o i titoli. Hylea sarà sempre Hylea anche senza l'incarico di Custode e Celeste sarà sempre tua nipote Thalendir."

Thalendir le sorrise e si congedò andando verso casa, ripensava a quella conversazione...
Hylea avrebbe dovuto lasciare il suo incarico di custode, Thalendir non sarebbe più stato consigliere personale del Re, anche se Re Thalanor aveva probabilmente acconsentito solo per placare gli animi.

Tornato a casa, Hylea era lì, seduta al tavolo della cucina in attesa della sentenza...

"Tesoro" "non dire niente papà, ti riconsegnerò la veste domattina, fammela indossare un'ultima volta" Thalendir era visibilmente scosso, probabilmente quella che gli scese dall'occhio destro non era una goccia di rugiada.

Hylea salì in camera sua ed indossò, probabilmente per l'ultima volta, la veste da Custode, quella che l'aveva portata a conoscere Vyomandros. Quella per la quale aveva sempre lavorato con impegno, con costanza.

Davanti allo specchio, quella era l'ultima immagine che avrebbe visto di sé con la veste da Custode.

La tolse, la ripose all'interno di un fagotto pronta per restituirla l'indomani al tempio, come avevano concordato.

Il ritorno a casa di Celeste

"Toc Toc Toc" nessuna risposta forse era un po' tardi.

"Toc Toc..." La porta di casa si aprì mamma era lì davanti a me, con una candela accesa in mano.

Era notte fonda e quando arrivammo con Elyndor nel bosco vicino casa, mi trattenni con lui qualche minuto perché eravamo scossi dal viaggio, così trovammo un albero sotto cui sederci e riprenderci qualche minuto.

Accendemmo un piccolo falò per scaldarci, sia fisicamente che psicologicamente.

"Come stai?" mi chiese Elyndor guardandomi in volto mentre fissavo le fiamme.

Feci un respiro profondo, l'aria della sera mi entrò nelle narici rinfrescandomi ma anche pungendo con l'umidità che iniziava a bagnare l'erba.

Mi raggomitolai con le braccia che mi cingevano le ginocchia, seduta davanti al fuoco.

"Non lo so Ely... mi sembra passata un'era da quando siamo andati via, è tanto tempo che non vedo i miei. Anche se Altheara ci è stata vicino non è la stessa cosa, ma la cosa che mi spaventa di più è...cosa penseranno tutti.
Ho invocato l'Ilyarthan e perché ci sono riuscita? è un incantamento da veggenti, io sono un'elfa? e poi ci sono i tabù...mia madre...secondo te ha infranto un tabù?"

"Non so che altro pensare Celeste, forse è per questo che Altheara ti ha addestrato? sicuramente i tuoi conoscono la risposta. Altheara è amica di tuo nonno, ce l'ha detto lei, ti ricordi?"

"Devo parlare con mamma e con nonno... senti, tu vai a casa ed aspettami, mi faccio viva io appena ho chiarito questa storia."

"Vuoi che venga con te?" mi domandò Elyndor mentre mi guardava...avevamo passato un mese intero insieme nelle gallerie di Nedia, ormai mi ci ero affezionata moltissimo...però era una cosa che dovevo fare da sola.

"No, vado da sola." Lui rispettò la mia scelta, si alzò e così feci anche io "Va bene, ti aspetto".

Spegnemmo il piccolo fuoco che avevamo acceso e ci incamminammo, al bivio che si biforcava portando a casa mia da un lato e alla città dall'altro ci salutammo.

"Andrà bene" Elyndor provò a tirarmi su di morale... "Prometti di venire a cercarmi quando sarai pronta, ok?"
Gli sorrisi e lo abbracciai forte, lui ricambiò allo stesso modo e poi ci separammo.

"Tesoro, sei tornata!" mi strinse mia madre sull'uscio facendo cadere anche la candela. Profumava di mamma, la mia mamma.

Piansi tra le sue braccia... "Perché piangi?" ... "io..." singhiozzai, non riuscì a risponderle.

Non appena mi calmai un po' mi fece sedere al tavolo, accese le luci delle candele e l'atmosfera soffusa di casa mia mi aiutò a rilassarmi un attimo.

Mamma prese dell'acqua e me la porse mettendo il bicchiere sul tavolo, poi scostò la sedia e si sedette di fianco a me prendendomi le mani.

"Abbiamo tante cose da dirci tesoro. Adesso è il momento che tu sappia. Ho visto che sei stata con Altheara, si vede. Sei più forte adesso."

"Mamma...perché io...l'Ilyarthan"

"Non ho mai voluto parlartene, ma è giusto, adesso ne hai bisogno e comunque non ci sarà mai un momento giusto...l'ho capito sulle mie spalle. Tuo padre, non è un elfo tesoro, non ti dirò che è stato un errore perché tu sei la cosa più bella che mi sia mai capitata.

Però ci sono leggi in questo mondo, leggi che impediscono che elfi e veggenti si uniscano.
Io e tuo padre abbiamo violato questa legge."

Sentii dei passi al piano di sopra...poi dalle scale una voce maschile "Hylea che ci fai svegl..." "Celeste! sei a casa finalmente! Sylmara! Celeste è tornata!"

Nonno era felice di vedermi, mi alzai di scatto dalla sedia e lo strinsi, lui mi posò la sua mano grande sulla testa accarezzandomi dolcemente ed io affondai col viso nella sua veste.

Arrivò anche nonna, feci lo stesso anche con lei che mi mise le mani sulle guance "Fatti guardare Celeste! Sei cresciuta tanto piccola mia."

Mi volevano bene, me ne resi conto in quel preciso momento.

Poi ci sedemmo nuovamente al tavolo della cucina...

Nonno prese la parola schiarendosi la voce e rivolgendosi a me "Tua madre non sarà più una Custode Celeste ed io ricoprirò altri incarichi per il Re, ma devi metterti in testa che la responsabilità non è tua...tu ci hai salvato, la responsabilità è degli adulti che prima di te hanno infranto un tabù che va avanti da millenni, giusto o sbagliato che sia purtroppo è la legge e la legge va rispettata. È questo che permette alla società di andare avanti." " Nonno...Mamma..." accennai una risposta ma lui continuò...

" Abbiamo fatto il possibile per limitare i danni, il Re ha dovuto prendere una decisione, ha dovuto concedere un capro espiatorio per evitare di scatenare una guerra."

Quando sentii che mamma non sarebbe stata più una Custode e nonno era stato praticamente declassato non seppi come reagire... tutto perché avevo evocato l'Ilyarthan... tutto per quel momento. Io volevo solo difendere... "A cosa pensi tesoro?" mi chiese nonna.
"Io volevo solo difendere la mia città, non so neanche come ho fatto ad evocare l'Ilyarthan... perché ora ci trattano in questo modo? possibile che siano così ottusi?
Io sono come loro, noi abbiamo vissuto insieme per quindici anni e adesso ci trattano così? Non ho fatto del male a nessuno, volevo solo difendere la mia città."

"Tesoro..." disse mamma, ma non le diedi il tempo di finire la frase, mi alzai di scatto e corsi in camera mia chiudendo la porta in lacrime. Luce si accoccolò vicino a me, probabilmente aveva capito. Palla di Pelo invece era nella sua cesta e miagolava come se stesse piangendo insieme a me...

Capitolo 12: L'Addio al Villaggio

Celeste pensava di averle sentite tutte, le novità da sua madre e suo nonno. Ed invece, quella mattina, una visita del tutto inaspettata stava per bussare alla sua porta...

Un colpo deciso la fece sobbalzare. Celeste corse ad aprire, trovandosi davanti Thalben Korr, il consigliere reale, imponente nelle sue vesti scure. Al suo fianco, l'inseparabile compagna: una piccola fata luminosa e aggraziata che volteggiava nell'aria, con un sorriso.

"Ciao. Tu devi essere Celeste! Vengo per conto del nostro re, Aerendyl Thalanor. Tuo nonno e tua madre sono in casa? Ho bisogno di parlare con loro."

"S-Salve, signore vado a chiamarli si accomodi intanto... " Celeste stava per voltarsi e chiamare sua madre, quando giunsero davanti alla porta Hylea e Thalendir.

"Thalben...che sorpresa! Vieni entra, accomodati pure" disse Thalendir con tono cordiale. Poi si rivolse a Celeste:

"Tesoro, ci lasci un momento da soli per parlare? Vai in camera tua per favore."

Celeste era così sorpresa da quella visita che non avrebbe mai potuto obbedire senza almeno tentare di origliare qualcosa. Così, fingendo di dirigersi verso la sua stanza, si nascose sulla cima delle scale che davano sul piano inferiore ed ascoltò la conversazione.

"Possiamo offriti qualcosa da bere?"

"No amico, grazie! Thal, volevo dirti che il Re è affranto per la decisione presa nei tuoi confronti e di tua figlia. Ma come sapete, non ha avuto altra scelta. Sono venuto qui per dirti che porge i suoi saluti a tutta la famiglia e che il dispiacere per l'allontanamento lo sta logorando."

Fece una breve pausa poi abbassando lo sguardo proseguì:

"Ma il punto è che... non è finita qui." Si sfregava le mani, visibilmente a disagio. "Le alte casate di Eosara, guidate dai Valthariel, hanno inviato un esposto al Re. Non so come dirvelo ma... non vogliono più Celeste in città."

"No!" esclamò Hylea, alzandosi di scatto. "E con quale diritto? Abbiamo già pagato abbastanza!"

"Purtroppo, cara..." rispose Thalben "se si tratta di ibridi, possono rivendicare questo diritto."

Poi proseguì, quasi con vergogna: "Sono impauriti. I Valthariel stanno facendo pressione sulle altre casate, alimentando il panico sulla presunta pericolosità di Celeste."

"Thalb... ma qui non si parla di un declassamento, o della sospensione di un incarico!" intervenne Thalendir, scuro in volto. "Questo è un macigno per la nostra famiglia! Ho mandato Celeste a Nedia per imparare a dominare il suo potere, ed è stata seguita dalla più grande Saggia dei nostri tempi! Per tutti i Guardiani... cos'altro vogliono ancora?"

"Amico... non so cosa dire se non che mi dispiace, profondamente" mormorò Thalben.

Stava per aggiungere altro, quando la fatina al suo fianco gli sussurrò qualcosa all'orecchio. L'uomo rifletté un istante, poi sgranò gli occhi e disse:

"Liora...aspetta hai ragione, se parlassi con i miei contatti alla Torre della Terra? A Elyndar ho diversi amici, potremmo chieder loro di tenere Celeste almeno per un po', finchè non si calmano le acque. Posso provare a chiedere al Re se riesce a mettere una buona parola con Re Galanor, io non credo che ve la negherà."

"Thalb...ascolta, vi ringrazio entrambi però non è giusto, Celeste è nata e cresciuta in questa città, vi appartiene nonostante tutto. E poi l'unica cosa che ha fatto è stata difendere la sua gente, il suo villaggio da un assalto in piena regola alla torre, per questo ora stanno strumentalizzando la cosa per indebolire la nostra posizione e trarne un vantaggio politico. Ti rendi conto? Non è accettabile, so che volete aiutarci e lo apprezzo, ma non posso fare questo a Celeste."

"Amico mio, pensateci almeno, mi sembra una buona idea per far calmare le acque." concluse Thalben congedandosi.

Celeste, fingendo di essere all'oscuro di tutto, uscì di casa con il permesso di sua madre e si diresse verso la Città, dove ad aspettarla c'erano Linaya ed Elyndor.

Quale momento migliore, dopotutto, per confidarsi con i suoi amici più cari?

Mentre passeggiavano per le vie della città Celeste confidò ai suoi amici ciò che aveva appena scoperto.

"Cele...Perché non ce l'hai detto subito? Ci sono i Valthariel dietro tutto questo? I genitori di quell odioso elfo che ti tormentava da piccola...Lioren, giusto? "Esclamò Linaya.

Poi si fermò di colpo, incrociando le braccia con aria combattiva:
"È arrivato il momento di farci due chiacchiere di persona, che ne dici Ely?
Vorrei solo spiegargli che Celeste non è pericolosa e che lui è un mmmh...Meglio che non mi esprimo! "

E se Elyndor era attratto, quasi calamitato, dalla forza di Celeste, Linaya nutriva per lei un senso di protezione così profondo da oscurarle ogni razionalità quando percepiva una minaccia. Per lei, l'amicizia era qualcosa di sacro. E Celeste non era solo un'amica, era una sorella scelta dal destino.

"Mah...Non so che pensare... Sinceramente alcune volte ragiono sul fatto che forse è meglio che me ne vada. Parlare con mio nonno e mia madre... e partire. Ci sono tante cose che non vi ho detto, non saprei neppure da dove iniziare e poi in questo momento non so nemmeno più chi sono davvero. Involontariamente sto creando tanti problemi alla mia famiglia".

Abbassò lo sguardo continuando a parlare:

"A dire la verità, ci pensavo anche prima di oggi. Sono giorni che l'idea di lasciare questa città mi tormenta. Ed ogni volta che ci penso, il mio ciondolo reagisce. È come se volesse spingermi a farlo..."
"in che senso reagisce?" disse Linaya con tono stupito.
"Non so Lin, non so come spiegarlo. Lo sento e basta! "
"Tu non andrai da nessuna parte. Combatteremo tutti insieme perché tu possa restare!" disse Linaya con tono fermo.
"Domani sera andremo alla festa del vino di Gavren e lì dimostrerai a tutti che non sei affatto una minaccia... anzi, tutt'altro...Sei l'amica più fantastica che si possa avere!"

Si voltò verso Elyndor, silenziosissimo fino a quel momento, completamente assorto nei suoi pensieri:

"Ely...ehi ci sei? Siamo d'accordo, vero? Dimmi che anche tu la pensi come me."

Elyndor esitò un istante, poi annuì lentamente, sembrava distratto:

"Sì...sì Lin, certo."

La Festa del Vino di Mezzaluna

Avevamo tutti voglia di un po' d'allegria con tutto quello che stava succedendo in quel periodo e la Festa del Vino di Mezzaluna cadeva proprio al momento giusto per svagarci un po'.

Io, Linaya ed Elyndor ci eravamo ritrovati nel tardo pomeriggio al mercato, davanti al banco di Linaya per andare alla festa.

Era insolito per me pensare di andare ad una festa, sono sempre stata timida, quasi odiavo stare con altre persone, però... questa festa per me aveva un sentore speciale.

Ho iniziato a frequentarla quando ero molto piccola e all'inizio non mi piaceva andarci, mamma mi trascinava lì per farmi stare con le persone, socializzare un po', poi una notte...

Lo ricordo benissimo.
Sognai di essere ad una festa, le persone erano lì a ballare, assaggiavano i piatti che servivano i piccoli banchi che adornavano le strade e sembravano tutti felici.

Io sentii il calore nelle mie mani, il calore di una mano che stringe la tua quando sei bambino...ed in quel momento però non sei in grado di apprezzarlo fino in fondo e con il passare del tempo lo dimentichi.

Da un lato c'era mamma che mi teneva la mano mentre dall'altra un uomo vestito di un abito bianco, con un cappuccio che gli oscurava il volto. Mi sentivo felice in quel sogno, passeggiavamo per le strade di Eosara insieme, intravedevo sotto il cappuccio una barba bianchissima e degli occhi azzurri come il cielo che mi trasmettevano serenità, quella serenità che da sempre cercavo, il sogno era sempre lo stesso, scendevamo mano nella mano verso un porto ed i fuochi d'artificio illuminavano il cielo notturno.
Quando i fuochi terminavano io abbassavo lo sguardo e...lui non c'era più.

Mi svegliai e Palla di Pelo mi stava sulle mani accoccolato, forse era quello il calore che avevo sentito?

Però in cuor mio ho sempre desiderato che quell'anziano signore potesse essere il mio papà. Forse dentro di me ho sempre serbato la speranza di rincontrarlo un giorno proprio ad una festa così...ed è per questo che amo la festa del Vino di Mezzaluna...chissà se un giorno lì troverò mio padre ad aspettarmi.

Quindi, almeno per la festa, volevo essere spensierata come qualche anno prima, anche se forse sarei sembrata una "pazza" agli occhi degli altri rispetto ai giorni precedenti, volli sforzarmi di sembrare felice, così esagerai inizialmente la mia felicità e chiesi "Lin andiamo a vedere i banchetti della festa? Dai sbrigati, facciamo tardi e le cose interessanti poi le prendono gli altri!"

"Celeste, come mai così su di giri stasera?" quasi mi rinfacciò Linaya come se fossi un tipo sempre triste o giù di corda.
"Dovresti conoscermi ormai, questa festa mi piace e poi mi sono allenata per tutto l'inverno per partecipare alla Danza delle Viti Gemelle... lo sai che sono una perfezionista, non sopporto di sbagliare e quindi ho provato e riprovato decine e decine di volte.
Direi che sono diventata piuttosto brava" "E anche modesta direi!" e scoppiammo a ridere tutti e tre di gusto.

"Forza andiamo, la festa ci aspetta! e mi raccomando, niente vino, siamo elfi giovincelli noi, specie tu Celeste..." "Non ti prometto niente" ribattei con un occhiolino, ma poteva stare tranquilla ero troppo giovane per bere anche se nonno mi aveva fatto assaggiare il vino qualche volta.

Ad ogni modo, la festa mi piaceva tantissimo, ci partecipavo ogni anno provando a migliorare sempre nella danza.
Ma soprattutto mi faceva sentire parte di qualcosa, le persone erano gioiose in quella occasione ed ultimamente non ce n'era molta di gioia.

Comunque non volevo pensarci, avevo voglia di divertirmi e non pensare a nulla quella sera.

L'atmosfera era fantastica, per preparare la serata addobbavamo le strade con fiori e viti che facevamo crescere per l'occasione. Inoltre tutta la città era stata riempita di lanterne che la scaldavano con una luce calda e rassicurante per tutta la durata della festa.

Per le strade, i vari bottegai e commercianti tenevano aperte le loro attività ponendo sui banchi tutte le loro merci più belle e passeggiare tra le vie della città mi dava sempre delle fantastiche sensazioni, come nel sogno.

Gli adulti bevevano qualche goccio in più ma Gavren che lo sapeva chiedeva sempre alle Custodi di modificare il vino.

Ah a proposito di Gavren, lui sì che era il "Re" della festa, la sua locanda quella sera pullulava di avventori e gente da tutta Eosara, cosi mentre passeggiavamo per i banchi lo vedemmo fuori intento a trasportare le casse con le bottiglie.

"Hei Gav, ti serve una mano?" Linaya si propose come sempre, era molto generosa con tutti e sempre pronta ad aiutare.

"Linaya! Elyndor! e ci sei anche tu Celeste! ragazzi no vi ringrazio, ce la facciamo, ho già una decina di aiutanti all'interno che stanno servendo i tavoli, voi godetevi la festa mi raccomando!"

"Psss...a proposito di festa...prendete qui, offre la casa e tranquilli è il solito con una piccola spintarella e non ditelo in giro mi raccomando è solo per voi tre."

Ci guardammo tutti e tre ed io sicuramente arrossii,

"Hei Celeste! che fai stasera, la cameriera in locanda? Ti si addice sai? magari ci prepari anche la Furia di Drago" sghignazzò con i suoi amici.

Mi voltai, era quel...quel...dovetti fare appello a tutto il mio autocontrollo per non saltargli addosso. Lioren mi faceva salire la Ferlindra tra gli occhi, non lo sopportavo.

Mi metteva sempre a disagio davanti a tutti e soprattutto era così...così...aarhhgg

"Lascialo stare" interruppe i miei pensieri Elyndor. "È solo un ragazzino che non sa stare al mondo."

Elyndor e Linaya mi presero sotto braccio e ci incamminammo insieme verso il porto dove avremmo assistito allo spettacolo dei fuochi d'artificio.

Mi piacevano i fuochi, nel cielo notturno sembravano come fiori che si aprivano sullo sfondo blu della notte.

E poi stasera ero con i miei amici, era davvero una serata speciale.

Ci fermammo ad un banchetto dove prendemmo tre stecchi di Lunavelis, mi piaceva era una nuvoletta vaporosa dai riflessi madreperlati, avvolta su lunghi steli di legno chiaro intagliato con motivi lunari. Sotto la luce delle lanterne, il dolce sembrava brillare lievemente, come se fosse stato appena tessuto dalla luna stessa.
E poi potevamo assaggiarlo solo durante la festa del vino quindi era d'obbligo.

Prima di arrivare al porto però dovevo assolutamente partecipare alla Danza delle Viti Gemelle "ehi andiamo in piazza, sicuramente sta per iniziare la Danza!" dissi entusiasta, così presi per mano tutti e due e li trascinai letteralmente "aspetta non tiraree! veniamo con teee!" mi urlarono dietro sia Linaya che Elyndor "sbrigatevi altrimenti iniziano senza di me!"

Corremmo su per la via principale tornando indietro verso la piazza centrale di Eosara.

I danzatori si stavano preparando indossando i costumi tipici costruiti appositamente con le viti che venivano dalle coltivazioni attorno alla città ed i fiori che avevano usato anche per gli addobbi.

Si stavano disponendo in cerchi concentrici come sempre, tirai dentro anche Lin ed Ely, io mi misi nel mezzo "Seguite i miei passi mi raccomando", loro fecero cenno di assenso con il capo e iniziammo a danzare.

La musica ci trasportava, le risate, le luci era tutto speciale. Elyndor mi strattonò, era impacciato e quasi caddi su di lui che mi prese tra le braccia aiutandomi a mettermi di nuovo in piedi, Linaya si stava sbellicando dalle risate mentre Elyndor mi pestava i piedi...non c'era verso era proprio negato per la danza. "Lascia stare Ely, ballo io con Celeste!" io e Lin volteggiammo per la piazza insieme abbracciandoci alla fine e le risate chiusero il ballo quando una catena di fuochi d'artificio partì dal centro della piazza per segnare la conclusione dell'esibizione.

Ci trovammo tutti e tre uno di fianco all'altro a guardare con occhi sognanti le luci volare alte nel cielo e poi ricadere svanendo nel blu della notte.

Mi voltai, un colpo alla spalla destra mi tolse quasi il fiato, una figura mi passò di fianco, tra me ed Elyndor...sono sicura che lo fece di proposito "Hei Celeste, ma come balli bene! Senti per il mio compleanno vieni a fare un balletto anche per noi?" Poi ti lascio anche un pezzetto di torta dai!" lo misi a fuoco, era sempre lui...Lioren con la sua combriccola, iniziavano a stancarmi. "Senti, lasciami in pace, altrimenti..." "Mi stai minacciando? altrimenti cosa? chiami la tua mammina?"

Stavolta intervenne Linaya... "Finiscila Lioren, sei sempre il solito, una sottospecie di ratto senza coda che non vuole nessuno! Lasciala in pace."

"D'accordo d'accordo, me ne vado se devi farti difendere anche dalle contadinelle...non ne vale la pena."

Linaya mi abbracciò... "Non vale la pena Celeste, lascialo stare..."

Era come se non riuscissi a calmarmi, anche Elyndor mi mise una mano sulla spalla facendo segno di no con il capo.

Feci un bel respiro e riuscii a riprendermi.

Cosi Linaya riprese "Forza, andiamo al porto, tra poco ci sono i fuochi, io voglio vederli!" il suo entusiasmo mi contagiò di nuovo e scendemmo verso il porto.

Finimmo i nostri Lunavelis, avevo bisogno di vedere quelle luci nel cielo.

Trovammo un posticino tranquillo dove aprimmo la bottiglia che ci aveva dato Gavren e la dividemmo tra noi tre.
Poi lo spettacolo iniziò, il porto era pieno di navi con le loro luci sugli alberi, prue e poppe addobbate a festa e le ciurme erano festanti, loro probabilmente non avevano bisogno di una "festa del vino" per bere ma erano sicuramente sempre pronte a festeggiare quando si trattava di farlo bene.

Le luci nel cielo cambiavano colore ad ogni colpo, prima a forma di fiori, poi fontane di luce scendevano dall'alto illuminando tutto il porto.
Le persone erano felici lì, in quel momento erano felici...e lo ero anche io.

Allargai le braccia e presi Elyndor e Linaya, mi sentivo grata di quel momento dopo tutto quello che avevamo passato.

Finimmo di sorseggiare la Luce di Bosco che avevamo aperto e ci alzammo, davanti a noi passarono di nuovo Lioren ed i suoi cosiddetti "amici".

"Adesso ti dai anche all'alcool?" Mi vide con la bottiglia di succo in mano...non ne potevo più, strinsi i pugni ed iniziai a brillare. Guardai in basso, al collo il Linyavalë era di un blu incredibile e non riuscivo a controllarmi "Celeste calmati, ti prego, non stare al suo gioco" "io io...ci sto provando... io..." D'un tratto, dal mare si sollevarono delle onde imponenti, delle onde che fecero sollevare le navi che erano ormeggiate, l'acqua invase la banchina e dal mare emerse Vaelthar il Drago Sentinella dei Gemelli che mi aveva protetta durante l'attacco, volò sopra di noi ruggendo ferocemente.

Il panico si scatenò, le persone fuggivano da tutte le parti e Lioren fu travolto da un'onda che lo scaraventò lontano da noi... Vaelthar si allontanò dal porto e io mi calmai...mi inginocchiai e iniziai a piangere.
"Io non volevo...non volevo... "Elyndor mi prese tra le braccia "Lo sappiamo, stai tranquilla...tu sei buona è colpa sua, ti ha fatta arrabbiare, è tutta la sera che ti gironzola intorno."
"Ha ragione Elyndor, non è colpa tua..." confermò anche Linaya rafforzando quello che stava dicendo Elyndor.

"Si però è successo lo stesso...non può succedere...non può accadere. La prossima volta potrei...potrei..."

Ero sconvolta... "Dai andiamo a casa. Vedi, Lioren si sta riprendendo e non ci sono feriti." Lui stava cercando di tranquillizzarmi ma ormai ero consapevole che la mia presenza era un problema. Se bastava così poco per farmi fare quelle cose...dovevo agire.

Tornammo verso casa, vedevo che la gente al nostro passaggio si girava e con le mani davanti alla bocca sussurrava qualcosa tra loro.

Potevo immaginare cosa stesse sussurrando.

Linaya ed Elyndor mi accompagnarono fino a casa e spiegarono a mia madre cosa era successo. Io mi sentivo in un'altra dimensione...li sentivo come se fossero una voce lontana da me, ovattata, ero immersa nel turbine di pensieri che mi affollava la testa.

Poi mi alzai, andai in camera mia e ci rimasi, per tutta la notte.

I giorni passarono, malgrado gli sforzi di Hylea, più di tutti, ma anche dei suoi nonni, Celeste si era chiusa in un silenzio profondo.
Se ne stava nella sua stanza ed usciva di rado: solo per mangiare qualcosa in fretta, oppure per far prendere aria ai suoi micetti.

Ogni tentativo da parte della sua famiglia di parlarle, di confortarla, si infrangeva contro un muro. Era lì, presente ma irraggiungibile.
Elyndor, turbato anche lui a suo modo, non aveva ancora trovato la forza di andarla a trovare, anche se mi chiedeva sempre di lei.

Mentre io, con la tenacia di chi non si arrende facilmente, tentavo instancabilmente di spingerla fuori dall'ombra in cui si era rinchiusa.
Finché un giorno, dopo l'ennesimo tentativo... finalmente la porta della stanza di Celeste si aprì, mostrandosi davanti al mio sguardo incredulo.

"Ma tu...Lin... Sei ancora più testarda di me... non cedi proprio mai, vero?" mi disse Celeste con tono scherzoso.

"Amica miaaa..." esclamai, gettandole le braccia al collo e stringendola forte a me. "Sei persino riuscita a sorridere! Comunque no, non mi arrendo mai... ormai dovresti conoscermi benissimo!"

"Cosa hai tra le mani?"

Stringevo una scatola di legno, che ogni giorno portavo con me avanti e indietro, nella speranza di riuscire ad aprirla insieme a lei.

"Vorrei insegnarti l'antica arte di creare gioielli a mano, me l'ha insegnato mia nonna, ci tengo tanto sai e vorrei farlo anche con te."

Così, incuriosita e con lo sguardo visibilmente più disteso, mi guidò verso il tavolo.
Volevo bene a Celeste, profondamente. Vederla soffrire, schiacciata dal senso di colpa per ciò che era accaduto alla festa, mi distruggeva. Avrei fatto qualsiasi cosa pur di vederla stare meglio. Lei ed Elyndor erano la mia seconda famiglia.

"È ora di mettersi al lavoro," le dissi con un sorriso.
Poi aprì con cura la scatola, iniziando a tirare fuori una serie di elementi che ci sarebbero serviti per creare i nostri gioielli.

Dopo la scomparsa di mia nonna, purtroppo, il suo laboratorio era stato riadattato per la lavorazione dei tessuti e così, mi ero ingegnata a modo mio, raccogliendo ed utilizzando gli elementi che la nostra foresta ci offriva generosamente: legni, pietre, petali, resina, anche gocce di rugiada... tutto ciò che mi parlava della sua arte e del nostro legame con la natura.
Celeste ne fu entusiasta!

Continuai ad andare da lei ogni giorno. Hylea si fidava di me ed era visibilmente più tranquilla.
Vedevo Celeste rifiorire a poco a poco, giorno dopo giorno, mentre il suo sorriso tornava ad illuminarle il volto.
Facevo il possibile per proteggerla: tenevo lontani i pettegolezzi, le voci maligne, tutto ciò che avrebbe potuto ferirla ancora.
Per un po', vivemmo in quella casa come in una realtà sospesa, slegata dal resto del mondo.

Quando affrontai la perdita di mia nonna, non ebbi mai davvero il tempo di stare male. Mi feci forza da subito per mio padre, mettendo da parte il mio dolore senza mai concedermi lo spazio per sentirlo davvero.
In quei giorni in cui frequentavo assiduamente casa di Celeste, mi ritrovai a pensare che, se allora avessi avuto accanto un'amica come Cele, qualcuno che mi avesse semplicemente ascoltata e sostenuta lontano dagli occhi della mia famiglia… forse sarei riuscita anch'io a dare voce al mio dolore. Elyndor in quel periodo non era ad Eosara, dovetti farmi forza per andare avanti.

Quello che ancora non potevo sapere, però, era che la decisione di Celeste non sarebbe cambiata.

Eravamo intente, come ogni giorno, a creare i nostri gioielli, quando all'improvviso lei si fermò e mi disse:

"Lin. Vorrei creare tre amuleti…Uno per me, uno per te ed uno per Ely, tutti uguali. Un amuleto che ci unisca e ci faccia sentire sempre vicini, ovunque saremo."

"E dove potremmo essere se non insieme, fammi capire!" le risposi con la mia solita ironia.
"Noi siamo già vicini, siamo tutti qui… sì, d'accordo, Ely ha i suoi momenti di isolamento, diciamo, ma dove vuoi che vada… lui…"

Mi fermai, notando Celeste che scuoteva lentamente la testa.
Il suo sguardo era serio.

"Hai ragione…Lui forse no, forse non andrà da nessuna parte…" mormorò. "Ma io…Io sì. Prima o poi andrò via..."

In tutto quel tempo ero riuscita a restituirle la fiducia in sé stessa, il ricordo di ciò che era... Una creatura forte che avrebbe potuto affrontare qualsiasi cosa. E mi sentivo, in quel momento, forse anche in colpa.

"E la tua famiglia, Cele? Non pensi a tua madre? Ai tuoi nonni? Li spezzerai..."

"Loro lo sanno Lin... mia madre lo sa. L'ha sempre saputo, che prima o poi sarei partita per cercare risposte su me stessa," mi disse guardandomi con convinzione. "Lo ha capito dal giorno in cui mi ha regalato il ciondolo."

Era troppo decisa, troppo ferma nella sua scelta. E allora, anche se non era nella mia natura cedere così facilmente, decisi di farlo.

"Creiamo il nostro amuleto, allora!" le dissi, cercando un po' a forza di sorridere.

Quella sera non tornai subito a casa, come facevo di solito.
Decisi di fare una deviazione verso la fattoria di Elyndor.
Lo chiamai a gran voce, dopo qualche istante lo vidi arrivare... più scompigliato del solito.
Elyndor aveva un'aria spaventata, come se avesse appena visto uno spettro... o qualcosa di peggio.

"Hey Ely! Ma che hai? Sembri stravolto però aspetta... senti devo parlarti. È importante. Riguarda Celeste."

"Lin... ho visto tutto. Sono giorni che le visioni mi ossessionano. Ecco perché sono sparito" mi disse Elyndor con voce tesa. "Celeste lascerà la città per scoprire la verità su sé stessa... ed io andrò con lei... Lin, all'inizio era solo un sospetto. Ma ora l'ho visto chiaramente, in una visione. Ne ho la certezza. Sono per metà veggente... proprio come lei."

"M-ma, metà veggente? che stai dicendo?"
Ero sconvolta nel sentirglielo dire, ma nel profondo sapevo già che le manifestazioni dei loro poteri erano insolite per gli elfi.

"Lei non dovrà saperlo, intesi?" mi disse Elyndor con fermezza.
Poi abbassò lo sguardo ed aggiunse:
"La seguirò... per cercare anche io la mia verità. Quando sarà il momento... le dirò tutto."
"Ma con tua madre ci hai parlato? "
"Ma no Lin No! Perché dovrei mettere a rischio lei e mio fratello?! "

In quel momento maturai l'idea: non potevano partire senza di me.
Erano potenti, sì... ma anche vulnerabili.
Il fatto che io fossi profondamente centrata sul mio unico potere elfico mi avrebbe permesso di aiutarli, soprattutto se, in qualche modo, si fossero... persi, anche se non mi allenavo da un po' non ero così scarsa.

Da quando ci siamo conosciuti quel giorno in biblioteca ne avevamo passate tante, avevamo studiato insieme, combattuto insieme, pianto e riso...cinque anni sembrano niente eppure eravamo cresciuti e quel periodo di quasi isolamento mi fece pensare, restai con i miei pensieri a riflettere che qualcosa doveva cambiare per me, per Celeste e per Elyndor.

Trascorsero tre giorni.
Tre giorni in cui, per la prima volta dopo tanto tempo, non andai a casa di Celeste per trascorrere il pomeriggio con lei, come avevo sempre fatto nell'ultimo periodo.
In quei tre giorni mi dedicai a preparare la mia famiglia: spiegai loro che sarei partita per un po', per aiutare i miei amici.
Non furono entusiasti, certo, ma accettarono la mia scelta.

Lo stesso accadde per Elyndor.
Sua madre riponeva in me ed in Celeste la massima fiducia.
E poi, quando lui le parlò, io ero presente... credo che, in cuor suo se lo aspettasse già.

Così, dopo aver sistemato ogni cosa con le nostre famiglie l'indomani mattina, io ed Elyndor ci dirigemmo verso casa di Celeste.
Era nel giardino, giocava con i suoi gatti.
Le lanciammo uno sguardo complice, poi ci fermammo sulla soglia, in silenzio. Lei ci fece un cenno con la testa, poi rientrò in casa.
Noi fuori, ad aspettare...

Scostai la tendina della finestra in cucina e li vidi.
Linaya ed Elyndor erano nel giardino di casa. Ed in quel momento capii.
Celeste se ne sarebbe andata, erano pronti a partire.
Erano giorni che me lo diceva, che mi ripeteva di voler partire, qualche giorno prima mi aveva detto...

"Mamma sono stanca, non mi sento accettata qui. Sò che abbiamo fatto di tutto ma la gente di Eosara non mi vuole qui ed anche io a dire il vero, sento di non essere pronta nonostante l'addestramento che ho fatto non riesco ancora a controllarmi. Io non posso e non voglio mettere tutti in pericolo...hai..." la interruppi "Cele, te l'ho già detto una volta, ti proteggerò dal mondo, non devi aver paura, io nonno e nonna siamo qui per aiutarti..."

"Mamma...è una cosa che devo risolvere da sola, devo capire chi sono..." Sapevo che aveva ragione, non avevo la minima idea di cosa stesse passando e ci sentivamo impotenti di fronte al potere che aveva manifestato.

Anche Altheara ci aveva messo in guardia."Non è la prima volta che vedo un essere ibrido ma Celeste...lei è qualcosa di più" disse quando la incontrai qualche tempo dopo che partì.

Credo che l'incidente alla festa di Gavren fosse stata solo la goccia che le aveva dato la spinta definitiva.
Sapevo di come alcuni suoi compagni la trattavano, delle frasi, dei ghigni che ha dovuto sopportare in tutti questi anni, del vivere senza un padre... nonostante i nostri sforzi.

Ma nonostante tutto la mia piccola Celeste è andata avanti, è diventata una ragazza forte e con degli ottimi amici a sostenerla.
Non potevo biasimarla quindi se aveva il desiderio di evadere da quella situazione, lei voleva conoscere la verità, su sé stessa e su Vyomandros, suo padre.

Se avessi potuto, l'avrei seguita ovunque, sono sua madre per tutti i Soli!! Ma non potevo allontanarmi da Eosara, né dai miei genitori. Però l'avrei protetta comunque, a modo mio... senza mai perderla di vista.
Celeste avrebbe fatto il suo viaggio in compagnia dei suoi amici, avrebbe trovato le sue risposte.

Ed io sarei rimasta al suo fianco, anche da lontano, attraverso i miei canali avrei recuperato notizie su di lei e l'avrei aiutata grazie al nostro legame.
Mia madre e mio padre non erano d'accordo.
Papà, in particolare, mi chiese più volte di convincerla a rinunciare.
Ma io... io le avevo donato il ciondolo ed avevo cominciato a raccontarle la verità, a spiegarle che lei era una creatura diversa.
Come avrei potuto fermarla, dopo aver acceso in lei quella scintilla?

"Ti accompagno fuori" le dissi, poi la abbracciai fortissimo.

"Ehi! Mamma!!" rise lei stringendomi appena... "mi stai stritolando!"

"Hai ragione. Hai ragione scusami amore mio! "

Cele salì al piano di sopra, dove evidentemente il suo zaino era già pronto, e riscese di corsa.

Nel frattempo mio padre e mia madre ci raggiunsero in giardino, papà non le disse nulla, le accarezzò solamente il volto mentre mia madre...Beh mia madre era veramente molto triste, i suoi occhi erano lucidi:

"Buona avventura. Ma stai attenta bambina mia...Mi raccomando! "
"Tornerò presto nonna! State tranquilli. "

Poi alzai lo sguardo verso Elyndor. Lo fissai dritto negli occhi e anche se non dissi nulla ad alta voce, nella mia mente glielo gridai:
"Prenditi cura di mia figlia!"

Ebbi proprio l'impressione che lo avesse sentito perché fece un cenno di assenso con il capo.

Li osservai mentre si allontanavano a piedi...Celeste si voltò per guardarmi...Erano sempre più lontani.

Avevo fatto la forte fino a quel momento ma poi scoppiai in un pianto incontenibile... il cielo è come se quel giorno fosse in sintonia con me, piovigginava come se questo versasse le stesse lacrime che stavo versando io... Era magia... pioveva con i soli alti nel cielo e senza nubi, ed ogni goccia sembrava gridare il suo nome...Celeste.

Capitolo 13:
Il Viaggio Verso l'Ignoto

Allacciammo il bracciale al polso tutti e tre "L'ho fatto per noi, per simboleggiare la nostra unione" "Lo so Cele, affrontiamo insieme il futuro, ok? Promettiamoci di esserci sempre l'uno per l'altro" concluse Elyndor, anche Linaya stranamente annuì senza proferire parola.

Forse era particolarmente tesa o forse per la prima volta, non aveva niente da dire. Strano pensai.

Ci allontanammo da Eosara, andando verso sud, puntando nuovamente a Nedia dove avevamo passato l'ultimo periodo.

Per andare a Velmora la strada più veloce era sicuramente passare da lì ed attraverso il tunnel dei monti Teliandest per poi continuare verso ovest, prima a Nerion attraverso la Porta del Velo e poi dritti verso Velmora.

Volevo fermarmi a vedere il lago di Nyelthas che era vicino alla Torre della Notte, mamma mi aveva raccontato che lì la sera le sponde del lago erano piene di lucciole e sembrava quasi di essere parte del cielo notturno pieno di stelle...

Mi sentivo tra la tristezza e l'entusiasmo, triste perché lasciare casa, anche se per un po', mi dispiaceva. Allo stesso tempo però avere la libertà di viaggiare ed esplorare con i miei migliori amici sarebbe stata un'esperienza impagabile.

Elyndor e Linaya camminavano al mio fianco chiacchierando del più e del meno, le nostre famiglie ci avevano riempito gli zaini di provviste e qualche oril di scorta, ma non avremmo potuto arrivare fino a Velmora senza fare delle tappe per rifornire la nostra dispensa.

Decisi di non portare con me Nauril, anche se i miei avevano insistito non lo feci, volevo camminare ne avevo bisogno.

Ultimamente camminare mi rendeva più serena, più consapevole in un certo senso.

La natura mi affascinava da sempre e volevo godermi il viaggio, non solo la destinazione.

Così le giornate passarono, la sera cercavamo una sistemazione, che fosse in qualche fienile di contadini che trovavamo in zona oppure in qualche piccolo borgo. Spesso però ci accampavamo con delle tende, in altri casi se c'era vegetazione a sufficienza costruivamo dei rifugi spartani ma per noi accoglienti.

Un semplice fuoco davanti l'entrata ed un pasto caldo erano d'obbligo dopo una giornata di cammino.

Quella prima settimana passata insieme a camminare, a condividere il percorso ci stava fortificando.

Mi sembrava di conoscere ancora di più i miei amici, nel mentre i paesaggi si alternavano.

Dalla natura rigogliosa di Eosara passammo all'area più desertica che circondava la città di Nedia.

Lungo la strada incrociammo viandanti, qualche carovana a cui a volte chiedevamo un passaggio per riposare un po' i piedi offrendo in cambio aiuto per caricare o scaricare questa o quella merce.

Insomma, ci stavamo adattando.

Nedia

"Ehi vedo dei drappi rossi all'orizzonte, forse ci siamo!" impazientemente accelerai il passo, Celeste ed Elyndor mi seguirono.
Finalmente stavamo arrivando a Nedia, il viaggio entrava nel vivo!

Volevo vedere il mercato, in fondo io ci avevo sempre vissuto nei mercati quindi era un po' come casa mia.

"Forza, voglio andare subito al mercato! vediamo cosa c'è in vendita, magari troviamo anche qualcosa di interessante, cosa ne pensi Cele?" "Si si ma aspetta prima ho bisogno di farmi una borraccia d'acqua di fonte intera, da quando ci siamo avvicinati a Nedia il deserto che la circonda mi sta provando…non ne posso più di bere acqua di cactus."

"Sono d'accordo" aggiunse Elyndor, "Stasera cerchiamoci una locanda, almeno riposiamo come si deve prima di ripartire per andare nel tunnel"

"Ma come siete vecchi dentro voi due! sembrate quei vecchi bacucchi dei custodi anziani quando passano più lenti delle ferlindre davanti al mio banchetto al mercato!"

"Forse sei tu che sei iperattiva?" Celeste scoppiò a ridere insieme ad Elyndor che si dovette fermare un attimo sulle ginocchia per riprendersi.

Attraversammo la porta nord di Nedia, guardandoci intorno.

Nedia era effettivamente un crocevia, il fatto che il tunnel fosse lì vicino la rendeva un punto di snodo importante per le merci, per quello potevamo sicuramente trovare qualcosa di interessante al mercato.

Passammo per la strada principale che pullulava di gente coperta da tuniche blu fino al volto, davanti alle piccole casette costruite una sull'altra campeggiavano drappi rossi, bianchi e blu che coloravano la città altrimenti di un colore tendente solo al rossiccio.

Trovammo la locanda finalmente, si forse eravamo un po' sbarbatelli ad andare in giro così da soli alla nostra età ma in fondo ormai avevamo vent'anni io ed Elyndor, Celeste invece ne aveva ancora una quindicina mi sembra, era più piccola ma tosta quanto noi.

Entrammo tutti e tre e ci avvicinammo al bancone. Elyndor prese la parola… "Oste, tre pinte di Luce di Bosco per favore, fredda... il deserto ci ha stremato" "Arriva subito!" Ribattè l'oste muovendosi agilmente dietro il bancone mentre lo osservavamo preparare i boccali, per freddare in quel caldo torrido dovette usare la magia ovviamente. Il ghiaccio si sarebbe sciolto dopo qualche minuto.

Così ci servì la Luce di Bosco, "Ecco a voi, sono cinque Oril di rame in tutto", pagammo e ci accomodammo ad un tavolo.

"I miei piedi" fece Celeste sollevandoli da terra e allentando i lacci.

"shhhh..." fece cadere una piccola montagnetta di sabbia dai calzari che si aggiunse a quella già presente sul pavimento e poi li reinfilò più soddisfatta.

Io mi attaccai al boccale, letteralmente scolandomelo tutto "E meno male che tu stavi bene!" mi rinfacciò Elyndor "Ho capito, se devo bere lo faccio bene no? e poi, chissà quando ci ricapita di trovare una pinta di Luce di Bosco fredda."

"Hai... glu...glu...glu...ahhh...ragione..." disse Celeste mentre mandava giù anche la sua.

Soddisfatta la sete, ci guardammo intorno.
Il vociare della locanda era fitto e colorito, alcuni mangiavano e un profumo invitante di spezie veniva dalla cucina, qualcun'altro giocava a Nexus, altri invece chiacchieravano amabilmente davanti a dei boccali.

Sembrava una città tranquilla Nedia.

"Ragazzi, voi ci siete già stati qui, vero?" chiesi appoggiando i gomiti sul tavolo ed avvicinandomi a loro con il viso.

"Si, è dove Celeste si è allenata qualche mese fa " confermò Elyndor.
"Quindi conoscete gente, giusto?" "A dire il vero... non siamo praticamente mai usciti dai sotterranei, non volevamo farci vedere in giro dopo quello che era successo alla Torre...quindi si... qualcuno lo conosciamo ma sono soprattutto componenti dei Soli Neri."

"Chissà se Jarek è in città" chiese Celeste ad Elyndor dubbiosa.

"Possiamo provare a cercarlo se abbiamo tempo"ribattei "però prima voglio andare al mercato, ok? me l'avete promesso..."

In coro mi risposero "D'accordooo".

Elyndor si alzò andando verso il bancone "prendo una stanza per stanotte, torno subito".

Io e Cele rimanemmo al tavolo ad osservarlo contrattare "Senti Cele...adesso che siamo solo noi due...ma voi due non è che... eh? Volete che vi lascio soli per un po'?"

"Ma che stai dicendo, che vai a pensare? siamo amici, come me e te..."

"Solo amici eh? " decisi di provocarla. "Quindi se ci provo io non ti dispiace verò?"
Lei arrossì di colpo "N-n-no... non mi dispiace..." Elyndor stava tornando al tavolo.

"Ne riparliamo, ok?"

"Ok stanza presa per stanotte, mi ha spillato 10 Oril terrestri... purtroppo meno di così non sono riuscito a scendere."

"Va bene dai, almeno per una notte avremo un vero letto dove dormire, il mio sacco a pelo sta chiedendo pietà".

"Adesso al mercato, forza!" conclusi.

Usciti dalla locanda, seguimmo il flusso di gente che si muoveva in città, svoltando l'angolo il vociare si intensificò e riconobbi l'aria della compravendita, l'aria della trattativa che mi piaceva tanto.

In alto teli colorati schermavano la luce dei soli mentre ai lati della strada un'infinità di banchetti con le più disparate merci riempiva la vista.

"WAUU" esclamai entusiasta.

Il mercato

"Lin non correre! ti perdiamo di vista così!" correndo a mia volta presi per mano al volo Elyndor e la raggiungemmo, girava febbrilmente attraverso i banchi toccando qualsiasi cosa.

"Cele guarda questi, sai che gioielli ci costruiamo con questi?" mi porse dei ciuffi di lana delle capre di Lunasole insieme e dei frammenti di corna di Quirel.
"E guarda qui invece, queste pietre sono fantastiche, guarda come luccicano!" adorava le cose che luccicavano, ci scambiammo uno sguardo con Elyndor, non l'avevamo mai vista così.

"Queste cose ad Eosara non le ho mai trovate, altrimenti sai che gioielli avrei fatto con...nonna!" si intristì per qualche secondo...
Poi riprese a girare per i banchi, questa volta più tranquillamente e forse anche con un velo di tristezza per sua nonna. Le era molto affezionata.

Passammo tutto il pomeriggio nel mercato contrattando per questo o quell' oggettino che i mercanti avevano in vendita ma in realtà non acquistammo nulla perché il budget non era così ampio da poter spendere Oril così facilmente e poi avevamo già preso la stanza alla locanda quindi...

Rientrammo stravolti ma felici in locanda e ci mettemmo a tavola per mettere qualcosa sotto i denti.
Eravamo esausti, Elyndor ancora con il boccone pieno chiese "dopo il tunnel dove andiamo?"

"Vorrei vedere il lago di Nyelthas ho sentito dire che di notte è fantastico, le lucciole si posano tutto intorno alla riva che è piena di fiori. Non è una deviazione troppo grande rispetto alla strada principale e poi ci serve perché non ci sono altre fonti d'acqua così importanti fino a Nerion"

"Peccato che non abbiamo noleggiato dei cavalli..." aggiunse Lin... "avremmo fatto molto prima, no? Hey Ely non è che tu puoi fare una di quelle cose tue che fai con gli unicorni? dai così ci sbrighiamo e soprattutto mi riposo anche i piedi"

"Se vuoi diventare un bersaglio sei la benvenuta, non se ne parla proprio, gli unicorni reagiscono in un certo modo e poi qui è pieno di mercenari."

Mise il broncio come solo lei sapeva fare mostrando gli occhioni ma ormai Elyndor ne era immune.

Per prenderla in giro feci lo stesso e ci distendemmo tutti e tre in una grossa risata.

Raccolte le ultime cose dal tavolo ci dirigemmo in camera dove ognuno di noi ebbe il suo meritato letto dove riposare... io stetti un po' sveglia mentre gli altri caddero subito in un gran sonno.

Mi affacciai alla finestra e vidi la luna...chissà se mamma stava facendo lo stesso.
Era solo una settimana eppure mi mancava tantissimo.
Sentii addirittura il ciondolo quasi vibrare ma probabilmente fu solo la mia impressione.

Mi coricai e la notte passò serena.

Il tunnel

Il mattino seguente, Lin saltò letteralmente sul letto urlando "Ho fameee" e per accontentarla scendemmo al piano di sotto per fare colazione.

Il profumo della cucina era invitante, così prendemmo anche qualcosa da portare con noi per il viaggio dopo di che, salutato l'oste, ci dirigemmo all'entrata del tunnel.

Dovevamo fare la fila come tutti gli altri, era pieno di carovane che trasportavano merci e ci accodammo.

All'interno del tunnel che attraversava la catena montuosa tutto era illuminato nella parte interna da fiaccole accese mentre fino a dove era possibile degli specchi portavano dentro la luce naturale.
Di notte però era troppo rischioso motivo per cui il tunnel veniva chiuso.

Si diceva che alcune creature di notte infestassero il tunnel ma nessuno aveva il coraggio di provare a confermare la cosa.

Ad ogni modo, in coda alla carovana camminammo per un paio d'ore prima di sbucare dall'altra parte del tunnel dove i soli ci accecarono per qualche secondo.

Il paesaggio era strano...non avevo mai visto una distesa così ampia.

Usciti dal tunnel avevamo i monti alle spalle che in cima erano ricoperti di neve ma davanti a noi si vedeva sia una grande pianura piena di animali e creature magiche che la sabbia del deserto.

Era come se dall'altipiano potessimo vedere oltre la normale distanza visiva... una sensazione impressionante.

Un anziano elfo abbastanza goffo ed anche un po' curvo di schiena si avvicinò a noi.

"Incredibile vero? Si dice che nel deserto vivano strane creature. Durante la Guerra delle Radici Spezzate molti elfi e veggenti si combatterono qui nel deserto di Nerion e di notte alcuni avventurieri hanno detto di aver sentito ancora le grida di battaglia di quei guerrieri.

Chissà se abbiamo imparato qualcosa da quella guerra, ma come si sa i giovani non stanno più ad ascoltare gli anziani, per questo le memorie si perdono nel fluire del tempo. E questo è quanto"
"Dimenticavo le buone maniere, il mio nome è Elenethor Merinai, giro il mondo in cerca di storie da raccontare...sapete ragazzi, le storie sono la mia passione"

"Molto piacere vecchio signore!" annunciò Linaya facendogli un inchino in grande stile.
"Il mio nome è Linaya, lei è Celeste e lui Elyndor. Mi sta simpatico lo sa? e poi non è vero che i giovani non apprezzano le storie, a me piacciono...spero ci incontreremo spesso durante il nostro viaggio così potrà raccontarci altre storie su Galaris."

"Ahahaha, abbiamo qui una signorina vivace come una ferlindra, non è vero? Se posso chiedere, dove siete diretti?"

Elyndor prese la parola "Viaggiamo verso ovest, andremo verso Nerion per cominciare" e mentre lo diceva ci guardava annuendo con il capo.
Evidentemente provava un senso di fiducia verso quell'anziano elfo.
Ad ogni modo, ci guardammo l'un l'altro, facendo spallucce. In quel momento non capii cosa volesse dire Elenethor raccontando quella storia così sorvolammo su quel racconto e zaino in spalla ci incamminammo verso la via principale che ci avrebbe condotto alla città.

"Arrivederci vecchio signore!"
"A presto ragazzi, ci rivedremo presto" concluse lui aggiustandosi gli occhiali che portava sul naso.

Cinque lunghi giorni di cammino passarono mentre ci avvicinavamo al lago di Nyelthas che era giusto al di fuori della città dove la Torre della Notte osservava tutto il paesaggio, avevo letto qualcosa in biblioteca ma non ne sapevo granché.

Arrivammo sul lago che era quasi sera, il cielo era luminosissimo e sgombro dalle nuvole così ci accampammo e Linaya accese il fuoco per scaldarci.
Anche se avevamo viaggiato costeggiando il deserto, lì l'aria era più dolce ed il freddo della notte desertica era un ricordo.

Avvicinandoci al lago di Nyelthas tutto intorno un folto boschetto ne cingeva le sponde, al suo interno sembrava di essere tornati nelle foreste di Eosara perché la vegetazione era molto folta e rigogliosa considerando anche la vivacità degli animali che la abitavano mi ricordava un po' anche casa mia.

Così trovammo un bel posto dove passare la notte, sullo sfondo si vedeva la Torre della Notte col suo faro in cima che ogni tanto si accendeva per essere visibile da tutto il deserto circostante.
Quando era spento, potevamo vedere un cielo notturno pieno di stelle.

Inoltre quella sera sembrava che le stelle fossero scese anche a terra perché come mi aveva detto mamma... "Le lucciole! non le avevo mai viste dal vivo! ad Eosara non ce ne sono... infatti quando vado al fiume vicino casa cerco sempre di imitarle con Lómelindra ma non riesco ad invocarne più di qualche decina anche se non ci ho riprovato dopo l'addestramento in effetti"
Mi sedetti sulle ginocchia e iniziai a giocare con le lucciole.

Il lago di Nyelthas

Era la prima volta che la vedevo così, non so forse era il cielo notturno o le lucciole... forse la stanchezza che la segnava in volto che la rendeva leggermente più pallida del solito nonostante il calore del deserto ci avesse abbronzato per bene. Ma era la prima volta che la vedevo davvero, non mi ricordo di averla mai vista così...come dire...serena! Anche se probabilmente serena non poteva esserlo al cento per cento per via di tutto quello che le stava capitando.

Non sapeva quello che avevo visto su di lei, le mie visioni che mi avevano tormentato in quei tre giorni in cui non sono andato a casa sua.
Però quella sera era...bellissima.

"Lin, accendi tu il fuoco? mi serve un minuto per favore..." feci finta di dover riposare per potermi fermare ad osservarla.
Le lucciole le si posavano sulle dita e lei sorrideva. Finalmente sorrideva di nuovo.

Mentre Linaya recuperava qualche ramo caduto per accendere un fuoco mi avvicinai a Celeste e chinandomi l'abbracciai.

"Hei...che succede?"

Era abituata a me, ci volevamo bene. Ma quella sera qualcosa era diverso...più intenso.
Posò il capo sulla mia spalla facendo un gran sospiro.

Poi sentimmo entrambi un ramo spezzarsi, scattammo a guardare di lato...in coro "Ah sei tu Lin...ci hai fatto prendere uno spavento!"

"Stavo camminando piano, perché non volevo interrompervi" E sorrise portando l'indice destro al lato della bocca mentre sorrideva.

Ci mettemmo a ridere tutti e tre, però sentivo qualcosa tra me e Celeste, qualcosa stava cambiando.

Aprimmo alcune provviste che erano rimaste dalla locanda di Nedia, poi, consumato il piccolo pasto le ragazze si misero a chiacchierare mentre io mi sedetti sotto un albero.
Mi piaceva, avevo portato un paio di libri che la sera, quando non ero troppo stanco, leggevo giusto per passare il tempo.

Un dolore al petto...arghh... "Fa male..."

Elyndor

"Ely ELY! che ti succede??" corsi da lui e Linaya mi seguì restando di fianco a me nel panico."Mi fa male..." "Cosa ti fa male??" si colpì il petto, era senza fiato...i suoi occhi...

I suoi occhi divennero luminosi, che... "Lin non è il momento di piangere" era fuori gioco, non riusciva ad aiutarmi Linaya...

Elyndor ansimava dal dolore e non riusciva più a parlarmi...mentre i suoi occhi divennero di una luce blu intensa, poi iniziò a sollevarsi da terra, un vento attorno a lui mi scaraventò al suolo lontano almeno ad un paio di metri.

Lui si sollevò a circa tre metri dal suolo quando sentii un forte vento venire da lontano a raffiche...poi dei colpi. Sopra di noi stava volando un drago argenteo che girava in tondo sul lago. Elyndor era lassù io non sapevo cosa fare...Lin era in quello stato...

Sentii il vento forte scatenato dal suo battito di ali, la forza e la potenza che trasmetteva.
Poi lentamente si poggiò sul pelo dell'acqua, non so come ma riusciva a starci sopra. Vidi distintamente i suoi occhi brillare ed una fiamma blu uscire dalla sua bocca insieme ad un ruggito terrificante.

Elyndor cadde a terra, esanime...ma respirava finalmente.

Mentre mi concentravo su di lui tentando di ricordare qualche incantesimo curativo, Lin si era raggomitolata su se stessa per la paura ed era in lacrime accucciata vicino ad Elyndor "Non è il tuo momento! non puoi tornare ora alla natura! Abbiamo un sacco di cose da fare!" ripeteva in continuazione...sentii improvvisamente un colpo di vento seguito da una folata che scosse il fogliame circostante, gocce d'acqua si sollevarono dal lago bagnando tutto ciò che lo circondava ed il drago argenteo così come era venuto scomparve verso la luna che illuminava quella notte.

Elyndor non si riprendeva però è iniziai a preoccuparmi davvero... "Lin dobbiamo fare qualcosa, smettila di piangere adesso..." la schiaffeggiai così forte da lasciarle lo stampo delle dita in volto.

Lei...tornò in sé finalmente mentre tirava su con il naso per riprendersi mi disse "I suoi occhi sono vuoti...che gli è successo? Cele, devi fare qualcosa... io non posso fare niente ma fidati di me, tu puoi" "Io non so cosa fare Lin...l'addestramento non serve a niente qui, io...mi hanno insegnato solo a difendermi."

Poi osservai il ciondolo e pensai che come mi aveva difeso in passato forse...forse poteva fare qualcosa anche per Elyndor.

"Fammi provare" chiesi a Linaya che si spostò per lasciarmi spazio.

Così feci un respiro, presi coscienza di cosa c'era intorno a me. Gli uccelli che volavano ancora in preda al panico a causa del drago, l'acqua del lago che ondeggiava e di cui sentivo lo sciabordio lungo le sponde.

Tutto si fermò...aprii gli occhi e vidi che tutto intorno a me si era fermato.

Solo io potevo muovermi, Linaya era come ibernata, gli uccelli erano fermi a mezz'aria, le foglie non cadevano a terra.
Mi avvicinai ad Elyndor, gli sussurrai all'orecchio "Torna da me"

Il Linyavalë brillò di luce blu intensa...Elyndor, lo vidi sbattere le palpebre e mettersi seduto... "Che è succe..." si voltò e vide Linaya ferma lì immobile, poi guardò il ciondolo che brillava e lo prese tra le mani.

Questo smise di brillare e tutto riprese a scorrere come se l'avesse calmato in qualche modo.

"Ho sentito le tue parole Cele e sono tornato."

Ci abbracciammo tutti e tre...eravamo impauriti...spaventati.

"Non puoi fare cosi Ely!! Ma che ti è successo? Ti senti bene ora? Non farmi più prendere uno spavento del genere!? E poi quel drago da dove è uscito??"

"Drago?" "Sì drago, un drago d'argento che sputava fiamme blu, non l'hai visto? Certo che no, eri impegnato a farci morire di paura tu!" "Lin dai ora basta...lo vedi che è stravolto? l'importante è che ora sta meglio..apriamo i sacchi a pelo e andiamo a dormire."

"Ho paura" confessò Linaya. "Stanotte voglio che dormiamo tutti vicini."

Anche io avevo paura, non sapevo cosa fosse successo, come avevo riportato indietro Elyndor...come era uscito fuori quel drago.
L'unica cosa importante è che eravamo di nuovo tutti e tre sani e salvi, il resto non contava niente.

Ci avrei pensato l'indomani anche se ci addormentammo tenendoci l'uno la mano dell'altro.

L'arrivo a Nerion

Il mattino dopo ripartimmo, con l'ansia nel cuore.
Avevamo capito che...più andavamo avanti più non sapevamo con cosa avevamo a che fare. Ragionando un attimo, dovevo aver usato un qualche tipo di potere veggente perché altrimenti non avrei saputo spiegarmi come potessi aver riportato indietro Elyndor.

Gli elfi non possono fare queste cose, loro sono in grado di guarire, di mutare le creature viventi ma questo...questo no.

E poi, perché il Linyavalë si era calmato al tocco di Elyndor?

Il viaggio proseguì senza altri intoppi, nel giro di qualche giorno finalmente avvistammo le porte est della città di Nerion che si trovava al centro dell'altipiano che avevamo avvistato dal tunnel.

Finalmente attraversammo le porte della città, esausti sia dal punto di vista psicologico che quello fisico.

Avevamo bisogno di riposo e non ci mettemmo tanto a trovare una locanda, pagare la stanza e svenire dalla stanchezza sui nostri meritati giacigli.

La mattina seguente mi sentii molto meglio, avevo voglia di esplorare Nerion.
Mamma me ne aveva parlato molto, qui c'era la Porta del Velo che avremmo dovuto attraversare per entrare nel regno veggente ma mi incuriosiva molto di più il traffico di persone che avevamo visto il giorno prima.

Se Nedia era un crocevia nelle terre elfiche, Nerion lo era molto molto di più.

Ero curiosa di visitare la Piazza dei Riflessi dove la Forgia del Velo era la taverna più rinomata. Mamma mi aveva raccontato che era sempre un tripudio di gente dalle caratteristiche più disparate e chissà magari avrei trovato qualche indizio anche su mio padre.

"Ragazzi, ci siete? io voglio andare a esplorare...vi dispiace se vi lascio soli per un po'?"

Elyndor e Linaya si guardarono, poi Lin mi diede il suo permesso "vai non ti preoccupare, se hai bisogno sai dove trovarci."

Aprì la porta della stanza e richiudendola feci l'occhiolino ad entrambi.

Capitolo 14: Il Giuramento

Erano passate ormai tre settimane da quando Celeste era partita. Avrei potuto avere sue notizie: sapevo che era passata per Nedia, ma non chiesi nulla. In fondo, era trascorso troppo poco tempo dall'inizio del suo viaggio.

Dopo che Celeste aveva invocato l'Ilyarthan per mutare la forma in drago, il mio nome, come quello di mio padre, fu cancellato dai registri ufficiali: per il regno, non esistevo più. Ma il Re che nutriva una grande stima per la mia famiglia, in segreto, mi concesse di continuare a servire la Corona sotto copertura e decise di affidarmi ai Soli Neri, che accettarono di buon grado la mia presenza, in parte grazie all'influenza di Altheara figura rispettata e guida spirituale di quel gruppo di mercenari.

Devo dire che inizialmente il loro comandante, Jarek Mani di Ferro, mi guardava con sospetto ma era comprensibile, in fondo, vista la mia presenza così improvvisa in quel gruppo. Provavo comunque giorno dopo giorno, grazie alla mia perseveranza, a conquistare un briciolo della sua fiducia.

Lavorare sotto copertura tra i mercenari mi dava accesso a verità nascoste, a voci che non giungevano alle orecchie dei giusti...Stavo scoprendo pian piano un modo parallelo se così si può definire. Per questo, se avessi voluto e senza usare la magia, avrei potuto seguire a distanza gli spostamenti di Celeste e dei suoi compagni.

Tra elfi ahimè corrotti, informatori senza nome e patti stipulati nel buio, stavo imparando a leggere tutto ciò che non veniva esplicitamente detto. E contro ogni logica, questa sensazione mi faceva sentire viva.
Il pericolo, il segreto, il filo sottile che univa elfi e uomini tra inganno e lealtà... tutto questo aveva risvegliato in me qualcosa che credevo di aver perduto, da quando ero stata costretta ad abbandonare il mio ruolo di Custode del Tempio.

Quella mattina, i Soli Gemelli splendevano alti nel cielo, ed io ero in casa, immersa nei miei pensieri, quando li vidi: i gattini di Celeste, scivolarono leggeri tra le mie gambe.

Giocavano tra loro rincorrendosi con piccoli balzi, soffi di fusa e c'era qualcosa, nel modo in cui si stuzzicavano... qualcosa di puro e familiare, che mi riportò a lei.

Così, improvvisamente, una nostalgia feroce mi serrò il petto, come fossero degli artigli invisibili.
Andai in giardino, chiusi gli occhi e iniziai a respirare profondamente, assaporando l'intenso profumo dei Sylphiris. Lasciai che l'aria mi attraversasse, lenta e sottile. Sentivo il vento accarezzarmi la pelle e sfiorarmi i capelli.

Con i miei poteri elfici ero in perfetta sintonia con la natura e potevo usarli per controllare il vento. Bastava un respiro profondo ed intenso per piegare l'aria al mio volere. Così mi lasciai guidare dalla mia magia: le foglie secche ai miei piedi si sollevarono da terra ed in quel fremito, la raggiunsi.

Mia figlia.

Attraverso una carezza portata dalla brezza, il mio spirito, per un istante, la sfiorò.

Appena fuori dalla locanda, sentii qualcosa… Era come un sussurro dentro al cuore, un richiamo dolce… familiare. Mi fermai. Il vento cambiò, non so bene come spiegarlo: divenne una brezza calda, come un respiro.

Il mio cuore cominciò a battere forte, poi ebbi una consapevolezza: solo lei poteva comunicare con me in quel modo… mamma!

Chiusi gli occhi e riuscii a percepire, anche se per poco, il suo profumo. Feci un sorriso e respirai profondamente… "ti voglio bene mamma! " pensai sperando di raggiungerla.

Poco dopo riaprii gli occhi, ero frastornata…ancora sospesa tra magia e un po' di nostalgia di casa, infilai la mano nella tasca per prendere una piccola mappa di Nerion sgualcita, ma ben leggibile. L'avevo trovata la sera prima, incastrata tra le assi di legno della mia stanza. La dispiegai con cura per evitare che si rompesse, cercavo con lo sguardo la strada che conduceva alla Piazza dei Riflessi.

Era da lì che volevo iniziare la mia esplorazione. Speravo che proprio in quel luogo il ciondolo potesse mostrarmi qualcosa su mio padre… una visione, un segno, qualunque cosa.

"Eccola qui!" esclamai a voce alta, mentre il dito si posava con decisione sulla mappa.

"Trovata! La Piazza dei Riflessi!"

Così mi incamminai verso il cuore di Nerion.

La città si apriva in cerchi, come onde sull'acqua. All'esterno, il quartiere era vivo: bancarelle cariche di spezie, taverne affollate di gente che rideva ed artigiani chini sulle loro creazioni. Una moltitudine di Alogon riempiva le strade.

Man mano che avanzavo verso il centro, l'atmosfera cambiava. Gli edifici diventavano più alti, fatti di pietra chiara e vetro scuro.
Camminando, scorgevo in alcuni angoli delle strade edifici che, visti dall'esterno, somigliavano a templi. Cercando di sbirciare all'interno, vidi degli Alogon che si allenavano, immersi in un silenzio spirituale.

Nerion era insolita e bellissima! "Elyndor e Linaya si stanno perdendo uno spettacolo magnifico" ... pensai.

Eppure ciò che mi aspettava era ancora più affascinante e misterioso.

Dopo un'infinità di passi, arrivai finalmente alla Piazza dei Riflessi.

Era posta in un punto sopraelevato, quasi al centro esatto della città. Da lì, lo sguardo poteva abbracciare ogni angolo: a sud, le colline fertili, a nord, invece, fitte foreste che mi ricordavano la mia casa, a est, montagne innevate che fendevano le nuvole, infine, guardando verso ovest, potevo scorgere un lago che rifletteva il cielo come uno specchio.

Nella piazza, c'erano Alogon che mostravano con orgoglio degli oggetti "ma... Ma cosa sono?" mormorai, ero troppo incuriosita. Cercavano di attirare tutti i passanti verso di loro per mostrare da vicino quegli oggetti stravaganti: strani marchingegni posti in svariati punti del corpo... Come se fossero in parte umani ed in parte potenziati con la tecnologia.

Poi, all'improvviso, sentii gridare qualcuno alle mie spalle. Mi voltai di scatto e vidi un Alogon magro ed alto che indossava un elmo in testa a forma di occhio:

"Signore e signori! Venite venite, non siate timidi! Da oggi nulla potrà interferire con la vostra vista...Neppure i muri!! Provate, provate per credere!"

Poi invitò una bimba che si trovava al mio fianco ad indossare quell'oggetto. La piccola improvvisamente iniziò a gridare:

"Mamma Mamma!! Ci sono tre gatti nascosti dietro quella statua!!"

Mi sporsi leggermente per vedere, era vero...Incredibile, pensai... Continuava a stupirmi quello che riuscivano a fare con la tecnologia e senza l'uso di arti magiche.

Continuavo a girare per la piazza, rapita dall'ingegno di questi uomini.

Non molto distante dall'Alogon con l'elmo, un'umana dall'aspetto piacevole attivò un congegno a forma di sfera che ruotava su sé stessa sospesa a mezz'aria:

"Questo oggetto... Questo oggetto sì che è un miracolo! Venite a vedere. È un ricordatore di luoghi. La sfera che cammina accanto a voi e non dimentica mai... non chiamatela mappa o si offenderà!"

Noi, creature magiche di Galaris, lo sapevamo bene: gli Alogon, pur senza poteri, vivevano grazie al loro ingegno. Le loro invenzioni erano come magie fatte a mano. La tecnologia era il loro modo di lasciare un segno nel mondo, ed era a questo che pensavo, mentre li guardavo muoversi in quella piazza.

Era come se, anche senza poteri, riuscissero comunque a fare qualcosa di straordinario.

Devo ammettere, però, che vederli tutti lì, radunati, intenti a vendere quegli oggetti mi fece un certo effetto.

Non avevo mai osservato da vicino le loro invenzioni.

Adesso capivo cosa intendeva mia madre quando parlava di "un tripudio di gente dalle caratteristiche più disparate", per certi versi anche a tratti un po' ...inquietanti...

Ero così assorta nei miei pensieri che finii per urtare un uomo che si voltò di scatto, aprendo di colpo il suo lungo mantello. Sobbalzai, non me lo aspettavo... Indossava un esoscheletro che brillava sotto la luce dei soli.
"Signore. Le chiedo scusa per averla urtata! M-ma...cosa indossa? " Con la mano dovetti proteggermi gli occhi perché quel marchingegno mi accecò per quanto era luminoso.

"Con questa mia invenzione ragazzina ho affrontato un drago nei pressi del tunnel dei Monti Teliandest!" esclamò con fierezza.

Arricciai le labbra, ero dubbiosa. Non sapevo se fosse vero, chissà se era lo stesso drago che avevamo incontrato noi nei pressi del lago, ma alla fine poco importava.

Era passato ormai un bel po' di tempo da quando mi ero allontanata dalla locanda. Nessun segnale era arrivato dal Linyavalë ed a quel punto, decisi che era ora di tornare dai miei amici.

Mentre stavo lasciando la piazza per riprendere la strada che avevo percorso all'andata, il mio sguardo cadde su una targa incastonata nel muro della famosa taverna La Forgia del Velo:

"Piazza dei Riflessi"

"Ogni mente si riflette in ciò che crea.
Dove mancano i poteri, emergono i pensieri
e le idee brillano come vetro al sole."

— Kaelyr Varthan,

Mi fermai un attimo.

Quella frase mi colpì, non so dire il perché, ma restò nella mia mente mentre riprendevo la via del ritorno.

La Porta del Velo

Era il momento di andare, passare la Porta del Velo per noi sarebbe stata la prima volta.
Ci avvicinammo alla porta dove i Custodi controllavano il passaggio.

La Porta era imponente, integrata nella cinta muraria della città costruita in pietra scura venata d'argento, bastioni scolpiti con simboli di guardia e protezione. Si ergeva al centro della cinta muraria, alta e solenne, incastonata tra due torri gemelle: i suoi battenti erano intarsiati con rune antiche e si diceva che si illuminassero lievemente all'alba ed al crepuscolo.

Attraversare la porta per la prima volta era un po' più complicato del normale, sul lato c'era una lunga fila di elfi che attendevano il proprio turno per ottenere la possibilità di passare.

Venivano chiamati in piccoli gruppi all'interno di una delle torri gemelle che delimitavano la porta e ne uscivano qualche minuto dopo con dei documenti.

Sentimmo parlare alcuni elfi che erano in fila davanti a noi "Che scocciatura, non sopporto le file!" "Non vorrai finire ustionato come quel tipo che ieri voleva passare di nascosto vero? Ho sentito le grida di dolore dal fondo della strada, le guardie poi ci hanno spiegato che non si tratta solo di documenti e di un lasciapassare di carta, viene lanciato un incantesimo che permette l'accesso al regno opposto e che viene accettato dalla porta...quasi come se vivesse di vita propria seleziona chi può e chi non può entrare in un regno o nell'altro."

poi aggiunse...

"Ti devono registrare sul Tomo dei Viandanti, se sei degno di passare non ci sono problemi, avrai il tuo lasciapassare altrimenti vieni rispedito indietro, per cui, non fare storie e abbi pazienza."

Poi continuarono a chiacchierare d'altro, cosi osservai la lunga fila che si districava fino alla piccola entrata della torre di destra.

Arrivò il nostro turno che era pomeriggio inoltrato, avemmo il tempo di chiacchierare, di mangiare qualcosa mentre osservavamo la fila muoversi lentamente e le carovane che già avevano il lasciapassare, attraversarla senza problemi.

Considerato il dolore che probabilmente potevi provare tentando di attraversarla senza aver completato la registrazione, nessuno provava a passare a meno che non fosse fuori di testa.

"Voi tre, fatevi avanti"

Toccava a noi... "Seguitemi", facemmo cenno di assenso con il capo e seguimmo il custode che ci fece strada all'interno della torre dove un piccolo corridoio illuminato da torce separava l'ingresso dal piccolo ufficio.

All'interno una figura era seduta nel lato opposto al nostro, al di la' del tavolo.

"Ragazzi" interruppe i miei pensieri mentre osservavo la stanzetta "perché volete attraversare la porta? state bene attenti a cosa rispondete perché la porta sente quando viene pronunciata una bugia... vorrei evitarvi delle belle bruciature quindi siate sinceri"

Ci guardammo io, Linaya ed Elyndor, poi presi la parola...

"Ehm signore, andiamo a Velmora, sto cercando mio padre che è via da molto tempo. Mia madre è rimasta ad Eosara, io ho bisogno di conoscerlo, di parlargli.

Loro sono i miei amici, mi stanno accompagnando, sa il viaggio è lungo".

"Comprendo signorinella...comprendo..." mi osservò dritto negli occhi che si socchiusero dietro ai suoi occhiali spessi, come volesse penetrare i miei pensieri.

Abbassò lo sguardo, prese a rovistare tra i cassetti, prima della scrivania poi si alzò e fece per cercare negli scaffali dietro di lui.

"Eccolo, sapevo che era ancora qui!" ed estrasse da sotto una catasta di pergamene un fagotto.

Eravamo solo noi tre e lui nella stanza, così fece il giro della scrivania...era più basso di quanto sembrasse da seduto.

Si parò davanti a me e prese le mie mani...poi "questi occhi...li ho già visti tanto, tanto tempo fa. Forse sono come gli occhi della persona che stai cercando signorinella.

Ho custodito questa cosa per te, sono sicuro che si... debbo darla a te.
Lui me la diede. Di lui ricordo solo i suoi occhi che sotto quel cappuccio brillavano dello stesso azzurro dei tuoi.

So che non mi hai detto tutto, sei stata furba... "Feci un sorriso di cortesia "Ma va bene così. Ricordati, sì forte ed attraversa la Porta. "

"Datemi le vostre mani sinistre" il Custode con un gesto rapido della mano sollevò la sua porgendocela "posate le vostre mani una sull'altra, sopra la mia e ripetete con me: Che il Viaggio sia sigillato. Il nome si leghi alla luce, la traccia resti nel Velo."

Ripetemmo insieme a lui "Che il Viaggio sia sigillato. Il nome si leghi alla luce, la traccia resti nel Velo." Sentimmo tutti e tre un calore provenire dal basso, dalla sua mano presumibilmente.

Poi mi consegnò il fagotto, "Ora andate, buon viaggio e ricordati, credi in te stessa signorinella."

Presi il fagotto ancora senza parole, non sapevo cosa dire né cosa rispondergli cosi feci un sorriso ed un piccolo inchino con il capo, dopo di che ci congedammo.

Seppi solo dire: "Grazie" mentre Ely e Lin mi osservavano.

"Perché non lo apri? Non sei curiosa?" Mi chiese Linaya mentre ripercorrevamo il corridoio al contrario "Qui davanti a tutti? voglio un attimo di privacy e possibilmente dopo che abbiamo passato la porta"

Non volevo nascondermi da loro due, volevo nascondermi dagli sguardi di altri viandanti, non potevo sapere chi mi trovavo attorno in quel momento né cosa ci fosse nel fagotto.

Così, uscimmo dalla piccola torre ed andammo verso il velo bluastro che delimitava l'accesso al regno veggente.

"Mostrate il lasciapassare" chiese il Custode al lato della porta, gli mostrammo i documenti "Venite avanti, sollevate il braccio sinistro" credetti che la porta volesse valutare la purezza del nostro cuore o dei nostri intenti con quel gesto.

Cosi attraversammo la porta, sentii un senso di freschezza su tutto il corpo e ci trovammo finalmente al di là della Porta del Velo.
Dall'altra parte c'era lo stesso scenario di veggenti in attesa di passare dalla nostra parte e carovane in viaggio.

Celeste ed i suoi amici proseguirono, appena oltrepassarono la Porta del Velo, un soffio d'aria fredda li accolse dall'altra parte, mentre il bagliore azzurrastro del portale svaniva alle loro spalle.

Si incamminarono per proseguire attraverso l'area di Nerion che era nel lato veggente della città per uscire e proseguire il viaggio verso Velmora.
Camminarono in silenzio, era la prima volta che si trovavano nel regno veggente anche se a grandi linee sembrava tutto molto simile a ciò che già conoscevano.

Persi nei loro pensieri camminarono fino a trovarsi su una strada di campagna, solitaria, immersa nell'oscurità profonda della notte.

Nessun rumore, a parte il canto di qualche grillo ed il fruscio del vento tra gli alberi. Poco dopo iniziarono a cadere delle gocce. Una pioggia fine, leggera, ma molto insistente.

"Sta iniziando a piovere," osservò Linaya. "Possiamo aprire le tende e usarle come copertura. Le rinforziamo con un incantesimo di schermatura. Dovrebbe bastare a tenerci asciutti durante la notte."

Elyndor si voltò verso di lei. "No, Lin. La magia va usata con giudizio. Ogni incanto che lanciamo potrebbe costarci caro."

"Ma è solo una barriera contro la pioggia..." obiettò lei.

"Sì, ma anche la magia più semplice attinge da Galaris stesso. Dobbiamo essere cauti. Usarla solo in caso di vera necessità."

Linaya sospirò senza replicare. Sapeva che Elyndor aveva ragione. Nel frattempo le gocce si fecero sempre più fitte, ticchettando sui ciottoli del sentiero con un rumore che si faceva sempre più intenso. Fu allora che, oltre una curva della strada, Celeste intravide un bagliore in lontananza. Una luce fioca tremolava dalla finestra di una casa.

"Ehi ragazzi!! Guardate laggiù," disse, puntando il dito. "C'è una casa! Possiamo ripararci lì. Andiamo a bussare."

Elyndor si voltò verso le amiche. Era un po' titubante ma sapeva che non c'era altra scelta. "Va bene! Bussiamo!" gridò, per sovrastare il frastuono di una pioggia che ormai era diventata una vera e propria tempesta. Così, con passo deciso, si avviarono verso la porta della casa immersa nella campagna, sperando che dietro quel legno umido vi fosse un rifugio sicuro.

"Toc, toc."

Celeste bussò con delicatezza alla porta di legno... Nessuna risposta. Eppure, una luce tremolava all'interno della casa: qualcuno doveva essere lì.

"Celee... Riprova!" esclamò Linaya, guardandosi attorno. "La tempesta sta peggiorando..."

"Toc, toc."

"C'è qualcuno in casa?" esclamò Celeste a voce alta.

"Chi siete? Cosa volete?"

Un attimo di silenzio, poi di nuovo la voce ruvida e diffidente fece domande da dietro la porta:

"Che volete a quest'ora?"

Elyndor fece un passo avanti, con tono cortese:

"Signore, siamo pellegrini. In viaggio da giorni. Cercavamo solo un riparo dalla bufera..."

"Non voglio estranei in casa mia! Magari non vi lavate da una luna intera."

Linaya fece per replicare, ma Elyndor si inchinò appena, mantenendo la calma.

"Siamo elfi, signore. Elfi dei boschi di Eosara. Vi chiediamo solo un riparo per questa notte."

Un rumore di chiavistelli si udì dall'interno, seguito da un borbottio incomprensibile.

"Tsk... Elfi... Ma pensa un po'..."

Poi si sentì una voce femminile. Era morbida, calda, eppure portava con sé l'autorità gentile di chi è abituata a farsi ascoltare.

"Oran," disse la donna, "guardali bene. Potrebbero avere l'età di tua figlia. Apri la porta... Falli entrare... La tempesta sta peggiorando."
La figura dell'uomo emise un grugnito, più di fastidio che di vero disaccordo.

"Hmph. Sempre con il cuore tenero tu, Nalia" borbottò. Ma poi la porta si spalancò del tutto, facendo entrare un'ondata di vento e pioggia.

"Avanti allora," disse Oran con tono rassegnato. "Ma niente scherzi. E toglietevi il fango prima di mettere piede sul mio pavimento."

Linaya annuì con gratitudine, Celeste fece un piccolo inchino, ed Elyndor mormorò un "Grazie, signori" mentre entravano nella calda penombra della casa.

Il fuoco nel camino ardeva lento, l'odore di legna e spezie avvolgeva l'ambiente. I tre elfi si scambiarono uno sguardo. Fuori, la tempesta infuriava, ma dentro le pareti di quella casa vi era assoluta tranquillità, come se una barriera invisibile proteggesse quel rifugio dal caos del mondo. Forse era davvero così, forse tra quelle mura si celava una fata protettrice, invisibile agli occhi ma attenta a ciò che accadeva. Era solo un'ipotesi, ma quella quiete così profonda sembrava avere qualcosa di magico.

"Oran, sono elfi dal cuore puro," disse Nalia, la donna dalla voce calda, posando una tazza fumante sul tavolo di legno. "Altrimenti, Brin avrebbe avvisato Tarvin del pericolo."

L'aspetto di quella donna era incantevole. Gli occhi verde smeraldo brillavano come gemme vive visibili grazie al luccichio del fuoco, in netto contrasto con la pelle nera come una notte senza luna.

"Accomodatevi, avanti," disse facendo cenno con la mano e la voce gentile. "Noi, la sera, raramente ceniamo... ma se desiderate qualcosa, ho del pesce fresco, pescato stamane al sorgere dei soli. Posso cuocerlo in fretta, avete fame?"

Elyndor si alzò in piedi: "Siete stati più che generosi ad aprirci le porte della vostra casa, non vogliamo arrecare altro disturbo."

Nalia li fissò con uno sguardo pieno di premura, ma non insistette. E fu allora che il marito Oran, che fino a quel momento era parso burbero, fece un passo avanti. " Mia moglie difficilmente sbaglia a giudicare le persone quindi..." Nelle sue mani forti e callose teneva tre tazze di legno, da cui saliva una sottile spirale di vapore profumato. Le porse ai tre giovani elfi.

"Infuso di Sovaryl," disse. "Riscalda le ossa e calma la mente. "Sembrava aver cambiato idea sui tre giovani.

I tre elfi iniziarono a sorseggiare, seduti vicino al fuoco. Il calore della bevanda scaldava le loro mani, portando loro sollievo dopo quella lunga giornata.

Improvvisamente si udì un lieve scricchiolio provenire dal piano di sopra. Qualcuno stava scendendo le scale...

Dalla penombra emersero due giovani Alogon. La prima era una ragazza sulla ventina, più o meno dell'età di Linaya ed Elyndor. Aveva lunghi capelli ricci neri legati in una morbida treccia ed occhi verdi smeraldo.

Dietro di lei scendeva un giovane uomo, più grande. Era alto, con spalle larghe ed una corporatura robusta. Anche lui sfoggiava occhi verdi che spiccavano sul profondo color ebano della pelle. Il suo sguardo era serio ma gentile, come quello di chi è abituato a proteggere ciò che ama.

"Eccoli qua... I ragazzi sono i miei figli," disse Nalia, indicando i due giovani Alogon che nel frattempo si erano seduti sui gradini. "Vi presento Saria e Tarvin, i mie gioielli più preziosi!"

Nalia socchiuse per un attimo gli occhi. "A proposito... i vostri nomi. Non credo di averli ancora sentiti."

Fu Elyndor a parlare per primo. "Mi chiamo Elyndor," "E loro sono Celeste e Linaya. Siamo in viaggio, signora. Stiamo esplorando Galaris perché..." Si voltò verso di me e feci cenno di assenso, poi proseguì... "stiamo cercando il padre di Celeste."

"Capisco, ma sinceramente non condivido la scelta di viaggiare da soli." disse Oran con voce profonda. "Perché mai tre elfi, ancora così giovani, dovrebbero abbandonare il loro regno protetto, sfidando terre insicure seppure per una ricerca così importante? Avreste potuto attendere di concludere l'addestramento."

Volevo mentire. Avevo mille risposte pronte, tutte più facili della verità. Ma qualcosa, forse la quieta presenza di Nalia o lo sguardo sincero di Tarvin, mi fecero cambiare idea.

"Stiamo andando a Velmora, signore, non...potevo più aspettare..."

"Velmora..." ripeté Saria, quasi sputando il nome come se fosse veleno. "Odio quel posto! Maledetti siano i Veggenti e la loro falsa Luce!"

La sua voce rabbiosa tagliò il silenzio. Rimasi di stucco. Mi accorsi che Elyndor la fissava. Assomigliava a sua madre, Elyndor la guardava come incantato, ma forse c'era anche altro oltre alla bellezza.

Quanto a me, non capivo. Quelle parole, quell'ira improvvisa... ero confusa. Così, cercando di restare calma, trovai il suo sguardo e parlai: "Saria, è successo qualcosa a Velmora?"

Oran prese parola, la sua voce tremava un po'. "I Veggenti non sono più ben accetti in questa casa. Non dopo quello che hanno fatto."

Fece una pausa. Era chiaro che avevano vissuto qualcosa di doloroso.

"Prima di allora, come molti, anche noi eravamo affascinati dai loro poteri... dalla loro saggezza... Sai quanti veggenti si vedono andare su e giù per le strade di Rioferro? Ma tutto cambiò quando mio figlio, Tarvin, ne conobbe una. Molto da vicino per così dire..."

"Papà, ti prego, ne abbiamo già parlato. Non sono tutti come lei. E poi basta parlarne, per favore," lo interruppe Tarvin, a giudicare dal tono della voce era molto turbato.

Oran si voltò lentamente verso di lui. "Perché? Non possiamo raccontare a questi giovani elfi la storia? Magari gli servirà per proteggersi..."

Poi tornò a guardarci. "Se pensate di trovare solo gioie a Velmora... vi sbagliate di grosso."

Inserirmi in un momento tanto delicato non era affatto facile, ma per tranquillizzarli volevo cercare di cambiare discorso. Così mi schiarì la voce e poi parlai:

"Signore... prima vostra moglie ci ha detto che avevate del pescato fresco. Posso chiedervi come? Siete pescatori? Mi sembra di aver visto delle reti fuori dalla casa."

"Sì, signorina," rispose Oran con un cenno del capo. "Rioferro è un piccolo villaggio di pescatori. Ogni giorno peschiamo nel Lago Saikhil. Le sue acque sono calme ed i pesci davvero eccezionali! Il fiume che attraversa Rioferro invece, è un'altra storia. Troppo impetuoso. Ci ha strappato più reti che pesci. Non è adatto alla pesca, né agli Alogon."

"Capisco signore, grazie." Riflettei per un attimo sul fatto che il lago a cui si riferiva Oran doveva essere quel meraviglioso lago che avevo visto dall'altopiano della piazza dei Riflessi. La serata proseguí e parlammo a lungo tutti insieme, cercando di conoscerci almeno un po'.
"Ragazzi, la tempesta sembra non voler proprio terminare" disse Nalia, il suo tono era preoccupato. Nalia era una donna dolce, lo avevo capito durante il corso della serata e vista la sua indole protettiva avevo intuito la proposta che stava per farci.
"Fermatevi qui per questa notte! "

"Celeste, Linaya..."si rivolse a noi Saria "Vi cedo volentieri la mia stanza per stasera, venite vi accompagno..." "invece Elyndor, tu puoi stare nella mia" ... concluse Tarvin.

"E voi dove dormirete? non vogliamo approfittare, siete già stati cosi gentili. Possiamo accomodarci qui, non c'è problema."
"Assolutamente no...Saria e Tarvin hanno ragione, usate pure le loro stanze, noi staremo comodi comunque, non preoccupatevi" concluse Nalia.

Saria e Tarvin ci offrirono i loro letti senza esitazione. Io e Linaya ci sistemammo nella stanza di Saria, Elyndor invece prese posto in quella di Tarvin. I due fratelli, dormirono sul piccolo divano al piano di sotto, davanti al camino ormai spento.

La notte passò tranquilla. Al mattino, mentre infilavamo le ultime cose negli zaini e ci preparavamo a riprendere il cammino, un bussare leggero, alla porta della stanza dove avevo dormito con Linaya, interruppe i nostri gesti.

"Prego, avanti" disse Linaya con tono gentile.

La porta si aprì ed entrò Tarvin. Con lui c'era la sua fata, Brinelith, con i capelli mossi che fluttuavano come alghe verdi ed i piccoli occhi luminosi puntati su di noi.

"Siete in partenza?" chiese, fermandosi sulla soglia e poggiandosi allo stipite della porta, Lin con la coda dell'occhio lo fissava.

Stavo per rispondergli, ma lui proseguì, come se avesse atteso quel momento da ore.

"Volevo dirvi che, se non vi dispiace, vorrei venire con voi. Almeno fino alle porte di Velmora."

Non sapevo il perché, ma dopo quello che aveva accennato suo padre la sera precedente, intuivo che questo viaggio poteva rappresentare per lui un passo verso la guarigione. Forse allontanarsi da Rioferro, attraversare nuove terre, era il suo modo di ritrovare frammenti di un sé perduto.

Gli risposi dopo un attimo di riflessione:"Sì, certo. Ci fa molto piacere" conclusi scambiando uno sguardo d'intesa con Lin.

"Perfetto, vi aspetto di sotto allora, preparo le mie cose!" "Ok a tra poco" conclusi mentre Tarvin richiudeva la porta andando a recuperare le sue cose..."Hei Cele...è un gran fico non trovi?" "Ahahaha" scoppiai in una risata mentre Lin mise i pugni sui fianchi in tono di sfida "Che c'è che ti fa ridere?" "Niente niente, preparati dai, dobbiamo ripartire..." Era proprio da Lin un commento del genere!

Il cielo sopra Rioferro era attraversato da nuvole leggere, la tempesta della notte precedente sembrava svanita ed i pescatori avevano già iniziato a gettare le reti nel lago. Io, Elyndor e Linaya eravamo in piedi sull'uscio, in attesa che Tarvin prendesse le ultime cose. Saria, non riusciva a staccarsi dai genitori. Si stringeva forte a loro, come se il calore della loro presenza potesse proteggerla dal vuoto che sentiva crescere dentro, dovevano essere due fratelli davvero molto uniti, lei stravedeva per lui me ne ero resa conto la sera precedente.

Poi sussurrò, quasi solo per sé:

"Tornerà... quando avrà ritrovato ciò che gli è stato tolto."

Quella frase... non ne capì subito il significato. Saria andò verso Tarvin. Lo abbracciò con forza, stringendolo come se volesse trattenerlo lì per sempre. Lui ricambiò senza dire nulla, i loro occhi sembravano parlare più di mille parole. Fu un momento carico di emozioni anche se li avevamo conosciuti da poco, mi ero affezionata ad entrambi.

Poi Saria disse ad alta voce rivolgendosi alla fata:

"Brin, proteggilo. Ovunque vada, non lasciarlo mai solo."

"Signori grazie di cuore a nome di tutti e tre, grazie dell'ospitalità" dissi rivolgendomi alla famiglia di Tarvin, lui si voltò verso di noi...noi lo seguimmo. Dopo qualche passo, si girò e fece un sorriso alla sua famiglia. Suo padre lo chiamò e si avvicinò con un fagotto dal quale vidi spuntare un'elsa."Portala con te figliolo, ti servirà più che a noi". Tarvin fece un cenno di assenso con il capo ed abbracciò suo padre. Non chiesi nulla ma capì che era in grado di usarla, aveva un corpo possente, evidentemente era abituato a tirare di spada.

Rioferro e Velmora non erano troppo distanti. Se i nostri calcoli erano esatti, ci separavano appena un paio di giorni di cammino. "La Sospesa nel Tramonto", così era soprannominata Velmora dagli Alogon di Rioferro, ce lo aveva detto Oran la sera prima, era per via di quella luce perenne da tramonto che la avvolgeva: un fenomeno atmosferico arcano, o forse una protezione magica della Torre, manteneva il cielo in una sfumatura costante tra l'arancio, il porpora e l'indaco.

Erano passati quasi due mesi da quando io Lin ed Ely avevamo iniziato il nostro viaggio... e tutto era andato per il meglio ma ora ero ancora più tranquilla: sapevo che Tarvin conosceva bene le strade. Non solo quella principale, ma anche sentieri più sicuri e meno esposti, ideali per chi come noi voleva viaggiare senza attirare attenzione.

Lui e la sua fata ci facevano da guida, anche se erano in viaggio con noi per motivi loro. Motivi che, quella notte, speravo finalmente di scoprire più nel dettaglio, dovevo potermi fidare di lui.

Avevamo trovato un punto sicuro tra gli alberi, abbastanza appartato. Piantammo le tende, accendemmo un piccolo fuoco e ci preparammo per la notte. Era il momento giusto: avrei cercato di capire cosa davvero li muoveva.

Mentre Linaya ed Elyndor si erano isolati ad osservare il cielo stellato, ridendo delle strane forme che immaginavano unendo le stelle tra le costellazioni, mi voltai verso Tarvin.

"Tarvin... posso farti una domanda?
Cosa intendeva tua sorella quando ha detto: "Tornerà quando avrà ritrovato ciò che gli è stato tolto"?"

Ci conoscevamo da poco, ma avevo già capito che era un giovane uomo sensibile e sincero. La sua presenza mi tranquillizzava.

Tarvin abbassò lo sguardo, poi gettò un'occhiata alla fata che fluttuava silenziosa al suo fianco.

"Non ne vorrei parlare, almeno per ora...anche se...capisco che hai bisogno di fidarti di me" mormorò. Poi, dopo un attimo, probabilmente convinto dal comprendere che doveva fare il primo passo, iniziò a raccontare: "Anni fa mi innamorai di una veggente. Una custode della Torre del Tramonto.

La sua bellezza era... strabiliante. Penso mi avesse ammaliato con un qualche tipo di incanto o comunque il risultato è che me ne innamorai. Viaggiavamo insieme, portavamo a termine i suoi incarichi ed era una bella vita, mi piaceva stare con lei, per lo meno la mia famiglia è questo che mi ha detto.

Poi un giorno fu come se fossi tornato da un sogno, d'un tratto mi resi conto che non ero più io. Vivevo solo per lei. Non pensavo più a cosa volessi io, non sceglievo più per me stesso. Ero diventato il suo riflesso. Un'ombra ai suoi piedi. Come uno schiavo, in un certo senso e la mia famiglia vedeva che non ero più felice...ero spento."

"Quando finalmente me ne resi conto, cercai di riprendere in mano la mia vita di ricominciare a pensare con la mia testa... lei lo capì. Capì che non le appartenevo più. E mi punì."

Abbassò lo sguardo.

"Mi lanciò un incantesimo che mi strappò via tutto: ogni ricordo di chi fossi. I miei genitori, la mia infanzia, perfino il giorno in cui è nata mia sorella...Tutto svanito...Come se la mia vita fosse cominciata solo dopo quel preciso momento in cui la vidi dopo il lancio dell'incantesimo... e poi, fu finita con lei."

La sua voce si fece più bassa.

"Ricordavo solo che mi aveva fatto del male, che mi aveva lanciato questo incantesimo ma non so il perché, lei si è vendicata con quell'incantesimo e questo mi sta logorando, devo trovarla e recuperare i miei ricordi...Sai, ero completamente smarrito. Vagavo nei boschi impaurito come una specie di ombra. Furono mia sorella Saria e la mia fata Brin a ritrovarmi. Mi riportarono a casa. Mi raccontarono tutto: chi ero, chi erano i miei genitori, cosa avevo vissuto.

Tesserono per me una rete di ricordi. Ed io ascoltavo... ma non riuscivo a sentire nulla. Sai com'è? Vedi i volti, sai che dovresti amarli... ma nel tuo cuore sono estranei. Come sognare una vita che ti dicono sia la tua, ma non la riconosci."

"Deve essere stato un incubo..." mormorai.

"In parte... mi sento vicina alla tua storia. Io non ho perso la memoria, ma c'è comunque una parte della mia vita che non conosco. Una verità che mi sfugge. E la sto cercando."

Feci una pausa, guardandolo dritto negli occhi.

"Tarvin... resta con noi. Facciamo questo viaggio insieme, fino alla fine. Io troverò le mie risposte. E tu... potrai ritrovare ciò che hai perduto."

Lui annuì, silenzioso.

Vedevo Cele e Tarvin parlare in lontananza, qualcosa si muoveva dentro di me. Tarvin aveva il doppio dei suoi anni, pensai. Eppure... sembravano in sintonia. Dialogavano come se si conoscessero da tempo. Era il modo di fare di Celeste, in fondo. Involontario, naturale. Ti metteva a tuo agio senza sforzo, con lei era facile parlare di emozioni, di ferite. Ti faceva sentire leggero.

Poi, all'improvviso io e Linaya udimmo:

Auuuuuh... auuuhhh...

Il suono tagliò la notte e mi fece venire i brividi. Istintivamente afferrai la mano di Lin, che era accanto a me. Ancora quel verso... Auuuuuh, questa volta più vicino. Era inequivocabile che si trattasse del verso di un lupo. Poi di colpo "Elyndor!" sentii chiaramente pronunciare il mio nome "hai sentito Lin?" "sentito... Si ho sentito Ely ho sentito ululare forte e chiaro! Sto morendo di paura..."

"Non hai sentito altro? Credo che il lupo mi abbia chiamato per nome!" "Ma che dici? Ti immagini le cose? E poi ti sembra questo il momento di fare battute?" Continuavo ad ascoltare il lupo che ululava in modo strano...e poi di nuovo "Elyndor!" pronunciò il mio nome almeno altre due o tre volte, ne ero certo Lin non lo sentiva ma io... Io potevo ascoltare nel suono del suo verso pronunciare il mio nome... non sapevo darmi una spiegazione, mi stava chiamando...

Ma non avevo mai sentito di lupi che parlano la lingua elfica nonostante la mia esperienza con gli animali, o forse aeva ragione Lin...era solo la mia immaginazione... "Ely, ho paura... " "Sssh parla piano Lin...Avvisa gli altri, di' loro di preparare delle fiaccole. Il fuoco tiene i lupi lontani, non spegnetelo. Io resto qui, ti copro le spalle. Vai, corri!"

Lin esitò un attimo, non voleva lasciarmi solo ma io insistetti, così andò scomparendo tra gli alberi. Rimasi da solo, con il cuore in gola. Nell'oscurità vidi una zampa. Spuntava dal buio, chiaramente visibile, illuminata da un bagliore rosso-arancio. Sembrava incandescente, sembrava la luce di un fuoco che arde.

La voce del lupo stavolta, pronunciò chiaramente una sola parola:

"Corri."

"Chi sei?" chiesi ad alta voce quasi urlando. "Cosa vuoi da me?"

Non sapevo quanto fosse grande quella creatura, ma ora avevo la certezza che non era lì per caso. Stava cercando proprio me.

Vidi una zampa avanzare lentamente verso di me... Poi, tra gli alberi, spuntò un muso enorme. Più grande di qualsiasi lupo avessi mai visto.

Di solito, in situazioni di pericolo, mi capitava di bloccarmi dalla paura. Invece, stavolta iniziai a correre... Come mi aveva suggerito la voce. Corsi via, lasciando indietro i miei amici. Non perché li avessi dimenticati, ma perché sapevo che il lupo stava cercando me. Era me che avrebbe seguito, pensai che allontanando il lupo li avrei messi al sicuro.

Correvo, correvo... Ma la mia corsa non era più quella di un elfo. Era qualcosa di diverso. Ancora più veloce, ancora più leggera, tra un passo e l'altro vedevo alberi ed animali attorno a me fermarsi per poi riprendere il loro movimento naturale. Ed il lupo era lì, accanto a me. Non mi stava inseguendo. Era al mio fianco. A un certo punto, non sapevo più se fossi io a scappare... o a seguirlo.

Dentro la mia testa, la sua voce cominciò a sussurrare parole, ne sentivo solo dei frammenti, piccole sillabe tra un passo e l'altro... Ma continuavo a correre come se, dentro di me, sapessi esattamente cosa fare.

Poi, di colpo, mi fermai.

Davanti a me si aprì uno spettacolo incredibile: la Città del Tramonto, avvolta nella sua immensa bellezza, illuminata dalla luce calda e dorata del crepuscolo.

Ero giunto ai piedi di Velmora, la cosiddetta "città sospesa", la dimora dei Veggenti.

Mi voltai per cercare il lupo, ma non c'era più. Nessuna traccia. Mi sembrava quasi di aver sognato ad occhi aperti. Ma sapevo che non era una visione come le altre. Questa volta anche Lin l'aveva sentito, seppure non aveva capito che stava chiamando me... Non era solo nella mia testa.

A proposito... "Gli altri saranno in pensiero per me?" pensai, guardandomi attorno.

Il respiro si fece più lento, ancora leggermente affaticato per la corsa. Restai qualche minuto in silenzio, ascoltando solo il fruscio delle foglie ed il battito accelerato del mio cuore. Ogni tanto lanciavo uno sguardo verso la foresta, in attesa che qualcuno comparisse tra gli alberi. La luce del tramonto dipingeva il paesaggio con tonalità irreali, come se tutto fosse sospeso in un sogno.

Per fortuna, poco dopo, la voce di Linaya risuonò forte tra gli alberi:

"Elyyyyyyy! Sei tutto intero?! Ho avvisato gli altri del lupo poi ti abbiamo visto correre via... Ti abbiamo inseguito, ma eri troppo veloce!"

Celeste mi corse incontro e mi abbracciò fortissimo, respirai per un attimo il suo profumo, poi mi staccai perché subito dopo ci raggiunsero Tarvin, Brin e Linaya.

"Come avete fatto a raggiungermi così presto?" chiesi a Celeste "ho usato la magia Ely, era un'emergenza...non potevamo lasciarti correre da solo nel bosco con un lupo...ma si può sapere che ti è preso?"

"Non lo so, avevo paura credo...mi sono sentito anche stranamente libero per un pò. Per qualche minuto credo di aver affiancato un grosso lupo con una zampa lucente, mi ha detto di correre ed ho obbedito" "un lupo con una zampa lucente dici. Che fosse il guardiano della Torre del Tramonto? aspetta...si chiama...Thoryndar se non mi sbaglio, ma perché ha cercato te?"

"Giusto, anche se fosse tu cosa c'entri con un lupo? Cele, diceva altro quel libro che hai letto?" "Non ricordo a dire il vero Lin, è passato tanto tempo..."

Avevamo tutti e tre uno sguardo pieno di dubbi, poi la nostra attenzione si voltò verso Tarvin che distratto stava guardando la città davanti a noi, sospirò un istante per poi dire:

"Tutto questo è a dir poco...strano. Lupi, incantesimi...Ma finalmente ci siamo, molto prima di quanto pensassi...Non voglio farmi troppe domande ora, restiamo concentrati. Ragazzi vedete laggiù?! Quello è l'ingresso nord della città più misteriosa di tutta Galaris per me: Velmora."

Capitolo 15: L'Ultima Visione

Ci eravamo accampati che era notte, eppure arrivati vicino Velmora è come se il tempo fosse tornato indietro, era di nuovo pomeriggio inoltrato a giudicare dalla luce dei soli.

Era la prima volta che ci andavo, la città era immersa in un'aura mistica, il tramonto che si intravedeva tra le case, le guglie che disegnavano il profilo della città e le luci accese delle abitazioni le donavano un'atmosfera molto particolare.
Non sapevo se avere timore di quell'oscurità dei vicoli oppure fidarmi di essa.

Attraversammo la porta, le mura erano tinte dei colori del tramonto con il riflesso della luce dei soli che le facevano tendere dall'arancio all'indaco al viola.
Così erano anche le strade che si dipanavano dalla porta nord dalla quale eravamo appena passati.

Le strade erano disseminate di zone dove gli abitanti si riunivano in cerchio, seduti in posizione di meditazione sembravano contemplare, respirare.
Poi ogni tanto si alzavano ed andavano davanti agli specchi che erano appesi per tutta la città.
Sembrava quasi che lo specchio gli permettesse di vedere di nuovo loro stessi, come se le loro visioni li estraniassero dai loro corpi.

Era una situazione molto strana, guardavo Elyndor che pareva estremamente curioso di quel modo di fare, probabilmente ne era affascinato.
Avrei dovuto esserlo anche io, visto che per metà...

"Andiamo verso la locanda, seguitemi" annunciò Tarvin che sembrava conoscere bene il posto.

"Ok, fai strada!" lo sostenne Linaya entusiasta.

Così lo seguimmo, ci fece attraversare diversi vicoli, poi arrivammo ad un ponte che collegava due aree della città.

Il marmo dei ponti pareva avere qualcosa di strano, nonostante la luce del tramonto questo era sul bianco lattiginoso, mi ricordava molto il colore della luna.

La città era costruita a livelli, noi eravamo entrati dal livello più basso.

Mentre ci districavamo per il dedalo di vicoli, Tarvin ci faceva da guida.
"Noi siamo entrati dal livello più basso, qui ci sono le porte ed il Borgo delle Origini.
Spesso vengo qui a vendere il pesce che peschiamo nel lago Saikhil perché al Cerchio delle Braci c'è parecchio movimento. Sapete, è uno dei mercati più famosi del regno."

Poi proseguì svoltando un angolo, restammo incantati da quello che si palesava davanti a noi, soprattutto Lin che nei mercati ci aveva sempre vissuto, scommetto che aveva una voglia matta di esplorare.

Poi Tarvin continuò "venite, andiamo verso la locanda, prendiamo una stanza che useremo come base per stabilire il da farsi".." fai strada" ribattè Elyndor.

Mi sembrava che provasse un misto di soggezione e stima del suo carisma, Tarvin era un leader naturale, tutto l'opposto della chiusura e della timidezza che mostrava normalmente Elyndor.

Evidentemente eravamo tutti incuriositi dal suo modo di fare, certamente anche la novità di avere un'altra persona con noi era speciale.

Anche Brinelith che gli svolazzava sempre intorno gli dava quell'alone di mistero.
Era sempre in silenzio, parlava per lo più solo con Tarvin e con le altre fate che incrociavamo durante il percorso, d'altronde sapevo che le fate erano schive con gli esseri magici per cui non me ne preoccupavo più di tanto. Ad Eosara ce n'erano molto poche, avevo avuto a che fare soprattutto con Liora, la fata di Thalben Korr, che quando veniva a trovare mio nonno mi girava intorno e a volte giocavamo insieme a lei con Luce, Liora era molto dolce anche se come Brinelith non parlava molto.

"Tarvin... devo dirti una cosa importante" si avvicinò Lin facendo gli occhioni. "Ho male ai piedi... troviamo questa locanda dai"
Un "Ahahahahahaha" genuino da Tarvin allentò la situazione, lui si chinò ad altezza viso di Linaya "Ci siamo quasi, non essere impaziente. Vi sto portando alla miglior locanda dei sei regni, al Ramo d'Ombra avremo il nostro meritato riposo" e le pose una mano sul capo scompigliando i suoi capelli... "Cattivo non lo fare mai più! io ci tengo alla mia immagine" questa volta la risata fu collettiva, persino Brin si teneva la pancia dal ridere.

Dopo qualche minuto raggiungemmo finalmente la locanda, fuori una insegna recitava proprio "il Ramo d'Ombra".

Dall'esterno erano visibili le luci delle lanterne accese ed un gran rumore di stoviglie si sentiva insieme al vociare degli avventori che occupavano l'interno.

La locanda era costruita all'interno di un grosso albero rinsecchito che era stato scavato e riempito dalle stanze. Lo stile era quello elfico non c'era dubbio, ma i veggenti non erano così bravi nel gestire la natura, sicuramente l'albero l'avremmo potuto salvare con un incantesimo elfico ma probabilmente nessuno di loro ce lo aveva mai chiesto.

Varcammo la soglia della locanda, effettivamente era pieno di avventori, Tarvin si diresse subito verso il bancone dove una donna dai capelli nerissimi e che indossava un semplice vestito marrone chiaro stava preparando dei piatti muovendosi agilmente dietro il banco.

Ci avvicinammo e Tarvin la chiamò "Liryana! indaffarata come sempre?"
"Tarvin?" si voltò tranquillamente riconoscendo la sua voce evidentemente "mi hai portato quegli Zerethil che ti avevo ordinato?"
"Aspetta... ma sei in compagnia?" il suo sguardo si rivolse su di noi.
"Questi sono Linaya, Celeste ed il loro amico Elyndor"

Liryana assottigliò gli occhi come per scrutarci, poi abbassò per qualche secondo lo sguardo accennando un piccolo sorriso. Era molto dolce, la sua pelle era candida, gli occhi di un viola del colore dell'ametista.
Aveva un bel viso e mentre poggiava le sue mani sul banco davanti a noi, notai che erano segnate dal lavoro anche se sembrava le mancasse un anello al dito che le lasciava una schiaritura sull'anulare destro. Chissà perché...

"Benvenuti ragazzi, gli amici di Tarvin sono anche miei amici, sono felice di conoscervi, questo testone a parte me non ha altri amici in giro per Galaris...ma torniamo a noi, cosa ci fate qui?" "Voglio incontrare la custode Crepus, tu l'hai vista ultimamente?" Aggiunse Tarvin guardingo mentre pronunciava il suo nome.

"E perché? dopo quello che ti ha fatto? Tutti uguali voi uomini, più vi trattiamo male e più ci state appiccicati...vero ragazze?" Liryana cercava un nostro sguardo di complicità, io guardai Linaya facendo un sorrisetto mentre lei si grattava la testa osservando intensamente un gran gattone grigio che le si strofinava tra i sandali facendo le fusa "ron ron...ron ron"

"Hei bel gattone..vieni quì fatti accarezzare" "Naima non infastidire i clienti." esclamò Liryana. "Macchè fastidio! anche Celeste ha due gattoni, si chiamano Luce e Palla di Pelo, vero Cele?"

"Chissà come stanno..." abbassai lo sguardo verso Naima immaginando per un secondo di vedere i miei Luce e Palla di Pelo lì vicino a lei.

Poi mi ripresi un attimo "Tarvin, chi è Crepus?" "shhh non così ad alta voce, è la custode di cui vi ha parlato mio padre..." Lin aggiunse "quella dell'incantesimo?" Tarvin fece cenno di assenso con il capo.

Lin ed Ely non avevano ascoltato la storia che Tarvin mi aveva raccontato però si fidavano di me e di lui di conseguenza.

"So che non ho tante speranze, però devo almeno provarci a chiedere perché...non riesco ad andare avanti così. E magari se ha un po' di buon cuore dentro quel corpo ci dirà anche se conosce tuo padre. Che ne pensi? è un buon piano?"

"Insomma...per ora è l'unico che abbiamo quindi dobbiamo farcelo andar bene. Tu che ne pensi Ely?"
Elyndor incrociò le braccia voltando il capo verso sinistra, come in posa di riflessione.
"Prima di tutto pensiamo a trovarla poi vedremo cosa succede. Come hai detto tu, non mi piace molto come piano, ma ce lo faremo andar bene."

Linaya continuava a giocare con Naima... probabilmente non le interessava parlare di piani.

"Per trovarla come minimo dovete salire al terzo livello, alla Cerchia del Mercato Velato potrebbero sapere qualcosa.
Dubito che al livello due gli Alogon possano aiutarvi.
Ma per stasera siete miei ospiti, ok? non accetto un no come risposta..."

"Naima, accompagna i nostri ospiti alla Stanza delle Rose, li starete bene, ci sono due grossi letti potete dividerveli. Ah e quando siete pronti per mangiare qualcosa mandatemi Naima cosi vi faccio assaggiare il mio famoso Zerethil Affumicato alla Bruma."

Ci congedammo, Naima miagolando ci fece strada su per le scale dove le stanze erano nominate tutte con nomi di fiori.

C'era anche la stanza dei Sylphiris tra le tante ma sembrava già occupata, cosi arrivammo davanti a quella delle Rose, aprimmo la porta ed entrammo all'interno, due grandi letti ci aspettavano, "io sto con Cele, voi due maschietti vi accomodate sull'altro letto e non provate a sbirciare!" affermò Linaya tirando il suo sorriso.

"Elyndor, mi rendo conto che ci siamo appena conosciuti ma...che lato preferisci?" "Nah non importa, tanto ultimamente dormo pochissimo." "Io ho il sonno pesante invece!" ribattè Tarvin.

"Linaya, ma mica vorrai andare a dormire vero? io vengo qui solo per vendere i miei pesci, una volta tanto che siamo in gruppo vorrei esplorare la città, ti va di accompagnarmi?" "Certo, anzi lo avrei chiesto io a qualcuno di voi, voglio andare a vedere il mercato, chissà che merci vendono i veggenti!" Lin prese per mano Tarvin e lo tirò letteralmente fuori dalla stanza "A dopooo" ...mentre uscirono Lin mi fece l'occhiolino, le sentii dire a Tarvin "poi ti spiego".."c'è poco da spiegare, pensi che sia cieco?" Li sentii confabulare...erano già in sintonia quei due.

Mi sedetti a gambe incrociate sul letto e sfilai dallo zaino il fagotto che il custode della Porta del Velo mi aveva consegnato. Non avevo ancora avuto la tranquillità per aprirlo. "Cele ci sei?" chiese Elyndor "Si sto aprendo quel fagotto ti ricordi?" "Posso venire a vedere?" "Certo, avvicinati..."
Elyndor salì sul letto mentre rimuovevo i lacci che lo tenevano ben chiuso.

Pian piano, rimuovendo i fermi la sua forma si fece più chiara tra le mani, doveva essere un'arma...Si...era un'arma. Una spada per la precisione.
Nell'elsa dorata erano incastonate due pietre di colore blu mentre la lama color ossidiana opaca aveva una venatura rossa che correva lungo tutta la parte centrale, dall'elsa alla punta ma sopra sembrava esser stata ricoperta di un materiale che con l'uso era venuto via.

"Questa lama, io l'ho già vista da qualche parte..." Elyndor si stava interrogando su dove l'avesse vista, non è possibile che qualcuno gliel'avesse mostrata prima di me.
Poi, si avvicinò "posso vederla bene da vicino per un attimo?".."tieni..." gliela porsi.

Lui la prese tra le mani, la afferrò attraverso il panno che la avvolgeva con cura, guardandola e rigirandosela tra le mani. Vidi scorrere del liquido rosso... "ti sei tagliato?" Mentre osservavo il liquido bagnare il tessuto sentii vibrare il letto.

"Ely..." stava tremando, in preda ad una delle sue visioni...la lama, quella venatura e le due pietre incastonate stavano brillando, poi anche il Linyavalë si illuminò di un blu intenso. Sentii nella mia testa una voce maschile "la Velmirael non è ancora il momento...trova Archon, lui saprà cosa fare".
Poi tutto tacque, le luci della stanza ebbero uno sfarfallio ed Elyndor si accasciò sul letto lasciando anche la spada cadere dalle sue mani.

Si era tagliato effettivamente, usai Silvarien per rimarginargli la ferita che in qualche secondo sparì completamente.

La voce ha detto "Velmirael", forse è così che si chiama questa spada... la presi e richiusa nel suo involucro la riposi all'interno del mio zaino.

"Ely, svegliati forza, è passato... forza, farai preoccupare di nuovo Lin" gli accarezzavo il viso, dopo qualche minuto rinvenne aprendo gli occhi.

Mi prese la mano e si tirò su per mettersi seduto, lo abbracciai d'istinto... "Bentornato" gli dissi, anche lui ricambiò forte il mio abbraccio, mi sentì al sicuro per un'istante, ci stavo quasi facendo l'abitudine.

"Cele, devo raccontarti delle mie visioni... io...credo di essere come te. Credo di avere del sangue veggente nelle mie vene. È per questo che ho queste visioni. Non so come né perché, so solo che è così.
Per questo ho deciso di seguirti."

"Perché non me l'hai detto prima? " "Cele, non...non volevo darti altri pensieri per questo dopo l'attacco di Eosara non sono venuto a casa tua per un po'...non so forse tutto quel potere magico deve aver risvegliato qualcosa in me.
Anche Altheara se ne era accorta, mentre tu ti allenavi anche io ho fatto qualcosa... ma non sono al tuo livello purtroppo".."Non mi interessa Ely, l'importante è che stai bene...ci aiuteremo a vicenda, ti aiuterò come posso."

"Aspetta però, devi sapere quello che ho visto. "Va bene racconta... anzi...vuoi aspettare che Lin e Tarvin rientrino?" "No, vorrei che lo sapessi soltanto tu...devi decidere tu se vuoi dirglielo oppure no. Loro fanno parte del gruppo, se fosse per me glielo direi perché correranno il rischio con noi, ma la decisione spetta a te." "come vuoi, racconta, forza..."

Celeste si sedette sul letto, pronta ad ascoltarmi.

"Sono solo frammenti...ho iniziato a vederli da dopo l'attacco e sto cercando di mettere insieme i pezzi.

Ti ho vista in un luogo buio, avevi in una mano il Linyavalë e nell'altra questa lama.

Noi eravamo lì con te ma uno alla volta venivamo come svuotati, ho visto distintamente l'anima lasciare i corpi e svanire nell'oscurità della nebbia, poi anche io mi sono sentito svuotato.
Tu sei rimasta lì, agitavi la lama e ti difendevi dall'oscurità con la luce del Linyavalë.

I Nargrom ti attaccavano scomparendo nella nebbia, tu eri lì, da sola...io non potevo fare niente.
Cele, eri da sola, io non so ancora cosa significa, però troverò un significato, voglio parlare con i veggenti di qui, devo capire come comprendere queste visioni."

"Sono d'accordo, però credo che in parte ti sei fatto trasportare dalla paura... dobbiamo chiarire cosa sono le tue visioni, perché accadono e soprattutto devi tenere a mente una cosa: le visioni non sono realmente accadute e non è detto che lo facciano, Altheara me ne ha parlato durante l'addestramento.
Sovente capita anche a me, non sono così forti come accade a te, a volte mi succede mentre dormo oppure mentre mi rilasso, respirando anche... in sostanza quando sono tranquilla, un po' come quando sento gli alberi della foresta.
Probabilmente hai ragione, del sangue veggente scorre nelle tue vene, chissà magari anche più del mio... però le visioni non devono bloccare le tue azioni.
Tienile a mente ma io ho bisogno di scrivere da sola il mio futuro, mi rifiuto di credere che vi perderò, se lo facessi con che coraggio potrei andare avanti? Farò tutto ciò che è in mio potere per starvi accanto, ci proteggeremo a vicenda...inoltre..."

"inoltre cosa? Devi promettermi che starai attenta, a volte sei troppo impulsiva, non riesco a starti dietro... ho l'impressione che tu sia sempre avanti a me, io mi impegno, mi sono addestrato da solo mentre lo facevi tu ma...mi sento sempre indietro, ho paura di non riuscire a proteggerti quando sarà il momento."

Elyndor era visibilmente preoccupato...versò una lacrima, così poggiai una mano sul suo viso per asciugargliela e lo strinsi.

"Non è una competizione Ely, siamo insieme e insieme andremo avanti. Tu non devi proteggermi, devi solo restare con me se è questo quello che vuoi."

Fece un respiro profondo, staccò il viso da me "Certo che è questo che voglio" disse guardandomi negli occhi, quegli occhi blu, così profondi. Tremavano.

Mi promisi che avrei fatto di tutto per proteggerli. Erano la mia famiglia, lui, Lin e anche se Tarvin l'avevamo appena conosciuto, sentivo che aveva qualcosa di speciale.

Elyndor si ricompose... "Cele, riposo un po', ogni volta che ho una visione mi sento sfinito. Chiama se hai bisogno." Feci cenno di assenso, lui scese dal mio letto e svoltato dietro il paravento che divideva la stanza sentì il rumore del suo letto mentre ci si coricava sopra.

Dopo qualche secondo andai a controllare, dormiva profondamente con la bocca aperta.

Mi sdraiai sul mio letto, presi un libro dallo zaino, uno di quelli che mi aveva dato nonna.
Mi persi nella lettura per un po', pensai che Lin e Tarvin sicuramente erano andati in avanscoperta al livello tre.

La Cerchia del Mercato Velato

Linaya chiuse la porta della stanza dietro di sé mentre provava a spiegarmi che tra Celeste ed Elyndor probabilmente c'era qualcosa di più che una semplice amicizia.
"...ma a me va bene così, siamo amici e ci tengo a loro e tu vedi di trattarli come si conviene, ok? ogni tanto lasciali soli."

"Ma quindi è per quello che sei venuta con me? Volevi solo lasciarli in pace?" "Per quello sì, ma anche per andare al mercato. Lasciamoli fare, ma nel frattempo andiamo a farci un giro alla...com'è che l'ha chiamata Liryana? Cerchia di cosa?"

"La Cerchia del Mercato Velato...sinceramente io so solo che esiste, non ci sono mai stato...oppure..." abbassò lo sguardo "non me lo ricordo."

"Siamo qui per trovare soluzioni no? Chiediamo a Liryana qualche informazione, che ne pensi?" Mi trascinò al piano di sotto senza darmi occasione per controbattere, poi si diresse al banco.

"Signora Liryana, posso disturbarla?".."Signora? A me? Ragazzina stai rischiando che ti usi per lo stufato lo sai?" mi disse scherzando ma non troppo... "Chiamami semplicemente Liryana, d'accordo?"

"Ok Liryana, saresti così gentile da darci qualche indicazione per visitare la Cerchia del Mercato Velato? Questo zuccone è alquanto inutile in questo momento..." e mi guardava con i suoi occhi vispissimi mentre lo diceva.

Liryana fece una grossa risata, poi riprese "Tarvin, bella compagnia che ti sei trovato sai? Ti sta bene, così impari a non rispettare le consegne. Ad ogni modo... Linaya giusto? uscite dalla locanda, prendendo la via principale subito a destra.
Da lì, proseguite dritto fino all'elevatore centrale e da lì indicate al soldato dove volete andare, vi porterà al livello giusto non potete sbagliare. Dategli questo lasciapassare" mi porse un documento che attestava che stavamo lavorando per la locanda" con questo non vi faranno problemi, i miei dipendenti lo usano quando vanno a far compere li."

Linaya fece un piccolo inchino, poi alzò la testa e mi fece l'occhiolino..."visto? basta chiedere"

Poi si diresse verso l'uscita.

"Hei Tarvin, aspetta un secondo, gli altri due tuoi amici dove sono?" "Riposano in camera, lasciali stare per ora."

"Ok, fate attenzione comunque, i veggenti del terzo livello sono più guardinghi di quelli che girano quaggiù...non fatevi notare, mi fate passare dei guai tu e la tua amica."
"Stai tranquilla, sa il fatto suo...E mi fa morire dal ridere, farà lo stesso anche con i veggenti del terzo livello vedrai."

Salutai Liryana approcciai l'uscita, mi guardai un attimo intorno per cercare Linaya.
Era appoggiata alla transenna del negozio di lato alla locanda, mise le mani davanti alla bocca per amplificare il suono...
"Andiamo?" sentii arrivare dalla sua parte.

Mi avvicinai e ci dirigemmo verso l'elevatore centrale.

Mostrai il lasciapassare che Liryana ci aveva dato ed il soldato ci aprì la porta dell'elevatore.
"A che piano?" ci chiese "terzo, andiamo alla Cerchia del Mercato Velato".

Chiuse la grata in ferro che delimitava l'accesso dell'elevatore, sentimmo una moltitudine di ingranaggi muoversi, poi una grande cascata d'acqua si mostrò ai lati, doveva essere quella a muoverlo.

Probabilmente gli alogon del livello due l'avevano progettato, in fondo io ero uno di loro. Forse.. non ricordavo più neanche quello ma i miei mi avevano detto questo.

Dopo un minuto circa, l'elevatore si fermò con un gran contraccolpo che mi fece rientrare dai miei pensieri, Linaya era lì al mio fianco tutta entusiasta.

"Stammi vicino, non ci perdiamo di vista, ok?" mi disse con il suo solito sorriso.

Annuì, poi mi voltai verso il soldato dell'elevatore.

"Dove posso chiedere informazioni? sto cercando una persona." mi osservò spiazzato... "Prova alla Piazza delle Nebbie, lì c'è un punto di meditazione. Magari trovi qualcuno a cui chiedere, per arrivarci segui la luce degli specchi".

Lo ringraziai, poi presi per mano Lin e ci incamminammo, sembravamo due bambini in gita scolastica. Lei ondeggiava la mano libera e si spostava di bancarella in bancarella cercando non so cosa, in realtà non voleva comprare niente mi sembrava volesse solo riempirsi il cuore di quel posto, doveva essere molto legata a quel tipo di ambiente.

"Come mai ti piace così tanto girare per il mercato?"
"Mia nonna, lei aveva un banco al mercato di Eosara, però ormai non c'è più... "
"Mi dispiace piccola, non volevo renderti triste."..."Non preoccuparti, ormai l'ho accettato. Ero molto legata a lei, mi ha insegnato tante cose ma soprattutto mi manca la sua saggezza. In parte è per questo che mi sono avvicinata così a Celeste, lei in qualche modo me la ricorda, a volte è molto più saggia della sua età anche se è più piccola di me, ah non dirglielo è mi raccomando, non è mica mia nonna!"

Proseguimmo verso la Piazza delle Nebbie, districandoci tra i vicoli e seguendo la luce degli specchi che si rifletteva da uno all'altro.

Arrivati a destinazione iniziai a guardarmi intorno, poi dopo qualche secondo una figura si avvicinò.

"Vieni ti aspettavo, seguimi." lo vidi in volto, era palesemente un Custode della torre così istintivamente mi fidai e lo seguii.

"Stai cercando Lyriel Crepus non è così? Ti ho sentito nella locanda, giù al primo livello... non è lei che ti ha cancellato la memoria? perché la cerchi?"

"In realtà...non so neanche bene che volto abbia, ho bisogno di parlarle, ho bisogno di capire perché mi ha fatto questo. Che male le ho causato per farmi questo? Ho dimenticato tutto, i miei genitori, mia sorella...mi ha portato via un pezzo d'anima con quell'incantesimo."

"Un pezzo d'anima dici è....chissà che...ascolta, il mio nome è Archon Velmaris sono uno dei Custodi della Torre del Tramonto. Credo che ci sia un motivo, ma Lyriel non è il tipo da dirti perché l'ha fatto. Deve aver avuto una visione su di te, probabilmente ti ha protetto ma un pezzo d'anima, anche se l'hai detto inconsciamente, forse...forse c'è qualcosa di vero. Non siete qui da soli vero? no aspetta...ci sono altre due persone con voi...dove sono?"

Era la prima volta che sentivo che qualcuno stava davvero usando il potere della veggenza, oppure..semplicemente ci aveva visto alla locanda ma volli credere alla prima opzione.

"Si, ci sono altri due nostri compagni, ma ora non sono qui..."

"Andate a chiamarli, vi aspetto alla Torre, dobbiamo consultare il guardiano."
"Credo di non poter arrivare al livello della Torre, come facciamo a raggiungerti?"

Prese a cercare nelle tasche della sua tunica "Ecco qui...con questo riuscirete a passare" mi diede un anello con incisa una runa del colore del fuoco.

Si voltò e sparì tra i presenti, mischiandosi alla gente.

"Tu che ne pensi?" chiesi a Linaya..."Non mi sembra che abbiamo molta scelta, deve sapere qualcosa e poi mi sembra che conosca Crepus, se vuoi starle addosso devi fare come ti dice, non credi?".."Hai ragione..ma non mi piace non sapere le cose.. tutto questo mistero mi dà ai nervi."

"Forza torniamo da Cele ed Ely" concluse Linaya, la seguii per il percorso inverso.
Ripreso l'elevatore, scendemmo al livello uno e giunti davanti alla locanda, trovammo Celeste ed Elyndor erano lì fuori a chiacchierare.

"Novità?" chiese Elyndor.
"Si, abbiamo incontrato un Custode, il custode Archon, ci ha chiesto di raggiungerlo alla Torre...pare che conosca Crepus. Ha detto che c'è qualche legame o qualcosa con l'anima ma non ho ben capito..."

"Raggiungiamolo allora, non perdiamo tempo."

Ci avviammo subito verso l'elevatore e come aveva previsto il Custode Archon, mostrare l'anello ci spalancò letteralmente le porte.
Il soldato non fece parola, semplicemente ci portò al livello cinque, la grata di protezione si aprì e finalmente vedemmo la Torre del Tramonto davanti ai nostri occhi.

Capitolo 16:
Il Sentiero del Destino

Arrivati alla soglia dell'ingresso della Torre, vedemmo un Custode seduto lì vicino in posizione di meditazione, Lin lo indicò, doveva essere il Custode Archon.
Attorno a lui un'aura bluastra ne circondava la figura, doveva essere davvero molto potente per mostrare il colore della sua aura ad occhio nudo.
Probabilmente Elyndor avrebbe potuto ricevere ottimi insegnamenti da lui.

"Avvicinatevi" disse ad occhi chiusi mentre ancora era in meditazione.
Ci sedemmo attorno a lui, in attesa che terminasse il suo momento di raccoglimento.

Tarvin era agitato, si vedeva, era visibilmente impaziente di fare le sue domande.
Andava su e giù dal vialetto, poi si fermava vicino alla ringhiera osservando l'esterno e la città al di sotto.

"Dov'è Crepus?" esordì Tarvin "È fuori per una missione, dovrebbe rientrare tra qualche giorno" aggiunse Archon mentre la sua aura svaniva ed apriva gli occhi.

Tarvin si voltò verso di lui, "quale missione? ho bisogno di parlarle..." ..."Pazienza ragazzo, Crepus non scapperà, anzi dovresti temerla sai. È uscita alla ricerca di un drago argenteo."

Un drago argenteo, pensai che forse era lo stesso drago argenteo che avevamo incrociato durante la notte passata sulle sponde del lago Nyelthas ma non dissi nulla.
Non sapevo se potevamo fidarci di questo Custode, poteva tranquillamente non essere dalla nostra parte.
Inoltre i suoi poteri da veggente mi sembravano soverchianti.

"Rientrerà per l'inizio della Fiera delle Nebbie, tra un paio di giorni. Nel frattempo vi suggerisco di restare buoni in città e di mantenere un basso profilo, per quelli di voi che vogliono, vi darò accesso al Circolo della Sapienza così avrete modo di studiare i testi che vi servono.
Tu ragazzo, hai qualcosa da chiedermi, non è così?" chiese rivolgendosi ad Elyndor, evidentemente aveva visto.

"Si, vorrei chiederle alcune cose se non è di troppo disturbo."
.. "D'accordo, seguimi ma puoi venire solo tu, gli altri, tornate alla locanda, non create problemi e state tranquilli per un po'. Elyndor tornerà da voi in tempo per la cerimonia di apertura della Fiera delle Nebbie. Ci vedremo nella piazza, dove ci siamo incontrati la prima volta."

"E tu, Celeste, tieni al sicuro il tuo fagotto."
Annuii, avevo capito che era dalla nostra parte, probabilmente potevamo fidarci di lui.
Si comportava da leader, probabilmente vedere il futuro prossimo gli era utile ma aveva qualcosa di innato nell'assegnare ordini e nel rassicurare le altre persone.

Così obbedimmo ai suoi ordini, Elyndor lo seguì, disse "ragazzi vado con lui, so quello che faccio, state tranquilli ed aspettatemi alla locanda" Mi fidai del suo giudizio, inoltre...il suo nome...anche quella voce l'aveva citato, così tornammo indietro in attesa che la Fiera delle Nebbie iniziasse.
Aspettammo giusto un paio di giorni, esplorando la città nei posti dove ci era concesso andare.

Io presi un paio di libri in prestito dal Circolo della Sapienza per approfondire la storia di Velmora mentre Tarvin e Linaya uscivano al mattino per assistere ai preparativi della fiera.
Alla sera, quando rientravano, distrutti dalle camminate e Tarvin dall'entusiasmo incontenibile di Linaya, mi raccontavano quello che avevano visto.

A volte uscivo da sola, a fare delle passeggiate nei circoli di meditazione.
Mi affascinava il potere veggente, Altheara mi aveva istruita a riguardo ma sembrava che ancora mi mancasse qualcosa per arrivare a quel livello di consapevolezza.

Ad ogni modo i due giorni passarono tranquilli, finalmente potemmo rifiatare e giusto in tempo la mattina del terzo giorno Elyndor tornò da noi.

Sentimmo bussare alla porta della stanza...
"Toc Toc...Toc Toc" poi la porta si aprì "Ely, bentornato!" esclamò Lin.
Aveva un bel sorriso, rilassato per giunta. Probabilmente il Custode Archon gli aveva in qualche modo schiarito le idee.

"Andiamo alla fiera?" ci chiese..."Certo! aspettateci giù".
Ci vestimmo io e Lin, mettendoci dei vestiti finalmente puliti e più in "tono" con una fiera, scese le scale Tarvin ed Elyndor stavano chiacchierando con Liryana.

"Liryana, tu non vieni alla fiera?"

"Devo badare ai miei clienti, ma andate tranquilli io verrò più tardi. Magari se mi lasciano un po' tranquilla chiudo per un'oretta e vi raggiungo."

"D'accordo, a dopo allora. Ti portiamo qualcosa?"
"Beh non sarebbe male un po' di Furia di Drago sapete?"

Tarvin le rispose sorridendo "Vedo che si può fare mia signora!".

La Fiera delle Nebbie

"La fiera delle Nebbie invade Velmora, ma guardali... Fingono che tutto abbia un senso... Ma in realtà è proprio il momento in cui nulla è reale, tranne ciò che sei disposto a perdere. E in questa illusione collettiva le mie maschere sono l'unica cosa vera, hanno occhi che osservano tutto..."

Così pensava Kaelyr, osservando con un pizzico di sdegno dalla finestra del palazzo che lo ospitava, mentre la Piazza delle Nebbie si stendeva sotto di lui, avvolta dai fumi argentei della Fiera. Ogni anno Velmora sembrava ancora più magica del solito, i suoi cittadini si riunivano nella piazza attirati dagli spettacoli, dalle attrazioni e gioivano, a suo dire, nell'inganno che la Fiera rappresentava.

Lui doveva essere lì.
Sì... non per piacere, ma perché tutto ciò che accadeva nel grande teatro allestito per la Fiera... era suo.
La Compagnia teatrale Liminalis recitava a Velmora quella notte e con essa viaggiavano le sue maschere, i suoi testi e le invenzioni che lui aveva seminato in ogni angolo di Galaris.

Poi, d'improvviso, i battenti della sala in cui rifletteva si spalancarono di colpo. Un emissario corse dentro agitato, si inginocchiò appena oltre la soglia, aveva il respiro spezzato, tremante di paura.

"Si-Signore! Perdoni l'irruzione... ma... l'Ibrida! È stata avvistata nei pressi di Nerion!"

Kaelyr neppure si voltò. Poi, lentamente, con voce profonda, rispose:

"Nerion... Come se non lo sapessi già...sciocco!
Ho letto la traccia lasciata sul Tomo dei Viandanti giorni fa. Ha firmato il passaggio oltre la Porta del Velo. Al Codice dell'Anima non sfuggono queste cose: ogni creatura degna che varca quella soglia lascia dietro di sé la propria impronta"

Poi si voltò. I suoi occhi bruciavano come braci nella penombra, quasi volesse incenerire il suo sottoposto.

"Perché siete sempre in ritardo... sempre ciechi...
Mentre voi inciampate nei sassi di Galaris, io so già tutto."

L'emissario abbassò il capo, tremante, mentre un'aura maligna si addensava nella stanza.

"Avvisa gli altri Ankaris. Dì loro che ho già in mente un piano."

Credetti che le feste elfiche fossero l'apice della meraviglia, ma probabilmente era solo perché non avevo ancora camminato nella Piazza delle Nebbie né incrociato gli occhi dei Veggenti. Tutto ciò che ci circondava era come minimo stupefacente.

Non era una fiera come tutte le altre. Non c'erano solo tende colorate o bancarelle.
Al centro si ergeva una ruota panoramica altissima i cui raggi sembravano fatti di cristallo e poi giostre...giostre ovunque con luci accecanti tutt'intorno ed un enorme labirinto di specchi che, pur deformando in modo spiritoso l'aspetto esteriore di chi vi si specchiava, ne riflettevano anche la percezione più intima; ciò che sentivano, temevano, o cercavano di nascondere... Fu incredibile anche io e Lin decidemmo di entrare nel labirinto e di prestarci al gioco.
Infine... Per ultimo, ma non in ordine di importanza, un teatro rivestito di tessuti preziosi e colonne di legno lavorato che si innalzavano per sorreggere il loggione sopra di noi, mi lasciò senza fiato.

E la piazza, che mi era sembrata molto piccola ad un primo sguardo, appariva ora infinita: mi aveva spiegato Tarvin che la magia dei Veggenti la dilatava a loro piacimento, permettendo ad ogni cosa di trovare posto in quel piccolo spazio senza mai riempirsi davvero.

Mentre mi perdevo in quell'atmosfera, notai che sui muri, affissi un po' ovunque, c'erano manifesti che raffiguravano attori dai volti familiari. Forse li avevo già visti da qualche parte, ma non ricordavo dove... e proprio mentre cercavo di ricordarlo, Tarvin interruppe i miei pensieri:

"Ehi ragazzi...Questa è la Compagnia Liminalis!" disse con un leggero sorriso, indicando i manifesti. "Sono attori straordinari. Li conoscete vero? Avete mai visto il loro spettacolo più famoso?"

Elyndor si grattò la testa, riflettendo.

"Forse... parecchio tempo fa assistetti a uno spettacolo ad Eosara, ma non ricordo granché. Ero troppo piccolo. Magari non era neanche quello più famoso di cui parli."

Io, invece, all'improvviso ricordai qualcosa.
"Aspetta... sì! Mia nonna mi aveva accennato qualcosa una volta, ma più in riferimento alla bravura dei vari attori che al loro spettacolo"

Mi avvicinai ad uno dei manifesti, sfiorandolo con le dita.

Tarvin annuì soddisfatto.

"Ma parlaci di questo spettacolo, Tarvin! Avanti, dicci tutto! Io non lo conosco" disse Lin, con gli occhi che le brillavano di entusiasmo. Era sempre così: curiosa come Palla di Pelo davanti ad un nuovo gomitolo.

Tarvin rise, baldanzoso.
"Si intitola La Tessitrice di Sogni. La particolarità è che il protagonista cambia ogni sera... viene scelto tra gli spettatori. "

"Aspetta, come funziona?" chiesi, incuriosita dall'idea.

"Ad ogni spettacolo," continuò Tarvin, "la compagnia cerca un nuovo volto tra il pubblico, uno spettatore viene scelto. E per entrare a vedere l'opera devi accettare prima che è sufficiente che un membro della compagnia ti tocchi... e allora devi alzarti e partecipare senza fare storie, da quel momento inizia il sogno."

Poi aggiunse "c'è questa piccola veggente che ha un potere particolare, prende lo spettatore scelto a caso, o forse no, ed interagisce con i suoi sogni plasmandoli, raccontando una storia a partire da essi."

"È fantastico!" pronunciò quasi sottovoce Elyndor mentre era incollato al manifesto che ritraeva anche la bellissima Calvara Estira, denominata sul cartello pubblicitario "la Diva" insieme agli altri componenti della compagnia teatrale.

Tarvin si avvicinò a lui e gli sentì dire sottovoce "Elyndor, cosa è fantastico? lo spettacolo o il manifesto?" Gli fece un occhiolino e una piccola spallata.

"Cose da maschi" mi venne da pensare e sono sicura che io arrossì un poco ad intuire cosa stavano confabulando loro due.

Gli passai accanto e gli spettinai i capelli con un gesto provocatorio.

"Attento a quello che desideri, testone! Vorresti essere tu il prossimo protagonista?"

Entrammo nel teatro, le luci soffuse creavano un'atmosfera misteriosa.

"Forza, sbrigatevi! Prendete posto!" esclamò Lin, già proiettata verso le prime file.

"Ma... come? Lin! Vuoi metterti a sedere? Ma non avevamo detto uno sguardo veloce al teatro e poi subito ruota panoramica?" protestò Elyndor.

"Ely, per favore, siediti!" sbuffò lei, impaziente. "Sono troppo curiosa di vedere lo spettacolo! Poi è anche gratis... Di che ti lamenti?"

Tarvin scoppiò a ridere." in effetti si, approfittiamo del fatto che in occasione della fiera è gratis, altrimenti i biglietti costano un occhio della testa!"

"Sssssh! Fate silenzio, per favore!"

Mi voltai di scatto: un anziano veggente, con lunghi capelli bianchi e occhi lattiginosi, ci stava fissando severo. Con un cenno della mano mimai le mie scuse, mentre ci invitava a sederci ed a non fare rumore.
Poco dopo il buio più totale. Allungai le dita nel vuoto, istintivamente, e trovai la mano di Elyndor che era seduto accanto a me. La strinsi, senza dire una parola. Sentì le sue dita chiudersi sulle mie, il cuore mi batteva fortissimo.

All'improvviso si udì una voce nell'oscurità, accompagnata da una musica un po' angosciante... "Ma non era uno spettacolo divertente?" pensai tra me.
"Benvenuti signore e signori. Là dove finisce il giorno... comincia la nostra storia."

Mi voltai verso Elyndor, ma riuscivo a distinguere solo la sua sagoma accanto a me, la sua mano che ancora stringeva la mia. Era molto preso. Un fascio di luce dorata squarciò il buio e dal fumo apparve un Alogon corpulento, con una grande barba rossa intrecciata. Aveva un bastone in mano ed un bellissimo mantello color dell'alba.

"Per quei pochi che non lo sanno...Io sono Bartalimus Fervan."

Si fermò, lasciando che il suo nome rimbombasse nella sala, poi spalancò le braccia e con un sorriso audace, disse a gran voce:

"E davvero serve che mi presenti? Chi non mi conosce! Sono famoso!"

Un mormorio divertito corse tra il pubblico, ma io ero troppo concentrata per ridere.

Alle sue spalle avanzava quella donna, quella del manifesto. Bellissima, magnetica: la Diva. Al suo fianco, quasi come un'ombra, c'era un secondo attore. I suoi tratti erano affilati, i capelli castani e arruffati, per un attimo mi parve che le sue orecchie fossero a punta… un Elfo, forse? La luce era ancora troppo scarsa per esserne certa ma tutto in lui sembrava appartenere alla mia razza.

I due camminavano lentamente tra le file del teatro scrutando tra il pubblico con occhi attenti, come se cercassero qualcuno di molto importante.

In quel momento compresi cosa stava accadendo: stavano cercando il loro prossimo protagonista! Doveva essere una persona del pubblico, proprio come aveva detto Tarvin!

C'era un mormorio di sottofondo nella platea fin quando improvvisamente si palesò sulle gambe di Linaya una bambina. Indossava una mantellina viola piena di toppe colorate, i suoi occhi grandi trasmettevano un'impertinenza quasi magica, doveva trattarsi della bimba veggente.

"Ehi! Ehi, voi!" gridò, alzando il braccio verso gli altri attori. "L'ho trovata!"

Poi si mise in piedi sul grembo di Linaya, puntando il dito su di lei.
"signore e signori, quest'oggi tesserò i sogni di questa elfa, un applauso pubblico!"
Il pubblico esplose in un fragore di applausi.
Bartalimus rise, "Così sia!" esclamò.
"Con l'elfa tra noi, la nostra storia oggi sarà più grande di quanto avessimo mai sperato!"
Con le mani che non avevano mai smesso di battere, Tarvin si alzò in piedi, incapace di trattenere l'emozione.
Linaya si voltò verso me ed Ely con un sorriso gigantesco.
"Ragazzi vado!! Vado a divertirmi eh!"
Io… io non so per quale ragione restai immobile, accennai solo un sorriso.

Linaya salì sul palco, guidata dalla piccola veggente con la mantellina viola.
La Diva prese il centro della scena.

"Ascoltate..." disse. "La protagonista si addormenterà e ci permetterà di viaggiare nei suoi sogni, dove il tempo si fermerà non solo per lei ma per tutti noi! Il sogno finirà quando l'elfa sceglierà di perdere qualcosa, qualsiasi cosa, anche un oggetto potrebbe andar bene."

Linaya, dopo essere stata accarezzata dalla bambina, iniziò a camminare sul palco ad occhi chiusi come sotto incantesimo.

Ogni volta che gli occhi della piccola si aprivano e poi chiudevano con velocità, gli scenari cambiavano forma:
prima Linaya e gli attori si ritrovarono in un mercato e non mi stupì, infondo era Lin che stava sognando, poi il palco divenne una sala da ballo dove gli attori danzavano tra di loro e Linaya, sempre ad occhi chiusi, sedeva al centro su una poltrona che sembrava un trono, come fosse un giudice di gara e così andò avanti per qualche tempo, cambiando continuamente ambientazioni...

Ero rapita, come tutti del resto, anche se avevo una sensazione che mi frenava dal divertirmi.
Notai che il modo di fare degli attori aveva qualcosa di strano, tra divertimento e qualcos'altro che mi sfuggiva. Sfiorò la mia mente un brutto sesto senso.

Mentre tutti continuavano a perdersi nell'incanto dello spettacolo, io cominciai ad avvertire un gelo interiore.
"Cele, che hai? la tua mano è diventata fredda...stai bene?"
"Shh...c-credo di sì Ely... Ma non lo sò, c'è qualcosa che non mi torna, ho paura che succeda qualcosa..."
"Stai tranquilla e goditi lo spettacolo! "
Tornammo a seguire la rappresentazione, un gran fumo invase il palco e l'attore comparì di colpo all'interno della nube. Non realizzai subito perché il gran fumo mi aveva offuscato leggermente la vista ma poi, misi bene a fuoco e vidi che nelle sue mani stringeva un grosso pugnale d'argento.
"Siamo giunti alla fine del nostro viaggio onirico. Oggi abbiamo deciso di scegliere noi come la protagonista potrà svegliarsi, dovrà perdere qualcosa di mooolto importante...sé stessa!!"

Il pubblico mormorò un grande" uuuuh" di stupore, io ero incollata alla seduta, stringevo con forza da una parte la mano di Ely e dall'altra la maniglia della poltrona, ero tesa.
"Pubblico! Siamo attori di teatro...fingere è ciò che sappiamo fare meglio! "
Poi porse a Linaya il pugnale indicando il proprio cuore ed aggiunse:

"Prendilo cara, trafiggi il tuo petto, solo così potrai svegliarti ed il sogno terminerà."

Di scatto mi alzai in piedi, con me balzarono Elyndor, Tarvin e la piccola fata che fluttuava costantemente al suo fianco, Brin.

"Lìn!" urlai con tutto il fiato che avevo.
"Fermatìì!"

Non so come lo sapessi, ma ne ero certa:
se Lin si fosse trafitta, sarebbe morta.
Avevo capito che lo spettacolo davanti ai nostri occhi non era finzione, ma realtà, lo sentivo, lo percepivo con tutta me stessa, avevo avuto sensazioni negative sin dall'inizio.
Così come sentivo l'oscurità che piano piano ci stava avvolgendo…
C'era una presenza maligna, silenziosa ed era pronta a colpire.

Dopo le mie urla la sala venne invasa dal panico, noi tre corremmo verso il palco dove una serie di portali si aprirono tutt'intorno.
Ne uscirono degli Ankaris armati a protezione di una figura incappucciata che si fece strada con passo sicuro verso un lato del palco, quello più vicino a Linaya.

La tensione era palpabile, gli attori erano davanti a Linaya che si dimenava nel sogno mentre loro provavano a legarla, io e Tarvin eravamo di fronte agli Ankaris che proteggevano l'uomo incappucciato che sembrava esserne il capo.
Altri invece stavano spaventando il pubblico appiccando fiamme al teatro che iniziava ad essere saturo di fuliggine, Re Uranandor Lysarion esclamò verso le guardie reali:" ...mettete in salvo la Regina e tutti gli spettatori, poi pensate agli aggressori!" mentre sguainata la sua spada scansava gli Ankaris che comparivano dalla platea e raggiungevano il palco.

Sono sicuro che Re Uranandor vide la scena sul palco, Celeste rovistò nel suo zaino, cercava la sua spada.
Probabilmente al suo contatto questa venne scalzata via perché lo zaino venne scaraventato in platea, la spada forò il fagotto restando visibile, era quella che mi aveva causato la visione di Celeste.

"Chi sei tu? che cosa vuoi da Linaya?" ruggì quasi chiedendoglielo.
"Piacere di fare la tua conoscenza, il mio nome è…" e si tolse il cappuccio che gli oscurava il volto "Kaelyr Varthan, finalmente ci incontriamo. Rendi onore a tuo padre e tua madre sai ragazza?" .. "Non sai nulla dei miei genitori e poi per quale motivo hai catturato la mia amica?"

"Sei come tua madre, fai troppe domande ragazza, i tuoi genitori avrebbero dovuto insegnarti le buone maniere.
Prima di tutto ci si presenta, anche se so già chi sei Celeste.

Ti tengo d'occhio da un po' ormai." scoprendo il braccio, vidi che aveva un marchingegno su di esso che aveva iniziato a pulsare di energia, vedevo tutt'intorno una serie di rune.

"In qualche modo otterrò ciò di cui ho bisogno Celeste, che tu lo voglia o no. Mi dispiace per lei ma per farlo, userò qualsiasi mezzo..."

Kaelyr camminava verso Linaya, muovendo la mano che era circondata da quel marchingegno.

"Vedi, il Codice è un'arma molto potente ma da solo non basta. Per ripristinare Galaris ho bisogno del potere di un ibrido, per poter canalizzare l'energia e le anime mi serve quel potere.

Tu, ragazzina...tu non sai ancora come usare il tuo potere e forse non ne sei neanche a conoscenza.
Ho saputo di cosa hai fatto durante il test di Eosara, l'Ilyarthan, il drago guardiano... tutto quanto.

Quello che sai fare mi serve e lo otterrò, per il bene di tutti."

"Che vuoi dire, che significa per il bene di tutti? Qui se c'è una persona che sta facendo del male a qualcuno, quello sei tu! Libera Linaya immediatamente, altrimenti..."
"Non hai ancora capito Celeste, ma capirai, il tuo destino è già scritto e non puoi farci niente."

Kaelyr era quasi di fronte a Linaya, sul palcoscenico. Elyndor fece uno scatto divincolandosi tra gli attori ed i galoppini di Kaelyr.
Vidi la luce che aveva generato l'incantesimo temporale attorniarlo, si muoveva molto velocemente in un modo quasi innaturale...doveva essere questo che aveva imparato durante l'addestramento con Altheara prima e Archon poi.

Si avvicinò a Kaelyr per colpirlo, lui con un movimento del braccio lo scaraventò lontano, ad una decina di metri di distanza, giù nel golfo mistico dove l'orchestra aveva smesso di suonare.

Non si perse d'animo, si rialzò recuperando una delle due lame gemelle che Jarek gli aveva regalato, caduta a terra lì vicino a lui, recuperò la posizione dopo qualche secondo, mentre stavolta fu che Tarvin sguainò la sua lama mettendo fuori combattimento con qualche colpo tre Ankaris che si trovavano sul proscenio... la sua lama sembrava emanare qualcosa di particolare.
Era la seconda volta che vedevo di persona gli Ankaris, mamma mi aveva raccontato che non erano facili da sottomettere.

Uno di loro in preda al panico si rivolse a Tarvin "t-tu...porti la Lama del Traditore!" disse prima di essere messo fuori combattimento.

Mentre lo scontro avanzava, la platea si svuotava, restammo solo noi, gli attori e Kaelyr con i suoi.

"Fammi vedere cosa sai fare, avanti Celeste..." mi stava provocando, non volevo cedere alle sue provocazioni ma allo stesso tempo dovevo salvare Linaya, ero l'unica a poterlo fare.

Kaelyr era davanti a Linaya, lei era terrorizzata, tremava nel suo vestito..."Lasciala stare!" la prese per il vestito sollevandola da terra, vidi il Codice illuminarsi.
Rune che non riuscivo a comprendere divennero visibili intorno ad esso mentre Lin gradualmente perse conoscenza "io...io... devo..."

Il potere di Celeste

Celeste stava fluttuando in aria, l'avevo vista così solo un paio di volte, quando c'era Altheara con lei che era in grado di gestirla in qualche modo. Ricordo che le disse "Celeste, accedere così alla Sorgente è pericoloso, potresti perdere te stessa mentre lo fai. Assicurati di poter tornare indietro. Sei forte ma devi ancora imparare a controllarti"

Quella volta c'era qualcosa di diverso, fluttuava in aria si, della nebbia si addensava dietro di lei, poi un soffio di vento dapprima leggero, poi sempre più pesante e ritmato.
Le stoffe del teatro fremevano dapprima poi ondeggiarono pesantemente...

La nebbia mista alla fuliggine circondava Celeste, Kaelyr visibilmente impaziente provò ad assestarle un colpo d'aria da dove si trovava...la nebbia si diradò ma quello che c'era al suo interno....

Era ancora la mia Celeste?

Quella figura stringeva il ciondolo, il Linyavalë che brillava di una luce blu dall'intensità folgorante, mentre lei fluttuava volando sul palcoscenico.
Era mutata, evoluta forse mentre l'eco delle urla di Linaya si spegneva e le fiamme nel teatro si riflettevano nei suoi occhi, Celeste era lì con uno sguardo che così determinato non le avevo mai visto negli occhi.

Il suo volto, pur rimanendo sempre quello di Celeste, era diverso, così come il suo corpo.
Per metà illuminato da una luce elfica, radiosa e pregna di vita con un'armatura di foglie e rami che le ricopriva metà del corpo mentre l'altra metà era immersa nella notte veggente, quella che avevo conosciuto durante le mie visioni.

Il suo occhio destro era più tendente al viola che al suo solito color del cielo, così come la parte destra del viso intriso di potere veggente era irradiato da venature brillanti blu color del mare mentre le sue ali, una ricoperta di piume bianchissime e l'altra con scaglie di drago le permettevano di stare sospesa nell'aria come se fosse più leggera di essa.

La sua figura sospesa tra la nebbia, la fuliggine e le fiamme sullo sfondo mi fecero temere per lei.
Era questo di cui Kaelyr aveva bisogno? Era questo che gli Eosariani temevano e per questo l'avevano condannata ad un esilio perenne? Questo era il motivo per cui le unioni tra razze erano state bandite?

E a me cosa sarebbe accaduto? Anche io ero capace di mutare in quel modo?

Avevo mille domande ma nonostante la mia magia temporale, neanche un secondo per trovare una risposta.

Kaelyr passò al contrattacco "Bene..." lo sentì sussurrare sottovoce quasi, riprendendo a camminare con Linaya nella sua stretta mortale.

Celeste allargò il braccio destro come in attesa di ricevere qualcosa in mano, vicino al suo zaino caduto a terra il fagotto con la spada si agitava, poi un lampo arancio partì da esso finendo per fermarsi nella sua mano.

Era la Velmirael, non so come ma Celeste l'aveva richiamata nella sua mano, la venatura color del magma era più accesa che mai segno che in qualche modo l'aveva attivata o ne aveva il controllo e tutto il materiale rovinato in superficie era scomparso.

"ma che sorpresa...la Velmirael è in mano tua quindi. Ma questo non mi impedirà di fare ciò che devo!"

Kaelyr scagliò a terra Linaya, Tarvin corse a prenderla quasi al volo per attutirne la caduta.

Liberatosi di lei, sollevò il braccio verso Celeste "Ho bisogno di te, seguimi, faremo grandi cose insieme..." il Codice brillava, tutto intorno a Celeste un'aura viola la strinse."Cosa...mi...che cosa stai facendo?!?" Urlò Celeste mentre lentamente scendeva a terra, la sua mutazione lentamente stava svanendo.

"io...non posso..." Celeste scagliò la Velmirael verso Kaelyr, gli si conficcò nel braccio sinistro dove non aveva l'armatura.

Kaelyr visibilmente sofferente, aveva il volto intriso di potere magico, lui che era un Alogon.
Come era possibile?

"Arghhh...questa lama...conosco bene questa lama!"
Il potere del Codice si stava affievolendo, entrambi erano esausti e caddero a terra esanimi.

La Velmirael stava assorbendo il potere residuo nel corpo di Kaelyr mentre Celeste gradualmente stava tornando alla sua forma.

Andai da lei, aveva perso i sensi e mentre i restanti Ankaris sparivano riattraverso i portali che li avevano condotti qui, alcuni soldati soccorrevano Kaelyr e la guardia reale di Velmora prese possesso del teatro dopo aver evacuato gli spettatori.

Nessuno avrebbe potuto testimoniare che Celeste era stata attaccata e non il contrario, i fatti mostravano che Celeste con la sua lama che il Re aveva visto in prima persona, aveva trafitto Kaelyr e che la forma di Celeste era quella di una ibrida, ripudiata dai suoi stessi concittadini.

"Sire! L'ibrida ha attaccato Sir Kaelyr, è cosciente ma rischia di non farcela!" "Portatelo dagli elfi medici nelle sale sotterranee." comandò Re Uranandor.

"Di lei che ne facciamo Sire?"

Re Uranandor sembrava tentennare, ci guardò e poi aggiunse "Rinchiudetela, nelle segrete. Che non venga avvicinata da anima viva, parlerò io personalmente con lei quando si sveglierà.
Tenetemi aggiornato, chiunque osi avvicinarsi all'ibrida se la vedrà con me!".

Non potei fare nulla per impedirlo, la presero in braccio togliendola dalle mie braccia, Tarvin era al fianco di Linaya che era in lacrime nel frattempo era uscita dal sogno in qualche modo...ed io... mi sentivo sfinito e caddi a terra.

"Ely... Ely, svegliati!" Linaya si inginocchiò accanto ad Elyndor, scuotendolo con veemenza.
Poco distante, Tarvin passeggiava su e giù per la sala, agitato ed impaurito. La fata si fermò un attimo sulle sue spalle, tirandogli un orecchio come per spronarlo, ma lui continuò a camminare, cercando disperatamente di scaricare la tensione. Velmora, regno di magia e meraviglia, ora era irriconoscibile.

Dopo quanto accaduto e senza Celeste, agli occhi di Elyndor, Linaya e Tarvin, la città sospesa era diventata un luogo oscuro, dove ogni angolo ed ogni suono lasciava presagire pericolo.

Elyndor si mosse e aprì lentamente gli occhi. Erano lucidi, intrisi di lacrime.
"Elyyyy, che facciamo adesso? Ho tanta paura per lei". Disse Linaya abbracciandolo.
"La libereremo, Lin... Lo giuro. Riprenderemo Celeste, costi quel che costi."
Un lieve sorriso apparve sulle labbra di Linaya ed un barlume di speranza tornava a scaldare almeno un po' l'oscurità di quel teatro, come se la determinazione di Elyndor avesse acceso una scintilla nei loro cuori.

Le segrete

Le guardie del re accompagnarono Celeste lungo la scalinata umida delle segrete della Torre. I loro passi risuonavano tra le mura di pietra, spezzando il silenzio della prigione sotterranea. Giunti davanti ad una piccola cella, la misero a terra al suo interno, lasciandola sdraiata sul pavimento freddo. La porta di ferro, cigolando, si chiuse alle loro spalle con un tonfo profondo. Due guardie rimasero di piantone davanti alla cella, ferme e silenziose. Celeste non si mosse: era priva di sensi, immersa in un sonno profondo, ignara di ciò che accadeva attorno a lei. Poi ad un tratto...

Un brivido mi attraversò la schiena e le palpebre cominciarono a tremare. Lentamente, ripresi coscienza. Prima di ogni cosa posai la mano sul mio petto, cercando il ciondolo che era lì, sospirai. Ero confusa e non sapevo spiegarmi cosa fosse successo dentro quel teatro, cosa volesse da me Kaelyr.
Mi tirai su quel tanto da poter guardare verso la porta. Sentivo le due guardie fuori la porta chiacchierare, a fare la guardia davanti alla mia cella, le sentii parlottare ma non feci caso alle loro parole. Lo spioncino era parzialmente aperto, da lì vidi che il corridoio oltre la porta era immerso nella penombra, illuminato solo da qualche torcia qua e là. Era un luogo spoglio e buio.

La mia cella era piccola, umida e fredda ed io avevo paura, tanta paura.

Dal soffitto cadevano delle goccioline d'acqua che rimbombavano sul pavimento di pietra. Mi strinsi le braccia intorno al corpo, cercando di scaldarmi, mentre un senso di solitudine mi avvolgeva come un mantello, cercai di controllare le mie emozioni tentando di meditare e mettere in pratica gli insegnamenti di Altheara, ma non era semplice. Lí a Nedia sapevo che si trattava di un addestramento, qui ero davvero sola nel buio e prigioniera, senza avere la minima idea di cosa mi sarebbe potuto accadere.

All'inizio provai a parlare con le guardie che piantonavano la mia porta.
"Signori... ehi, signori!" chiamai con voce tremante. "M-ma... Perché mi tenete prigioniera? Dove sono i miei amici?"
Loro non risposero, come se non mi avessero neppure sentita. Dopo alcuni tentativi, mi arresi e mi rannicchiai su me stessa in un angolo della cella.

Il tempo scorreva lento. Minuti, forse ore... non saprei dirlo. L'oscurità ed il silenzio sembravano non finire mai. Continuavo a pensare al ciondolo, forse solo Linyavalë avrebbe potuto tirarmi fuori da lì, se solo mi avesse dato un segnale.
Poi, d'improvviso, senti il suono metallico della serratura e la porta della cella si spalancò, mi raddrizzai di scatto, il cuore batteva forte, senza sapere cosa aspettarmi, alzai lentamente lo sguardo, davanti ai miei occhi apparve una figura che mi fece trattenere il respiro.

Era Re Uranandor, sovrano dei Veggenti.
Solo, senza guardie a proteggerlo, eppure la sua presenza riempiva tutta la cella. Alto ed imponente, con lunghi capelli color argento che gli cadevano sulle spalle come fili di luce illuminati dalla torcia che portava con sè. I suoi occhi azzurri mi fissavano con un'intensità che mi fece tremare.

"Sire..." sussurrai con voce spezzata.
Il re si voltò verso di me
"Non chiedermi di liberarti, non posso farlo. Sto cercando di capire perché gli Ankaris hanno attaccato il teatro ma resta il fatto che tu sei un'ibrida e finché non avrò compreso di più su di te, resterai mia prigioniera."
"Ma... Ma Sire, lo avete appena detto, hanno attaccato loro il teatro... "
Non avevo ancora finito di parlare quando Re Uranandor si voltò e se ne andò lasciando sbattere la porta della cella dietro di sé, non volle ascoltare ciò che avevo da dire in mia difesa.

Speravo che i miei amici potessero chiarire la situazione e liberarmi. Dopo questo incontro, avevo capito che se fosse dipeso solo dal Re, non avrei mai più rivisto la luce dei Soli. Per un attimo avevo anche sperato di potermi liberare da sola: avevo tentato con degli incantesimi, ma inutilmente.
La cella doveva essere protetta da una potente magia veggente, poiché neutralizzava ed annullava i miei tentativi prima ancora che potessi concentrarmi. Forse nemmeno il ciondolo sarebbe riuscito ad aiutarmi.
Non mi restava che attendere... e sperare.

Era sera, Hylea sedeva accanto al fuoco ormai spento. Si era accampata sotto un grande albero, lungo un sentiero che conduceva a Velmora. Aveva appena completato l'incarico che il re di Eosara le aveva affidato: una missione, che aveva portato a termine con discrezione, come era consuetudine per i membri dei Soli Neri. In sella a Nauril avrebbe potuto riprendere in qualsiasi momento la via del ritorno. Eppure non si muoveva. Non ancora. Velmora era vicina...

Amavo quella città, forse perché era la città dove era nato e cresciuto Vyomandros.
L'ultima volta che ero stata lì, in veste di Custode al fianco di mio padre, non avevo potuto godere di quella sensazione.
Allora avevo il cuore chiuso, soffocato dai doveri ed ogni strada di quella città mi sembrava fredda e lontana.
Ora, invece, tutto era diverso: era come se Velmora mi stesse chiamando a sé, mi sentivo finalmente libera. Libera di scegliere e di ascoltare quella voce interiore che per troppo tempo avevo messo da parte.

Quella voce che mi ripeteva giorno e notte il nome di Vyomandros.
Il suo ricordo riaffiorava in me con forza. Ora che mi trovavo così vicina a Velmora, era praticamente impossibile non pensare a lui ed al nostro tempo insieme. A ciò che avevamo condiviso... ed a ciò che non sapeva di avere, perché era sparito troppo presto per scoprirlo.

Una figlia.
Nostra figlia.

Nel mio cuore non avevo mai smesso di sperare che potessimo essere una famiglia unita. Quella che avevo sempre sognato.

Per molto tempo mi ero sentita bloccata.
Intrappolata tra doveri e leggi di elfi e veggenti... Tutti, compresi i miei genitori, mi ricordavano che l'unione con Vyomandros era proibita. Quel legame rappresentava una minaccia all'equilibrio tra le nostre razze.

E così mi ero convinta che fosse meglio il silenzio, reprimendo i miei sentimenti per non soffrire più.
Mi sentivo troppo nel vortice del sistema e non riuscivo a interrompere quella spirale di cose da fare che mi distoglieva da me stessa e dai miei desideri.

Ma adesso qualcosa era cambiato.

Forse era stato questo viaggio legato alla missione. Il tempo passato da sola, tra boschi e strade isolate, mi aveva permesso di riflettere e ricordare...
O forse, semplicemente era arrivato il momento di andare a cercarlo.

All'improvviso un miagolio attirò la mia attenzione.
Accanto al fuoco spento apparve una gatta grigia che mi fissava, immobile, come se volesse dirmi qualcosa. Come un avvertimento, ma non gli diedi peso.

Ricambiai solo lo sguardo senza distogliere gli occhi.
C'era qualcosa di stranamente familiare in lei. Come se l'avessi già incontrata.
Poco dopo tornai ai miei pensieri e forte di tutte quelle sensazioni che stavo provando, presi una decisione molto importante.

Dovevo andare a Velmora.

Abbassai lentamente lo sguardo e mi voltai verso il mio cavallo.
Nauril era poco più avanti, tranquillo, come se sapesse che, per il momento, non saremmo tornati a casa.

Quando mi girai di nuovo, la gatta era scomparsa, come svanita nel nulla.
Salii in groppa a Nauril e non cavalcai a lungo: poco dopo Velmora apparve davanti a me.
Scelsi di entrare dalla porta nord, con il cappuccio del mantello che mi copriva il volto.

L'abitudine a confondermi tra il popolo era una delle prime cose che avevo imparato da Jarek e gli altri, così decisi di dirigermi verso un luogo che, grazie ai Soli Neri, conoscevo bene: la locanda del Ramo d'Ombra, gestita da Liryana Velthar, la creatura più resiliente che io abbia mai conosciuto.

La locanda era un posto sicuro per me, avrei potuto ricaricarmi e rilassarmi un po', ma soprattutto avrei avuto il tempo di decidere da dove partire per cercare Vyomandros.

Quando aprii la porta, mi fermai di colpo sul ciglio.

Lì, seduta come se mi stesse aspettando, c'era quella gatta grigia. E appena mi avvicinai, fece le fusa, strusciandosi contro la mia gamba.
Era sicuramente la stessa gatta che avevo visto quando mi ero accampata: la riconobbi dagli occhioni viola intensissimi.
Pensavo che forse mi avesse seguita fin lì, senza che me ne accorgessi.

Appena entrai, la voce di Liryana mi accolse:

"Hylea! Ciao tesoro. Vieni!"
Mi fece cenno di entrare, mi prese per mano e mi portò verso il tavolo più appartato di tutta la locanda.

"Siediti, presto."

Poi si chinò verso di me.
"Hai ricevuto il mio messaggio?" La guardai, confusa "Quale messaggio?"

Liryana sospirò, passandosi una mano tra i capelli scuri.
"Ho mandato Naima... la mia gatta. Doveva raggiungerti. Era lei il mio messaggio. Doveva avvisarti che Celeste è in pericolo."

Il cuore mi balzò in gola!
Mi voltai verso la porta: la gatta era lì, accoccolata su un tappeto, ci fissava come se sapesse di essere al centro della conversazione.

"Liry!!! Ma che significa che Celeste è in pericolo? Ma io... io non..."

Abbassai lo sguardo, stringendo i pugni sulle ginocchia.
"Sono venuta a Velmora per risolvere delle mie cose personali. Non sapevo nulla di Celeste!"
Non so come, ma riuscii a mantenere il sangue freddo mentre Liryana raccontava.

"Hylea... Celeste è qui, a Velmora. Ed è prigioniera di Re Uranandor."

Mi sentii gelare, tra una morsa di paura e senso di colpa.

"E perché l'ha imprigionata? Dove l'hanno portata?" chiesi, con la voce tremante. "Dimmi il posto, presto."

"Per quanto riguarda il motivo avrò modo di spiegarti, comunque è nelle segrete della Torre del Tramonto."

"Celeste viaggiava con degli amici, Elyndor e Linaya. Ne sai qualcosa? Stanno bene? " chiesi d'impulso.

"Sì, sono qui. In questo momento sono nella locanda."

Inspirai profondamente. Per fortuna gli amici di Celeste erano al sicuro.

"Liry, non posso crederci, non puoi capire come mi sento...Devo liberarla...Immediatamente!"
Mi tese la mano ed afferrò la mia stringendola fortissimo in segno di affetto.
Io mi protesi in avanti verso di lei sussurrandole con un filo di voce spezzata dal pianto:
"Devi aiutarmi Liry...Ti prego,
avvisa Jarek e gli altri, stanotte avrò bisogno di loro. Verrai anche tu con noi, vero?"

Dovevo far uscire Celeste da quella cella, il prima possibile.
Lei abbassò lo sguardo e scosse la testa.
"Non posso, tesoro. Qualcuno deve restare alla locanda. Se le cose dovessero mettersi male, questo posto sarebbe l'unico rifugio sicuro per tutti."
Aveva ragione.

"Come arrivo alla sua cella?"

"Quella prigione è impenetrabile senza un aiuto. È stata creata apposta per contenere gli ibridi come lei. Solo Re Uranandor potrebbe aprire una breccia nella sua magia."

Questo complicava le cose. Mi sentivo persa.
"Allora devo trovare un'altra soluzione. Hai qualche idea?"

"Un idea ci sarebbe, sperando che possa funzionare, dobbiamo parlarne bene insieme agli altri."

Sgranai gli occhi, facevo fatica a respirare ma volevo saperne di più.
"E quale sarebbe? C'è un sigillo veggente che la protegge no? Chi potrebbe essermi d'aiuto? Liry..."

Liryana mi guardò dritta negli occhi
"Respira tesoro, non sei sola."

Una miriade di domande mi affollavano la mente in quel momento, ma le volevo rimandare a dopo. Dopo che mia figlia fosse tornata in libertà.

"Hylea, aspettami qui, manderò subito un messaggio ai Soli Neri. Jarek sicuramente verrà e con lui chi potrà muoversi senza destare sospetti."

Ero determinata a liberare Celeste ma avevo anche molta paura.
Avrei infranto la metà delle leggi di Velmora per liberarla. E l'altra metà non le conoscevo.

Dopo che Liryana mi raggiunse nuovamente al tavolo, non persi tempo e andai di corsa con lei a cercare Elyndor.
Lo trovai vicino al portico posteriore della locanda, volevo fargli mille domande ma la prima e unica cosa che feci d'istinto fu abbracciarlo.
Lui non disse nulla, era rigido quasi come un tronco d'albero, con gli occhi gonfi.
Poco dopo arrivò Jarek, insieme ad alcuni membri dei Soli. La sua velocità mi fece pensare che fosse stata Altheara a spostarli lì con qualche incantesimo.

Ci accordammo sul da farsi.
Il piano era semplice: noi Soli Neri avremmo creato un diversivo per attirare via le guardie dalla torre. Elyndor ed i ragazzi, intanto, si sarebbero mossi silenziosi verso le segrete.

Il legame

Liryana ci aprì la stanza dei Silphyris "venite dentro" ci disse, la seguimmo, io, Elyndor, Linaya ed il nuovo ragazzo che li accompagnava.
Con me entrò anche Jarek visto che la questione era delicata.

Jarek prese la parola "Liryana mi ha spiegato cosa è successo e cosa vuoi fare. Se non agiamo bene rischiamo di scatenare una guerra tra Elfi e Veggenti, lo sapete?" Gli altri abbassarono lo sguardo tranne me ed Elyndor che lo fissava. Lui ribatté "non possiamo lasciare Celeste li dentro, è stata incastrata...è innocente, hanno solo cercato un capro espiatorio per mettere a tacere il popolo.

Quel Kaelyr, è stato lui ad attaccare per primo, i suoi hanno appiccato l'incendio al teatro perché volevano i poteri di Celeste." Credetti che le lacrime gli avrebbero solcato il volto di lì a breve ma invece, si asciugò gli occhi per un secondo e poi proseguì "non lo accetto, stasera io entro anche se dovessi andarci da solo!".

Sorrisi, ci teneva.

"Ragazzo, piano con l'imprudenza, ne abbiamo parlato ricordi? siamo qui per lo stesso motivo, non sarai solo." aggiunse Jarek.

"Vogliamo tutti che Celeste esca da quella cella, dobbiamo essere discreti, rapidi e lungimiranti. Non possiamo di certo mettere fuori gioco tutte le guardie entrando ad armi spianate, la discrezione è la chiave di questa operazione."

"Concordo" risposi "noi ci occuperemo di creare un diversivo, voi tre invece entrerete quando le guardie ci inseguiranno e libererete Celeste."

Jarek posò sul tavolo una mappa della torre piantando il coltello in un punto specifico.
"Ragazzi, qui è dove si trova Celeste, sono le celle di protezione che gli anziani hanno costruito per ingabbiare i poteri delle creature ibride come Celeste."

Guardai il coltello osservando la strada che avrebbero dovuto fare i ragazzi, mentre discutevamo dei dettagli vidi l'impronta di un lupo apparire sulla mappa.

"auughh"

"Ci sarò anche io" sentii pronunciare con voce rauca.
"Thoryndar, sei tu?" chiesi... "Mhrg..." confermò, Elyndor non sussultò sembrava conoscerlo e non sorpreso ma non ne ero sicura.

Il guardiano della Torre del Tramonto voleva aiutarci? Perché? guardai Jarek, anche lui non sapeva cosa pensare, lo capii dalla sua espressione.
Ma non mi importava, qualsiasi fosse la sua motivazione un aiuto in più avrebbe solo giovato.

"D'accordo, se non abbiamo altre cose da dirci, ci vediamo alla mezzanotte con la squadra dei Soli sul cancello ovest della Torre mentre voi ragazzi sarete sull'entrata est.
Ricordatevi di non farvi vedere dai soldati, deve essere una entrata e uscita pulita, tutto chiaro? Studiate le carte prima di partire, fate scorta di medicinali ed anche se non serviranno, affilate le vostre lame ...che i Soli illuminino il vostro cammino e le ombre occultino il vostro respiro."

Ogni volta che sentivo questa frase mi caricavo in vista della missione, avevamo qualche ora per prepararci così chiesi a Liryana di poter usare una stanza per riposare e predisporre gli strumenti che potevano servirmi durante l'operazione.

La stanza dei Silphyris si svuotò, restai qualche minuto al suo interno ad osservare la scheggiatura che il coltello aveva lasciato sul tavolo in legno che ospitava la mappa.
La toccai con le mani, il legno mi trasmetteva sempre delle sensazioni.

"Perché vuoi aiutarci?" chiesi a voce alta sperando che Thoryndar fosse ancora lì. "È importante che Celeste esca di prigione..ha un ruolo importante in tutto questo Hylea. Nessuno è come lei. Uranandor non l'ha ancora capito ma capirà."

Avere il guardiano dalla nostra era un grande onore ed un grande vantaggio, anche se ero in ansia comunque...Chissà come stava Celeste.

Immaginavo che essere ibrida sarebbe stato un problema ma imprigionarla che senso ha? specie per una come lei che non farebbe male ad una ferlindra, era inutile arrovellarsi e preoccuparsi. L'avremo liberata tra poco.

Liberiamo Celeste

Hylea, Jarek e gli altri Soli Neri erano sul lato ovest come concordato mentre io, Linaya e Tarvin eravamo sul lato est. Jarek ci aveva detto che avremmo capito quando sarebbe stato il momento di entrare, vidi un fuoco d'artificio bluastro alzarsi dal lato ovest, doveva essere quello il segnale.

"Andiamo, fate piano e seguitemi" chiesi agli altri "Non fare il saccente Ely..." ribatté Lin, "e dai non è il momento adesso" "shh non hai detto di fare piano, cammina forza!" lasciai perdere, forse era la tensione del momento.

Proseguimmo attraverso l'entrata; come aveva previsto Jarek, le guardie si affrettarono verso l'ingresso ovest cosi avemmo campo libero per introdurci nella Torre indisturbati.

La prigione si trovava sotto, nei piani interrati della Torre quindi dovevamo scendere.
Mi affrettai a raggiungere le scale e velocemente sgattaiolammo dietro alcune guardie che si dirigevano verso l'uscita.

Non avevo capito bene il motivo per cui avevano detto che sarei dovuto andare io, probabilmente ero l'ultimo sbarbatello in quanto a capacità, forse aveva a che fare con le mie capacità ibride ma non sapevo di preciso cosa avrei dovuto fare.

Così mi limitai ad obbedire.

"È da quella parte, ricordo la mappa" disse Tarvin. "C'era quel simbolo anche sulla mappa, forse le hanno trafugate dai registri ufficiali..."

"Hai ragione" proseguì, dove aveva indicato lui e d'un tratto riconobbi su una sedia di fronte ad una cella il fagotto che conteneva la Velmirael, Celeste doveva essere lì vicino. Così provai ad ascoltare...

Sentii cantare una filastrocca che non avrei mai potuto dimenticare:

"Luce piccina, non mi lasciare,
anche se il sole va via nel mare.
Brilla nel cuore, brilla per me,
e quando ho paura, rimani con me."

"Celeste, sei qui?" battei un paio di colpi alla porta di una delle celle, poi aprii il piccolo spioncino per guardarvi dentro.

In un angolo c'era Celeste che evidentemente era riuscita non so come ad evocare una Lómelindra, nonostante il blocco dei suoi poteri.
Era tutta rannicchiata in un angolo e si vedeva solo il suo viso stanco...era lì da qualche giorno ormai.

"Cele! hei! siamo noi!" le sussurrammo dallo spioncino, lei si mise in piedi e corse verso la porta.

"Ely, Lin, Tarvin...ragazzi" scoppiò in lacrime." Non riesco a usare la mia magia, non riesco a far nulla...sono inutile qui dentro" "Non ti preoccupare...ci pensiamo noi, siamo qui per questo!"

Usai la magia per accelerare la mia corsa e guadagnare slancio, poi presi a spallate la porta.
Niente da fare, quella porta era protetta da un sigillo magico, mi respingeva, non arrivavo neanche a toccarla con la magia attivata.

Tarvin gli diede qualche colpo di spada ma neanche quello sortì effetto.
Anche Lin provava ad evocare della magia ma l'intensità era troppo bassa e veniva respinta anche lei.

Sentii lo scalpiccio di passi di un animale, poi vidi distintamente il Guardiano della Torre materializzarsi...

"Il sigillo è troppo forte qui, dobbiamo trovare un altro modo. Per ora ritiriamoci, le guardie stanno tornando."

"Cele, resisti ti prego...torneremo a prenderti presto." dovetti ammettere a malincuore che non ero abbastanza forte per spezzare quel sigillo.

Infilai la mano nella fessura per gli occhi, lei mi prese le dita...sentii le sue lacrime sulla mia mano. In quel momento giurai di nuovo che avrei fatto di tutto per liberarla. Dovetti allontanarmi da lei mentre era in lacrime, fu un dolore insopportabile...

Tornato all'esterno, come da programma rientrammo alla locanda per aggiornare gli altri.

Re Uranandor

"D'altronde, le visioni possono anche sbagliare..." perché Thoryndar li stava aiutando?
Stavo riflettendo guardando il paesaggio che normalmente mi schiariva le idee, perché quello che Thoryndar aveva fatto non ero stato in grado di vederlo.
E questo non accadeva da molto tempo, forse... forse devo ragionare sul perché questa opzione di futuro non mi si è palesata.
Ne parlerò con Vyomar non appena sarà possibile... ma in questo caso, l'unica opzione che mi resta è agire direttamente.

Quella ragazza deve essere importante.

Dalla finestra della mia stanza vedevo del trambusto ai piani inferiori, probabilmente stanno ancora cercando l'origine di quel lampo nel cielo.
Aetheria era lì con me "tu che ne pensi?" era la prima dei miei consiglieri, ma soprattutto mia moglie e sapevo di poter contare su un giudizio oggettivo con lei.

Si sedette alla mia scrivania con i gomiti ad angolo e posò il mento sulle mani che le sorreggevano la testa.
Era la sua posizione tipica di riflessione.

Poi si voltò, guardandomi con quegli occhi dello stesso colore del viola del tramonto... "Io sono uscita quasi subito insieme alle guardie, ma tu cos'è che realmente hai visto? Sei sicuro che abbia attaccato Kaelyr?"

"Io...la situazione era concitata, in tutta onestà, la sala era piena di fumo e fiamme. Non saprei dirti se sia stata lei ad attaccare o no. Per questo ho chiesto di rinchiuderla, volevo saperne di più prima di prendere una decisione."

"Dovresti parlarle di nuovo, anche se è una creatura ibrida, è parte della nostra gente tesoro.
Inoltre, dovremmo fidarci del giudizio di Thoryndar, tu sai che è sempre dalla nostra parte."

"Si però, Aetheria... C'è una cosa che mi preoccupa. Perché non abbiamo visto nulla di tutto questo?"

"Lo sai come funziona, è per questo che le unioni tra elfi e veggenti sono vietate...possono alterare il corso del destino, si muovono in quel limbo che agli altri non è concesso visitare... Inoltre, il consumo di energia di Galaris sarebbe troppo elevato se acconsentissmo alle unioni ibride, evidentemente questa ragazza è qualcosa di speciale rispetto anche alle classiche unioni ibride. "

"E di Kaelyr cosa ne pensi?" "Dimmelo tu...pensi sia nella posizione di essere una vittima? è un consigliere esperto ex Custode di Enarion, sappiamo entrambi che la sua conoscenza del mondo è fuori dal comune. Davvero una ragazzina alle prime armi riesce a metterlo in difficoltà?"

"Quella ragazza è stata addestrata da Altheara è vero, ma nel suo stato attuale non è ancora in grado di capire il suo potenziale. Quella manifestazione che ho visto è straordinaria anche per una creatura ibrida, incarna ciò di cui abbiamo avuto più paura sin dagli inizi di questa era. Ne ho discusso anche con Aerendyl dopo l'attacco, anche lui è d'accordo. Quello che sta accadendo va' fuori da ciò che la storia di Galaris ci ha insegnato."

"Cosa vuoi fare ora?"

"La scelta più saggia direi, ho bisogno di più informazioni. Devo parlare con Thoryndar, vieni con me?"

"Certamente, ti seguo."

Così lasciammo la stanza cercando di non destare l'attenzione delle sentinelle che presidiavano e pattugliavano il palazzo. La nostra destinazione era la Sala del Guardiano dove certamente avrei potuto parlare con Thoryndar.

Uscimmo nel cortile esterno mentre cercavo di ragionare su cosa chiedergli, era la prima volta che su Galaris si manifestava una creatura ibrida sin dalla Terza Era, probabilmente ce ne erano state altre ma la paura delle conseguenze di mostrarsi in pubblico le aveva confinate agli estremi confini delle terre conosciute.

Camminammo senza fretta, con un sereno susseguirsi di passi dove mi concentravo su me stesso, sul da farsi e sul mio respiro.

Era una forma di meditazione che mi permetteva di schiarirmi la mente, lo facevo spesso insieme a Vyomar che era divenuto il mio maestro molti molti anni fa.

Entrammo nella Torre dall'ingresso che era riservato a noi due, scese le scalinate che conducevano alla Sala arrivammo davanti alle sentinelle che prontamente si misero sull'attenti salutandoci.

"Sire, cosa la porta qui?" "Questioni personali, lasciateci soli per il momento. Vi diremo noi quando tornare qui giù" "C-certamente Sire" e fece un cenno al suo commilitone per lasciare la Sala.

Pronunziai la formula per aprire la sala "La soglia sacra si riveli, dinanzi al flusso eterno. Che la via del Guardiano si apra."

La polvere che si sparse nell'aria per il movimento del portone creò una coltre di pulviscolo che rendeva l'atmosfera ovattata. Anche se ci ero abituato, mi faceva comunque sempre uno strano effetto.

Avanzammo nella Sala, sentii il passo felpato di Thoryndar avvicinarsi, poi il colore del pavimento divenne arancio e intravidi la sagoma della sua zampa divenire visibile.

"Sei venuto finalmente, ti aspettavo..."
"Lo so, non mi aspettavo di dover venire da te di nuovo in un così breve lasso di tempo".

"Tutto cambia Uranandor, dovreste saperlo ormai. Lasciamo credere al popolo che il destino sia già scritto ma sappiamo bene che non è così."

"Hai ragione, questi però sono i casi dove mi sento impotente."
"Hai la fortuna di poter vedere ciò che succede prima degli altri, però questo ti fa abituare ad un potere che non tutti possiedono. Devi ricordarti che non sempre puoi fare affidamento sulla tua arte magica...Osserva, parla con il tuo popolo Uranandor."

"Stai dicendo che devo parlarle?".."Sto dicendo che tu sei la chiave che potrà ridestare la speranza di Galaris, Uranandor. Quella ragazza è la speranza di tutta Galaris, ma lei ancora non lo sa."

"Tu sai che non posso liberarla, giusto? Causerei un incidente diplomatico nei sei regni.
Aerendyl è stato costretto ad esiliare la ragazza, sua madre è stata allontanata e Thalendir ridimensionato ufficialmente."

"D'accordo ma tu sai che Aerendyl non è uno sprovveduto, stanno tutti lavorando comunque per lui ed ora tocca a te fare la tua parte. Trova il modo di farla uscire senza destare sospetti. Io ci ho provato ma quel sigillo è troppo per me e non posso accedere alla sorgente, desterei i sospetti degli altri regni."

"Parlerò con Archon e Crepus... cercheremo un modo per farla uscire."
"Ricorda che ad un problema esistono infinite soluzioni, a te basta trovarne solo una che funzioni. Ce la farete, ricordate di guardarvi bene attorno, potrebbe essere più vicina di quanto pensate."

Aetheria non disse una parola, non era da lei restare così in silenzio, probabilmente era preoccupata dopo il discorso di Thoryndar, doveva aver bisogno di riflettere come me.

Thoryndar si allontanò, lasciandoci soli nella Sala del Guardiano. Presi le mani di Aetheria e la osservai per qualche secondo.
Lei lasciò la mia mano e mi accarezzò il viso...
"Sono qui, qualsiasi decisione dovremo prendere vedrai che riusciremo a gestirla."

Era la mia forza, devo ammetterlo.

Tornammo indietro a passo deciso, risaliti al piano superiore della Torre indicai ai soldati di riprendere i loro doveri e ci dirigemmo verso il palazzo.

All'entrata ordinai ai soldati di guardia "Convocate Archon e Crepus nella Sala dello Stratega, abbiamo una urgente questione di cui discutere", il soldato si mise sull'attenti schioccando i tacchi "Sarà fatto immediatamente Sire!" e corse via per avvisare i suoi.

L'astuzia di Archon

"Dov'è il Re?" "si sta dirigendo alla Sala dello Stratega" mi comunicò il soldato che venne a chiamarmi "dice che è urgente, dovete discutere di una questione importante" "Si lo sò, chiamate Crepus, è appena tornata dall'incarico che le avevo affidato".

"Sono qui, ho sentito...andiamo!"

Ci muovemmo velocemente attraverso i corridoi del castello. "Allora, cos'hai scoperto?" "È stato avvistato vicino alla Torre del Cielo ma a parte qualche scaglia attorno al lago non ho trovato altre tracce, ma c'è qualcosa che non mi torna, gli abitanti che vivono lì intorno dicono che è atterrato vicino al lago sputando fuoco senza un motivo, non è da lui, lo conosco ormai è troppo tempo che gli sto dietro" "Allora quei ragazzi avevano ragione..." "Ragione? quali ragazzi?" "Poi ti spiego, vediamo cosa vuole dirci il Re prima."

Arrivati davanti alla Sala le sentinelle aprirono le lance per permetterci di passare...

"È già dentro?" chiesi "Si, è visibilmente preoccupato..."
"Va bene adesso ci pensiamo noi." concluse Crepus.

Aprimmo le porte della Sala, Re e Regina stavano osservando la mappa di Galaris incisa sul Tavolo di Calendor.

"Sire..." "Lasciate stare i formalismi, sapete cosa è successo vero?"
"Non ho avuto ancora il tempo di aggiornare Crepus, è appena rientrata... "
"Ci penso io allora" aggiunse il Re

"C'è stato un problema durante la Fiera, è successo qualcosa ai componenti della Liminalis che hanno tentato di assassinare un'elfa. Poi è stato appiccato un incendio nel teatro e nella confusione, un'ibrida si è mostrata, ora è rinchiusa nelle prigioni."

"Kaelyr, i soldati credono che sia stato attaccato dall'ibrida quando ha provato a fermare la Liminalis..."

"Kaelyr...Sire, è lui il problema. L'attacco alle torri, gli esperimenti con quel dispositivo lo stanno consumando, diventa sempre più ossessionato, alcuni miei contatti ex Ankaris mi hanno confessato che sta proseguendo le sue attività...ricordate la dimostrazione che fece anni fa' con quelle piante ad Eosara? Ora non si limita più solo alle piante.

Probabilmente ne sa' più dei Custodi sullo stato di Galaris."

"Un problema alla volta" disse il Re voltandosi andando a recuperare uno dei tomi nella libreria che circondava la sala.

"Dobbiamo prima di tutto far uscire quell'ibrida" "Perché?" chiesi d'istinto
"Ho parlato con il Guardiano, io non riesco ad avere visioni su di lei, anche lui crede che possa essere la soluzione che porterà Galaris ad una nuova stabilità. Non posso liberarla ufficialmente quindi voi due mi aiuterete a trovare una soluzione."

"Quella ragazza Sire...non è l'unico ibrido, ce n'è un altro l'ho incontrato qualche giorno fa."
"Un...altro?" ribatté con espressione sorpresa.."Due ibridi nello stesso momento?"

"Non so cosa dirle Sire...però forse lui potrebbe essere la soluzione. Mi lasci fare, è venuto da me a farmi qualche domanda ed uno del suo gruppo, un tipo muscoloso con una tunica verde ti cercava Lyriel, sembrava molto agitato, aveva fretta di parlarti e gli ho chiesto di aspettare la Fiera e che saresti rientrata..."

"Credo di sapere di chi si tratta. Ora vediamo di sistemare prima la fuga dell'ibrida, dove lo troviamo questo secondo ibrido?"

"Ci penso io, è già venuto da me, non posso perdere tempo a cercarlo...tornerò indietro per parlarci e fare quel che va' fatto."

"Fa' attenzione, mi raccomando" mi chiese Lyriel.

"Illustrami il tuo piano Archon, non vorrai fare qualcosa di rischioso vero?"

"Sire, quel ragazzo è capace di piegare il tempo come me, quindi avrò bisogno di voi solo per far aprire un attimo la cella. Gli insegnerò il Thal'Zarien per fermare il tempo nel momento in cui lascerete aperta la soglia per uscire."

Lyriel mi fermò "Ma se entra nella cella il suo potere viene bloccato, giusto? come facciamo a tenere l'incantesimo attivo il tempo necessario per farlo uscire?"

"Hai ragione, io non posso essere presente, sarebbe troppo evidente che lo sto aiutando...e inoltre devo mantenere l'incantesimo temporale attivo fino a che la ragazza non sarà libera."

Vedemmo l'impronta di una zampa di lupo brillare sul tavolo "Manterrò io attivo l'incantesimo" "Thoryndar sei tu?" chiese la Regina che si allontanò dal tavolo di scatto mentre analizzava ancora il piano tra sé e sé.

"Perfetto allora, abbiamo un piano direi." concluse Uranandor.

Risolto quel problema, continuai "Per addestrarlo tornerò indietro al momento in cui è venuto da me prima della Fiera, quindi gli fornirò gli strumenti per padroneggiare il Thal'Zarien, prima di agire ci porteremo nel passato dove annulleremo il disallineamento temporale delle informazioni che stiamo condividendo adesso.

Sire, lei signore dovrà darci il tempo di portar fuori l'ibrida quando andrà a visitarla in cella la lascerà aperta quel secondo in più che ci basterà per entrare, a quel punto il ragazzo e Thoryndar entreranno in scena e la faranno uscire. Infine la porteremo alla locanda al primo livello dove Liryana si prenderà cura di lei e la nasconderà dalla ricerca delle guardie.

Tu Lyriel nel passato dovrai andare ad avvisare Liryana prima che facciano la loro mossa così che sappiano che siamo dalla loro parte anche se non potrai dirgli del nostro piano, cerca di essere generica e rassicurante.

Poi riporterò lei Sire, voi Regina ed anche te Lyriel al presente in modo che il tempo sia contiguo nuovamente, a quel punto la ragazza sarà già libera e potremo pianificare le prossime mosse."

"Avrò bisogno di stare da solo per un po' per prepararmi. Andrò nella mia stanza a meditare per concentrare il potere magico, mi raccomando ho bisogno che non entri nessuno."

"Io non ne ho bisogno lo sai Archon...sistemerò da me il disallineamento temporale" concluse Thoryndar. "D'accordo Guardiano" confermai riprendendo il filo del discorso.

"Tu Lyriel, vedi di risolvere invece la questione del tizio vestito di verde, non possiamo avere intromissioni durante la missione, d'accordo?"

"Sarà fatto Sire!" lo disse con una punta di stanchezza, d'altronde era stata fuori parecchio, forse avrebbe avuto bisogno di riposare ma non era il momento.

"Se ci sono domande fatele ora, non avremo tempo dopo che mi sarò chiuso in stanza."

La regina era pensierosa... "Regina Aetheria, lei cosa ne pensa?" ... "è un buon piano ma tutto dovrà svolgersi alla perfezione, ti daremo il nostro appoggio per quello che possiamo fare."

"Grazie Regina Aetheria, ne avremo bisogno" conclusi.

Il ragazzo

Mi allontanai con Archon, richiusa alle nostre spalle la Sala dello Stratega finimmo di organizzarci.

"Per ora lasciamo in secondo piano il tizio vestito di verde, che per inciso si chiama Tarvin" "Perché qual è il problema con lui?" "Ho dovuto cancellargli la memoria, lui non sa chi è e cosa sa fare..." "Ascolta, ora non ho tempo di gestire anche questa cosa quindi veditela tu come più ritieni opportuno, l'importante è che non si intrometta" "Si si stai tranquillo, farò in modo che se ne stia buono."

Mi allontanai a passo svelto, Tarvin non sarebbe stato un problema visto che non ricordava nulla del suo passato.
Per fare in modo che mi odiasse gli avevo instillato il ricordo di averlo trattato male, manipolato per giunta.
Ma tutto questo era per il suo bene, si era attaccato troppo a me dopo che l'avevo tirato fuori dagli Ankaris.

Era messo davvero male al tempo, mi aveva colpito perché durante un assalto aveva risparmiato due gemelli, in volto aveva la disperazione di un uomo che stava agendo contro la sua volontà, era segnato dalla magia del Codice e per questo decisi di provare a disconnetterlo dalla sua influenza perché aveva dimostrato di avere ancora dentro di sé un briciolo di umanità visto che si era ribellato agli ordini, questa cosa mi stupì così provai a rendergli la vita che aveva perduto agli ordini di Kaelyr.
Ci riuscì e decisi di portarlo con me.

Per farlo riprendere ci misi dei mesi, poi dovetti lasciarlo vagare senza memoria vicino casa sua.
Non ebbi altra scelta...evidentemente ha ricordato qualcosa di me, ecco perché mi sta cercando.

Tornai in camera mia a prepararmi per la missione, ci saremmo messi all'opera in serata, io avevo il compito di avvisare Liryana che avremmo portato da lei l'ibrida.
Così presi l'ascensore per scendere al primo livello della città, dove si trovava Il Ramo d'Ombra. Entrai all'interno, Liryana era lì al bancone come al suo solito.

"Lyriel, cosa ti porta da queste parti?" "Ciao Liryana" mi avvicinai al bancone guardandomi intorno per capire se ci fosse qualcuno che potesse ascoltare la conversazione ma era ancora presto per l'apertura..."Ascolta attentamente...So che per stasera avete in programma una certa cosa" "Lo sai per chi lavoro Lyriel, non posso dirti niente in questo momen..." "Non preoccuparti, sono qui solo per dirti che anche se non ufficialmente vi aiuteremo a liberare Celeste."
"Celeste?!? tu cosa c'entri con lei?"

Scorsi un'elfa alta che scendeva le scale mentre parlavo con Liryana che mi si avvicinò minacciosa, mi prese per il bavero della casacca... "Cosa sai tu di Celeste? Forza, parla..." disse sotto voce con rabbia, stringendo.
Stavo per reagire quando "Aspetta Lyriel, lei è sua madre, Hylea è come me, lavora con i Soli...Hylea, fermati...è dalla nostra parte. Stanotte ci aiuterà con Celeste." "Cosa? Come fa a sapere di..." "Ho ordini dal Re, stasera Celeste sarà libera e sarà portata qui." "E tu come fai a..."mi chiese Liryana...

L'elfa, Hylea, mi strinse forte in un abbraccio che mi lasciò spiazzata" La mia Celeste... non mi importa come, portala qui da me! Ti giuro, non mi metterò in mezzo, voglio solo riabbracciarla" Quella donna, Hylea...le accarezzai il capo, sembrava distrutta dal dolore nonostante la sua compostezza e la forza che sprigionava. Il dolore di una madre che lotta per i suoi figli lo conoscevo anche io.

Le presi poi il viso tra le mani "Aspetta...Ma sei quella Hylea di Eosara?" si ricompose un attimo "Si, la ex Custode... mi hanno tolto tutto Lyriel, ma non mi toglieranno mia figlia." Concluse con una determinazione fuori dal comune.

Far sparire Celeste

Archon mi aveva insegnato il Thal'Zarien per un motivo, in quei due giorni ero stato sveglio praticamente sempre per far pratica, Archon mi disse "ti ho portato qui perché devi assolutamente imparare il Thal'Zarien per liberare la tua amica, ora non farmi domande a cui non posso rispondere...

Sono sicuro che riusciremo a gestire il tuo disallineamento temporale, Thoryndar ti darà una mano con l'incantesimo quando sarai nella cella"

"Signore ma di che amica sta parlando?! e che c'entra il guardiano? disallineamento?" aveva ragione l'avevo intercettato nel passato quindi per lui non era ancora accaduto niente.

"Vieni, siediti qui" mi disse, così mi spiegò con calma cosa era successo nel mio futuro, lo ascoltai incredulo, quasi senza far domande, però...avevo i miei dubbi che quel piano potesse funzionare "Custode Archon, io...non sarò mai pronto in due giorni signore" "Ragazzo...Dovrai esserlo, vuoi far uscire o no la tua amica? Non posso tenerti qui per troppo tempo o la linea temporale potrebbe saltare e potresti impazzire".

Non potevo fallire e non avevo scelta, dovevo entrare in quella cella, Celeste doveva essere liberata, volevo liberarla, ci avrei messo tutto me stesso.

Archon mi aveva spiegato la situazione, cosi alla fine dei due giorni di addestramento tornai alla locanda e partecipai una seconda volta alla stessa riunione come se non fosse successo nulla, solo noi avevamo vissuto il primo tentativo di liberare Celeste ed il Custode mi aveva spiegato che non dovevo alterare ulteriormente il corso del tempo quindi non dovevo dir nulla a nessuno e comportarmi come se non sapessi nulla di quello che sarebbe accaduto.

Così la sera, prima che scattasse l'ora designata, uscii dal Ramo D'Ombra e mi diressi al livello cinque dove si trovava la Torre del Tramonto ed il Palazzo Reale.

Il Custode Archon era stato chiaro, dovevo farlo da solo, così trovai una scusa per allontanarmi da Lin e Tarvin, dissi che volevo andare a meditare in un circolo che avevo visto.

Calò la notte mentre mi avvicinavo, anche se i colori erano molto simili a quelli del tramonto ma leggermente più scuri, presi l'elevatore per andare su, mentre saliva osservai il cielo, in lontananza potevo vedere la notte circondare Velmora.
Le stelle impreziosivano il cielo e vidi due stelle cadenti passare veloci, una di fianco all'altra.
Desiderai di avere la forza di liberare Celeste, ero concentrato, pronto ad agire.

Archon mi aveva spiegato che il Re sarebbe sceso nelle segrete, mi aveva indicato il percorso più veloce da fare per raggiungere la cella dove era tenuta prigioniera visto che la volta precedente avevamo fatto un giro molto più lungo e rischioso.

Non avrei avuto l'aiuto dei Soli Neri stavolta ma il Guardiano sarebbe stato con me.

Se fossi stato preso, tutti avrebbero negato il loro coinvolgimento, sarei stato rinchiuso a mia volta senza possibilità di uscire di prigione.
Il Re non poteva essere coinvolto così come Archon, da rappresentanti della monarchia Velmoriana non potevano esporsi.

Accettai senza pensarci troppo, non riuscivo più a stare senza Celeste.

Aspettai vicino ai cespugli che Archon mi aveva indicato, vidi il Re Uranandor passare con un piccolo drappello di guardie.

Sfruttando il percorso che avevamo studiato, nel giro di qualche minuto arrivai nei pressi della cella, a quanto pare il Re non era ancora arrivato, la cella era ancora chiusa e la guardia a sua protezione stava russando in un angolo seduta su una seggiola.

Attesi, poi sentii lo scalpiccio degli stivali delle armature avvicinarsi con decisione, mi misi in allerta quando svoltarono l'angolo.

Finalmente erano davanti alla cella, vicino ad essa vidi il fagotto che custodiva la spada di Celeste, la Velmirael era lì proprio come l'altra volta.
Così attesi che il Re entrasse nella cella, poi iniziai ad invocare il Thal'Zarien per farmi trovare pronto.

Il Guardiano si palesò al mio fianco... "Forza ragazzo, quando sarai dentro i tuoi poteri non saranno attivi, terrò io attivo il Thal'Zarien ma dovrai far presto ad uscire." Lui era sicuro che ce l'avremmo fatta, quella sicurezza mi diede ancora più carica.

Sentì il chiavistello aprirsi, lanciai il Thal'Zarien e mi precipitai verso la cella, vidi distintamente il Re voltarsi verso di me, mi fece l'occhiolino credo...volli crederlo.

Uscito dalla bolla del Thal'Zarien mi trovai nella cella, Celeste era lì.

"Vieni con me! adesso!" "Elyndor?? ma come?" "non preoccuparti, ti spiegherò tutto ma ora vieni con me subito!" ...nella mia mente sentì "Forza ragazzo, sbrigati ad uscire o resterete lì dentro!".

Celeste non riusciva a muoversi, così la presi in braccio e corsi fuori rientrando nella bolla che il Thal'Zarien aveva creato.

Appena in tempo perché l'incantesimo svanì, il Guardiano era esausto, ansimava dalla fatica.

Posai Celeste a terra di fianco a Thoryndar che si stava riprendendo "Cele, dobbiamo uscire di qui, riesci a camminare?" "Non lo so, aspetta ci provo...stare li dentro mi ha prosciugata di tutte le energie che avevo" "non preoccuparti, mi chinai con la schiena verso di lei.

"Forza, sali" muovendosi piano Celeste riuscì ad aggrapparsi a me, mi alzai dirigendomi verso l'esterno del palazzo dove saremmo stati finalmente al sicuro.

Finalmente aria

Il Guardiano svanì nell'oscurità delle prigioni mentre io ero stretta ad Elyndor che mi stava trasportando all'esterno.

"Pensavo che non sarei più uscita di lì" gli sussurrai all'orecchio...
"Non potevo lasciarti li dentro, anche se sei una ibrida a me questo non importa... ho capito che tu per me sei importante Celeste." Mi strinsi a lui ancora di più mentre mi portava fuori.

Versai qualche lacrima che gli bagnò la tunica "Chiudi gli occhi" mi disse. Chiusi gli occhi ed un secondo dopo eravamo fuori, Elyndor stava per mettermi a terra. "Aspetta..." "Cosa?" "un altro po'...si sta bene qui sulla tua schiena" e sospinsi la guancia sulla sua schiena. "Ok dai ho capito ma adesso non c'è tempo Cele...ti metto giù" lo presi in giro sorridendo "come sei diventato burbero Ely!"

"Riesci a camminare ora?" "S-sì...credo di si." mi alzai e quasi caddi, lui era lì, mi sostenne.

"Strafai sempre vero?" Ridemmo insieme nel silenzio della notte di Velmora.

"Vieni, torniamo da Liryana, c'è una persona che ti sta aspettando."
Lo seguì senza far domande, mi sentivo esausta e senza forze.

Arrivammo davanti all'elevatore ma... "Come facciamo ad usarlo? non posso di certo avvicinarmi così, sanno chi sono. Come facciamo a scendere?"

Vidi in lontananza una donna che si avvicinò alla sentinella del quinto livello, qualche secondo dopo la sentinella si allontanò lasciandoci campo libero.

In lontananza sentii le campane che provenivano dalla prigione suonare, dovevano aver dato l'allarme.

Poi la donna si avvicinò velocemente e si rivolse ad Ely, evidentemente si conoscevano già per cui mi tranquillizzai: "Ce l'hai fatta Elyndor, ottimo lavoro" "non so come Crepus, non so come..." "Sei allievo di Archon ora, aveva ragione su di te."

"Non preoccuparti Celeste. È tutto secondo i piani, abbiamo dato noi l'allarme, il Re dirà che il sigillo è stato infranto e sei fuggita".

"Ma basta parlare ora, ho già rimosso la sentinella del primo livello, scendete e andate dritti alla locanda, Liryana vi aspetta."

La guardai, i suoi occhi avevano una splendida luce...le dissi solo "Grazie" con un filo di voce.

Camminavo a stento ed Elyndor mi prendeva per mano per guidarmi ed evitare gli sguardi indiscreti quando finalmente giungemmo alla locanda. Liryana era sulla soglia ad attenderci.

"Bravo ragazzo, degno allievo di Archon davvero..." e gli scompigliò i capelli.

Entrammo, la locanda era vuota ma al bancone rivolta verso di me vidi una figura, avevo la vista annebbiata, le forze mi stavano lasciando quando mi sentì stringere forte.

"Celeste mia, tesoro..." "Ma-mamma? sei tu?" l'abbracciai e piansi, con tutte le forze che mi restavano in corpo l'abbracciai anche io.

L'incontro

"Hylea, porta Celeste nella Stanza delle Rose, lasciala riposare un po'". Anche Liryana era in pensiero per lei, così mi indicò la porta della stanza. La lasciai sul letto poi tornai indietro, tutti stavano entrando nella Stanza dei Silphyris.

"Grazie Elyndor" gli dissi con il cuore in mano mentre entravamo nella sala.
Jarek, Elyndor e Linaya ed uno dei nuovi amici di Celeste erano già dentro, dopo di me entrarono anche Liryana ed in ultimo anche Lyriel.

Il nuovo amico di Celeste sobbalzò... "Crepus?" "Tarvin? cosa ci fai qui?" "Sono in viaggio con i miei amici, ti stavo cercando, finalmente ti ho trovata." "Si ma...non è il momento Tarvin, abbiamo questioni più urgenti da risolvere, ti prometto che quando tutto sarà finito parleremo ma fino ad allora concentriamoci su Celeste." fece un lungo sospiro capì che Lyriel aveva ragione..."E va bene, non azzardarti a scappare, ti ritroverei ovunque tu vada." ...Lei annuì con il capo e poi prese la parola.

"Aspettate un attimo..." chiusi gli occhi e mi concentrai su Archon ("Archon ci sei?" "La ragazza è al sicuro, puoi terminare l'incantesimo."..."D'accordo Lyriel, sono esausto prendi un po' di tempo per favore, ho bisogno di riposare" "Va bene, anche la ragazza sta riposando ora, rimandiamo a domani l'incontro"). Una luce bianca ci avvolse, quando riuscì a vedere di nuovo eravamo ancora tutti lì, gli uni di fianco agli altri.

"Va tutto bene, Archon ha concluso l'incantesimo temporale" confermai ad Elyndor.

Poi proseguì: "La prima parte della missione è stata un successo, ora però dobbiamo fare in modo di avere l'approvazione del Re ma soprattutto dobbiamo portare alla luce chi sta effettivamente orchestrando tutte queste macchinazioni."

"Kaelyr..." disse Hylea a denti stretti "Esatto, chi meglio di voi può esporre quello che è successo? Dovete parlare con Re Uranandor e sua moglie, la Regina Aetheria. Hanno già accettato di far evadere Celeste con l'aiuto del Guardiano quindi non resta che incontrarci e parlare della prossima mossa.

Io ed Archon saremo presenti in modo da vigilare sull'incontro. Parlerò con il Re, stanotte lasciate riposare Celeste, ne ha bisogno e domani a mezzogiorno in punto ritrovatevi qui nella Stanza dei Silphyris, faremo in modo di portare il Re e la Regina."

"Appuntamento domani a mezzogiorno in punto allora Lyriel" concluse Hylea. E così fecero, Celeste aveva bisogno di riposo, anche Elyndor doveva riposare così Hylea chiese "Lin, Tarvin, lasciamo riposare Celeste ed Elyndor, potete stare nella mia stanza per stanotte".

"Hylea, non ho altre stanze libere ora" aggiunse Liryana." Gli darò la mia non c'è problema". Lasciai loro due entrare nella mia stanza, poi scesi al pian terreno e mi accomodai nel portico, all'esterno della locanda insieme a Liryana ad osservare la notte.

"Ora viene la parte più difficile... "le dissi, lei annuì. "L'abbiamo tirata fuori da quella brutta situazione, ora bisogna far capire al Re che lei non c'entra niente." ci raggiunse anche Lyriel "avete ragione, io ho già parlato con il Re prima di avviare la missione di salvataggio. È necessario che Kaelyr sia pubblicamente messo al bando altrimenti continuerà ad avere la rete di supporto che tutto il popolo gli fornisce ancora come ex Custode. Non possiamo continuare a proteggerlo dopo quello che ha fatto".

La notte passò.

"Toc Toc"..."Toc Toc..." "TOC TOC TOC TOC"
La porta della stanza si spalancò, Lin era lì con un vassoio gigante pieno di Elvenar fumante e Luce di Bosco appena distillata.

"Cele amica mia! Come stai?" Ero ancora molto stanca ma quanto meno riuscivo a stare in piedi.
Posato il vassoio, Lin saltò sul letto per coccolarmi un po'..."Temevo di averti persa per sempre, invece Elyndor...e chi se lo aspettava che ti avrebbe riportato a casa! Ci tiene proprio a te è un rubacuori!" "Hei io sono qui lo sai?" Ribattè Elyndor ancora sonnecchiante.

"Toc Toc" ...era Tarvin "Entra pure, ci ha pensato Lin a tirarmi giù dal letto" "Le avevo detto di lasciarvi riposare ma è come parlare col muro lo sapete."

Ci distendemmo in una risata spontanea, di quelle che avevo dimenticato anche di saper fare negli ultimi giorni.

Poi anche Naima entrò in stanza, si avvicinò a me facendo le fusa. Le stavo simpatica, mi ricordò come facevano le fusa Luce e Palla di Pelo quando ero a casa ad Eosara.

Casa...quanto tempo è passato, mi sembra un'era eppure è solo poco tempo fa'.

"Forza, rimettetevi in sesto e preparatevi per l'incontro con il Re, non vorrai mica venire così tutta spettinata no? E pure tu Ely, datti una sistemata dai...tra un'oretta abbiamo l'appuntamento."

Non avevo idea di che incontro parlasse ma mi fidai.
Lin e Tarvin uscirono dalla stanza per lasciarci il tempo di rimetterci a posto, Ely venne vicino a me.

"Ti senti meglio?" "Molto, molto meglio, ma tu mi devi delle spiegazioni lo sai vero? voglio sapere come hai fatto a liberarmi"..."È un segreto" "Ora non c'è tempo, poi ti spiegherò" concluse.

"Forza, andiamo" uscimmo dalla stanza insieme dopo esserci dati una sistemata, mamma era lì appoggiata con la schiena sulla soglia della Stanza dei Silphyris in attesa che arrivasse l'orario dell'incontro.

Entrammo, quella stanza profumava dei fiori di casa mia, non per niente si chiamava Stanza dei Silphyris. Forse era anche perché lì con me c'erano tante persone a me care.

I miei amici, mamma, Liryana...poi d'un tratto, una bolla di luce si manifestò nella stanza.
Archon, Crepus, Re Uranandor e la Regina Aetheria si palesarono davanti a noi.

Ci inginocchiammo tutti.

"Avanti con queste formalità, siamo tra noi, non ce n'è bisogno." Così ci presentammo, finalmente.

Lyriel prese la parola."Sire, vogliamo che senta dalla voce di Celeste quello che è successo. Dobbiamo mostrare al mondo quello che Kaelyr sta portando avanti.
Questa ragazza non ha colpe e se esiste non è di certo colpa sua, sua madre è qui anche per testimoniare questo."

Continuò Archon "È fondamentale che voi, creature ibride, siate consapevoli che la vostra esistenza è già di per sé una violazione delle regole. In questo caso però, crediamo che la chiave per fermare Kaelyr siate proprio voi, in particolare tu Celeste."

Poi fu Celeste a parlare "Sire..." e lo guardò negli occhi intensamente "Fino a qualche tempo fa non sapevo di essere una creatura ibrida. Ho sempre vissuto con gli elfi di Eosara rispettando tutti. Ho solo voluto proteggere il mio popolo e sono partita da casa perché sembra che la mia condizione mi impedisca di continuare a farlo.

Ho deciso che avevo bisogno di conoscere mio padre per sentirmi completa, per capire il motivo della sua scelta di sparire dalla mia vita e da quella di mia madre."

"Non voglio far del male a nessuno, Kaelyr mi ha attaccata alla torre ad Eosara con i suoi Ankaris e di nuovo qui a Velmora. Io..credo che voglia il mio potere per accedere alla Sorgente Sire, ma non sò molto altro. All'inizio viaggiavo con i miei amici per me stessa ma andando avanti ho capito che devo farlo proprio per scoprire con certezza perché mi sta cercando e cosa sta facendo a Galaris."

Fiamme blu

Guardavo il Re, in attesa di un suo commento a quello che avevo appena detto quando un fortissimo frastuono ruppe la tensione "Sembra un battito d'ali gigantesco, deve essere lui,ci scommetto!" Accennò Crepus davanti a tutti...

"Qui in città? si è spinto fino a qui?" "Sono anni che lo seguo ormai, ho imparato a conoscerlo, so dove vive, dove dorme, cosa mangia e quando mangia...per questo mi sono preoccupata e sono corsa a cercarlo. Halvoryn è abitudinario ma negli ultimi tempi è irrequieto, come quando è sceso nel lago Nyelthas."

"Lyriel, Il lago? ma allora...stai parlando del drago d'argento?"

"Si chiama Halvoryn, si parlo di lui. Gli sto addosso da tanti anni ormai, prima non era così aggressivo, negli ultimi anni ha iniziato ad avvicinarsi alle città, alla gente comune.
Ho l'impressione che stia cercando qualcosa ma non capisco cosa. A volte è aggressivo, mentre in altri casi è così mansueto e docile...non capisco. Ad ogni modo... usciamo a controllare forza."

"Il Re e la Regina si trasportarono via insieme ad Archon mentre noi e Crepus uscimmo in strada per vedere cosa stava accadendo.

Mentre scendevamo le scale urla di gente in strada ed un fracasso incredibile fenderono l'aria attorno a noi, Liryana era all'entrata che faceva entrare gente nella locanda. "Rifugiatevi qui dentro forza! anche tu muoviti!" Poi corse in strada a recuperare due bambini che erano caduti a terra e li consegnò in braccio ai loro genitori.

Uno dei veggenti che era entrato nella locanda aveva invocato un incantesimo di protezione che circondava la struttura mentre la gente si sistemava dove poteva per restare al sicuro.

"È Halvoryn, è entrato in città sputando fiamme, ma che gli è preso!"

"Devo andare da lui, devo capire che sta succedendo" "Lyriel, non puoi fare niente adesso, è fuori controllo non capisci?" "Stiamo rischiando le vite di tutti, non posso star ferma qui ad aspettare..."

"Noi quattro veniamo con te" dissi con voce ferma."Ragazzi, mi sareste solo d'intralcio" Crepus corse fuori, così guardai gli altri e tutti mi fecero un cenno di assenso...

Ci fiondammo fuori anche noi mentre Liryana, Jarek e mia madre ci urlavano dietro di tornare dentro, correvamo a perdifiato verso l'ascensore quando il rumore di una grande frana ruppe il silenzio che per qualche secondo si era creato.

Crepus si era fermata, ci avvicinammo a lei. Lin alzò il braccio nella direzione dello sguardo di Lyriel..."la Torre...Halvoryn sta distruggendo la T-Torre..." e cadde in ginocchio.
Elyndor la prese per il braccio e la tirò su in piedi "Forza non possiamo arrenderci adesso!" "Ma senza la Torre..." "Troveremo un modo" concluse Elyndor.

Dalla base della Torre che era rimasta in piedi, saliva una nube di polvere e fiamme blu che mutavano il colore del cielo tutt'intorno.
Si vedeva distintamente la colonna di energia proveniente dalla Sorgente alla base della Torre, non avrei mai dimenticato il suo potere, quello che avevo visto ad Eosara era impressionante, come quello di Velmora. La Sorgente era stata scoperchiata ed il Guardiano ora non avrebbe potuto proteggerla, nessun rituale, nessuna protezione.

"Dobbiamo raggiungere Thoryndar, lui sarà lì sotto a combattere Halvoryn ma da solo non può farcela contro quel bestione" "Sono d'accordo, muoviamoci" concluse Elyndor mentre prendeva di peso Crepus, tutti e cinque corremmo verso la Torre.

L'Anima di un Drago

Ero prigioniero in un corpo di scaglie e fiamme.

Cercavo disperatamente di riprendere il controllo ma nella mia mente infuriava una battaglia: la mia volontà contro una forza crudele, implacabile.
Sentivo che il Codice dell'Anima mi teneva legato, incatenato con corde invisibili e strette sul cuore che mi opprimevano, spingendomi a compiere azioni al di fuori della mia volontà ed intrappolandomi nella forma di un drago, quella più utile per soddisfare le più oscure e terrificanti pretese.

E l'ordine era chiaro: dovevo distruggere la Torre.

Provai a contrastare quel potere ma alla fine dovetti cedere...

Con un feroce ruggito calai dal cielo come una tempesta, seminando terrore con le mie fiamme blu ed in pochi istanti la parte superiore della Torre crollò su sé stessa, sgretolandosi davanti ai miei occhi.

Esposi la Sorgente ed il suo Guardiano alla totale vulnerabilità. La città di Velmora... la mia bellissima città... era completamente nuda ed indifesa. Mi sentii spettatore e carnefice allo stesso tempo di ciò che stava accadendo, ero intrappolato in una furia distruttrice.

Eppure, mentre lottavo contro l'ombra che mi aveva quasi inghiottito del tutto, pensai a mio padre... alla sua voce, ai suoi occhi ed alla saggezza che mi aveva trasmesso.
I ricordi che avevo di lui, non so come, brillavano ancora dentro di me, come lampi nel buio.

"Cosa avrebbe fatto papà, al mio posto?" Lui aveva affrontato il futuro da solo per un periodo, la perdita di mamma lo aveva atterrito ma la forza che i suoi amici gli avevano trasmesso fu la chiave della sua rinascita.
Ed allora tutto mi fu più chiaro, non potevo affrontare tutto questo da solo dovevo chiedere aiuto attraverso il Linyavalë.

Dovevo proiettare ciò che era rimasto della mia coscienza nel ciondolo ancora una volta e sperare che quell'elfa, che avevo sempre osservato da lontano e che percepivo con estrema chiarezza, riuscisse a cogliere la connessione e ad aiutarmi.

Ormai ero consapevole che non poteva essere solo un caso. Era da un po' che ci pensavo ed arrivai alla conclusione che quella connessione doveva essere di sangue.

Ne ebbi l'assoluta certezza quel giorno, sulle rive del lago Nyelthas, quando i suoi occhi incrociarono per un istante i miei. La vidi... ed i lineamenti del suo viso, il modo in cui si muoveva, mi gridavano una verità inequivocabile.

Era un'elfa, era molto simile a me e soprattutto ad Hylea, aveva il suo sguardo, i suoi capelli.

Mi lanciarono incantesimi da terra, mentre sorvolavo la Torre in cerchi concentrici sempre più stretti.

Vedevo salire scie di luce incandescente, alcune riuscivo a schivarle grazie al mio istinto, altre invece mi colpivano, spaccando in alcuni punti le mie scaglie.
Mentre mi attaccavano, con uno sforzo immenso iniziai ad aprire la mia mente, cercando di visualizzare il ciondolo.

Mi aggrappai a quel frammento della mia anima ancora libera, cercando di riversarla nel Linyavalë.
Era una possibilità... Se lei mi avesse sentito, allora forse non tutto sarebbe stato perduto.

La connessione avvenne, debole ed instabile, all'inizio, era una situazione estrema, mi colpivano su ogni lato ed ero impegnato a restare vivo. Ma poi riuscì ad incanalare tutte le mie forze e la connessione divenne nitida.

Celeste, mentre stava correndo verso la Torre all'improvviso si fermò, il ciondolo iniziò a vibrare, si illuminò di blu intenso, proprio come le altre volte.

Udì di nuovo quella stessa voce calda e familiare risuonare nella sua mente:

"Non ti ho mai tenuta tra le braccia...Ma ho messo la mia speranza in un ciondolo, la mia forza in una spada.
Ti ho sempre protetta, anche se non mi conosci. La mia essenza è intrappolata nel drago, controllata tramite il Codice dell'Anima.
Sono prigioniero e sto soffrendo tantissimo, aiutatemi per favore..."

In mezzo al caos più totale, la vidi. Mamma era lì, immobile e mi fissava da lontano.

Nonostante il rumore della battaglia, gli incantesimi che esplodevano nell'aria ed il drago che volava sopra la Sorgente, i nostri occhi si incontrarono.
Dal suo sguardo capii che la voce che avevo appena sentito, non so come, ma era arrivata anche a lei. Ne ero certa.

La guardai e tutto il resto sembrò svanire.
Per un momento, sembrò che, solo io e lei, fossimo state trasportate in un'altra dimensione, sospesa.
Poi sentii una mano afferrarmi il braccio e riportarmi alla realtà, era Tarvin.

"Celeste! Presto, dobbiamo andare!" gridò, cercando di tirarmi via.
Ma prima che riuscisse a spostarmi, vidi le labbra di mia madre muoversi lentamente e lessi il labiale con chiarezza: "È papà!".

Mi fermai in un'area dove la battaglia era meno feroce, muovendoci tra le macerie arrivammo di corsa alla base della Torre, davanti diversi reggimenti di soldati reali stavano tentando di scacciare Halvoryn con armi convenzionali, si erano uniti a loro anche i Custodi sopravvissuti che erano scampati al crollo della Torre mentre altri sgomberavano il campo dai feriti.

Crepus si era rimessa in piedi, ci raggiunse anche Archon mentre schivava fiammate provenienti dall'alto.

"Il Re e la Regina?" domandò Crepus "Li ho messi al sicuro, sta tranquilla. Il Re voleva venire qui di persona, per fortuna il Guardiano l'ha convinto a restare... qualsiasi sia il motivo di un attacco del genere non ci possiamo permettere di perdere i nostri sovrani, senza di loro ripartire sarebbe impossibile."
"Dov'è ora il Guardiano?" chiese Crepus guardandosi attorno.
"Credo sia sceso nella sala della Sorgente per provare a fermare Halvoryn ma dobbiamo pensare a qualcosa Lyriel...non possiamo continuare così, ci vuole una soluzione. Forse è azzardato ma ci sto ragionando da un po'..."

Archon era dubbioso, si vedeva chiaramente che era come se non volesse proporre quella soluzione ma si fece coraggio, deglutì vistosamente e poi riprese.

"Dobbiamo usare la Sorgente, dobbiamo confinare Halvoryn nella sorgente stessa, in attesa di trovare una soluzione" .riprese Lyriel... "Ma non capisci, non è normale il suo comportamento, è come se fosse controllato da qualcosa. Rinchiuderlo li dentro significa che lo condanneremo ad essere esiliato dal mondo...io...non posso Archon, non me la sento,"

Non riuscii a trattenermi.."Lui è... mio padre! "

Linaya mi si avvicinò"Cele, che hai detto?" "il drago è mio padre, non so come ma è imprigionato lì dentro io...lo sento Lin. Archon, Lyriel, vi chiedo scusa. Chiedo scusa a tutti...ma non è colpa sua...mi ha parlato qualche minuto fa, quando il ciondolo ha brillato mi ha parlato."

"Ha ragione Celeste, Archon..." mamma era arrivata da noi "l'ho sentito anche io distintamente, in Halvoryn è intrappolata l'anima di Vyomandros, è per questo che non riuscivo a trovarlo..."

"D'accordo ma io non vedo altra soluzione, se voi ne avete sono tutt'orecchi... perdonatemi non voglio essere sgarbato, capisco che è tuo marito e per te è tuo padre ma capite.. ora non è più lui e stiamo rischiando innumerevoli vite, dobbiamo fermarlo per forza."

"Ha detto che è colpa del Codice dell'Anima se è in queste condizioni, sta facendo tutto questo per colpa del Codice" conclusi.

"D'accordo, di quello ci occuperemo dopo, del Codice e di Kaelyr, ora pensiamo agli abitanti di Velmora, devo dare priorità a questo, stiamo rischiando grosso..."

Guardai mamma, aveva un volto scuro, scavato quasi, vidi divenire più pronunciati ed oscurarsi tutti i segni che il tempo aveva portato sul suo viso e che normalmente non erano visibili. Non l'avevo mai vista così, mi guardò anche lei... "Non abbiamo altra scelta Cele, dobbiamo salvare gli abitanti. Papà starà bene e troveremo il modo di liberarlo, te lo prometto! "
"Mamma..."

Ti proteggerò

"Mamma... Mamma ti prego dobbiamo trovare un altro modo per aiutarlo."

Celeste abbassò lo sguardo, stringendo tra le dita il Linyavalë. Il suo viaggio era iniziato per cercare sé stessa e trovare suo padre. Ora che finalmente l'aveva trovato, il destino sembrava volerla mettere alla prova ancora una volta, chiedendole di perderlo di nuovo.

"Mi dispiace, mia cara... l'anima di tuo padre è importante e noi lo aiuteremo. Ma ora, come ho detto, dobbiamo pensare alle anime di Velmora." Disse Archon con tono perentorio.

Hylea non poteva fare nulla...sapeva che non si poteva agire diversamente, non aveva un altro piano e non aggiunse altre parole.
Celeste, invece, non riusciva a cedere.

"Ci dev'essere un altro modo, vi prego... qualsiasi altra strada."

Io ero lì, vicino a Cele, stavo per afferrarle la mano per darle il mio sostegno e nel momento in cui le mie dita sfiorarono appena le sue, accadde ancora.

Oramai ero più preparato e lo capì subito, stavo per avere un'altra visione...

Tutto divenne oscurità.

Davanti a me, nella nebbia, si intravedeva una torre. Provai a ricordare, tra le mappe studiate ed i racconti ascoltati durante l'addestramento...
Ma niente.
Quella torre non mi faceva pensare a nessun luogo conosciuto.
Era un posto da brividi.

Poi, all'improvviso, tutto cambiò.

Mi ritrovai in un bosco, all'interno di un cerchio di pietre.
Kaelyr era lì e davanti a lui c'era Celeste.
Alle sue spalle, il drago: Halvoryn.

Kaelyr parlava, ma le parole mi arrivavano confuse, quasi spezzate.
Capivo solo dei frammenti: "...troppo instabile...", "incantesimo spezzato..."
Dopo un attimo di silenzio, Kaelyr parlò direttamente a Celeste.
Stavolta però riuscì ad ascoltare con chiarezza:

"L'anima di Vyomandros è ancora viva.
Ma imprigionata nel corpo di Halvoryn, dove brucia ogni giorno senza mai trovare pace.
Posso liberarlo ma questo avrà un prezzo.
Uno scambio, Celeste: la tua anima, per la sua.
Se accetti, Vyomandros sarà libero.
Tu prenderai il suo posto. La tua anima sarà unita per sempre con quella del drago...fino alla fine."

Celeste stava per rispondere, ma il drago emise un suono fortissimo, una specie di grido di dolore straziante.
Poi la visione svanì.

Ritornai al presente, Celeste era accanto a me e non sapeva cosa avessi visto, eppure io sentivo di aver visto...troppo.
Non sapevo quando ma Kaelyr le avrebbe offerto uno scambio, ed anche se nella visione non avevo visto la risposta di Celeste, non ne avevo bisogno.

Conoscevo Celeste, sapevo com'era fatta.
Lei sarebbe stata capace di sacrificarsi, senza esitazione.
Per amore. Per la salvezza di chi ama.
Ed era proprio questo il rischio.
È vero, una volta mi aveva detto che non sempre le visioni potevano avverarsi ma...

Io... io non potevo permettermi di perderla, forse...forse mi sentii egoista a pensarlo ma nessuno poteva, tanto meno io ma soprattutto lei stessa.

"Aspettate un momento!" gridai, alzando la voce per sovrastare il brusio degli altri, ancora intenti a discutere animatamente della questione.

Nessuno si era accorto di nulla.
La visione era stata breve, fulminea.
Stavolta non avevo perso i sensi, non ero caduto e non c'erano segni visibili.
Ero rimasto vigile... ma dentro di me era cambiato tutto.

Mi voltai verso di lei.

"Cele, vieni con me."

Non le lasciai il tempo di fare domande.
Le presi la mano e la trascinai via, allontanandoci dagli altri.

"Ho avuto una visione, Cele.
Ho visto tuo padre. Non era più prigioniero del drago.
Mi ha parlato.
E mi ha detto chiaramente che confinarlo è la sua unica salvezza."

Lei mi guardava con quegli occhi grandi e profondi, colmi di lacrime. Si fidava di me, non aveva bisogno di tante spiegazioni.
Io... Io stavo tremando, avevo scelto di mentirle sulla visione... ma lo facevo per proteggerla da sé stessa? Me ne convinsi. Non lo conoscevo, ma ero certo che anche Vyomandros avrebbe fatto lo stesso al mio posto.

Dopo pochi istanti, Archon e Crepus ci raggiunsero.
Celeste mi guardò, poi si voltò verso di loro.
Rivolgendosi ad Archon, disse:

"D'accordo. Facciamo come dici tu."

Feci un lunghissimo sospiro...

Ormai era chiaro a tutti che Kaelyr aveva intenzioni oscure.
Il drago, impaurito dai numerosi attacchi, sembrava ancora più feroce e soffiava fiamme blu, distruggendo tutto ciò che incontrava.
La gente fuggiva nel terrore. Stavamo vivendo un incubo.

Fu allora che sentì una voce maschile nella mia mente, così forte, come se fosse proprio accanto a me:

"Elyndor, sono re Uranandor. Quando il drago sarà confinato, non abbassare la guardia, temo che sia solo l'inizio.
Kaelyr non è cambiato...non è caduto nell'oscurità: vi è nato. Ha solo indossato la maschera del giusto per ingannare tutta Galaris.
Dovete smascherarlo, prima che il suo vero potere si scateni. Lo sto dicendo a te perché Celeste in questo momento non è in condizione di essere lucida al cento per cento, dovrai essere la sua ancora per la ragione Elyndor."

Confinamento

Sentii un rumore sordo, si era aperto un portale a pochi passi da noi dal quale emersero nonno e Vyomar che avanzarono verso di noi mentre osservavano il disastro che si stava compiendo sulla Torre del Tramonto.

"Nonno!" "Celeste, cara..." mi accarezzò il capo, non lo faceva quasi mai ma in quella situazione evidentemente vide come ero conciata in viso.

"Consiglieri, avevamo giusto bisogno di voi..." "Lo sappiamo ragazzo, per questo siamo qui."

"Forza raccontagli Vyomar" disse nonno esortando Vyomar a parlare "L'ultima visione che ho avuto evidentemente è servita a qualcosa, sto sviluppando con Thalendir un incantesimo di confinamento ma fino ad ora non avevamo idea di come o cosa o quando sarebbe stato necessario, soprattutto perché richiede il potere magico di due creature ibride e fino a poco tempo fa non avremmo saputo come accedere a questo potere" rivolse lo sguardo a me ed Elyndor.

"Non voglio mentirvi, è rischioso, non dobbiamo essere interrotti mentre prepariamo l'incantesimo, Archon e Crepus voi dovrete prima di tutto occuparvi della nostra protezione; l'esercito del Re deve tenere alla larga chiunque si avvicini... se dovessimo essere interrotti... non ci voglio pensare... una frattura nel flusso della Sorgente potrebbe causare la fuoriuscita di Prole del Vuoto.

Celeste, tu ed il tuo amico dovrete attingere al potere della Sorgente, guiderete l'incantesimo dall'interno, io e Thalendir guideremo l'evocazione della formula dall'esterno mentre Archon ed Hylea dovranno stabilizzare il flusso." Vyomar concluse ammettendo che "Non abbiamo mai provato Naravelion...ma non c'è altra scelta."

"Vyomar" mamma prese la parola "Vyomandros è lì dentro...non c'è altro modo? dobbiamo confinarlo per forza?"

Avrei voluto dirle che non avremmo dovuto, avrei voluto avere un'altra soluzione da proporre ma... C'è una scelta giusta tra proteggere il proprio figlio o proteggere centinaia di migliaia di persone? Pensare al bene di uno a discapito di molti? io ho già perso Altheara...ora che ho ritrovato Vyomandros, proprio adesso, non si tratta di senso del dovere ma io...

"Amico mio" Thalendir fece la voce della ragione "Non abbiamo scelta, stiamo parlando di confinarlo non di perderlo per sempre. Troveremo il modo di riportarlo indietro, non posso promettere niente di certo ma... sai quanto siamo testardi noi, faremo tutto ciò che è in nostro potere."

"Vorrei che non fosse cosi, Hylea...non piace neanche a me, però tuo padre ha ragione, ora è l'unica soluzione".

La vidi con un'espressione amara e rassegnata, stava soffrendo anche lei ovviamente.

Vyomar aggiunse "tutti quelli non necessari all'incantesimo staranno all'esterno con Crepus per respingere eventuali assalti di Ankaris o Prole del Vuoto."

Avevamo tutti un nostro compito, così ci dividemmo...Crepus, Jarek con i Soli Neri, Linaya e Tarvin all'esterno mentre io e gli altri all'interno della corte della Torre.

Le fiammate di Halvoryn imperversavano sulla Torre e nei suoi dintorni, io ed Elyndor corremmo all'interno per scendere alla Sorgente.

"Cele, ci sei? forza, ci siamo quasi" si muoveva velocemente schivando i colpi di pietre che cadevano e fiammate che bruciavano la poca erba che era rimasta.
"S-si, ci sono! Corri non preoccuparti, io ti sto dietro in qualche modo" e così feci, seguivo i suoi passi fino a che non arrivammo alla Sala del Guardiano, o meglio...a quello che restava di essa.

Thoryndar era lì che schivava le zampate di Halvoryn, mentre cercava di restare in vita si accorse di noi dietro di lui.

"Siete arrivati finalmente, sono esausto..." un colpo di coda lo scaraventò in un angolo lasciando solo Halvoryn tra noi e la Sorgente.

"Dobbiamo arrivare lì dietro, avanti Cele ce la possiamo fare" mi prese per mano e fece un balzo in avanti, Halvoryn scagliò prima una fiammata, poi una zampata.
Tentò di azzannarci ma Elyndor schivò.

"ahh...ehh...uff...è veloce." Anche gli altri arrivarono nella Sala del Guardiano "Ci pensiamo noi, voi andate dritti alla Sorgente; una volta dentro dirigete il flusso su Halvoryn, al resto ci pensiamo noi!" Vyomar sembrava sicuro di sé, così obbedimmo senza ragionare troppo.

Schivato un altro colpo, un pezzo della Torre crollò al centro della stanza, una nube di polvere si sollevò dandoci il tempo di raggiungere la Sorgente.

"Ely, sei pronto? resta con me ok?" "Pronto, ti seguo" presi la sua mano, era calda, rassicurante.

Respirai profondamente e poi entrammo nella Sorgente.

Il mio corpo mutò nuovamente, fluttuavo per aria, le ali...come quando Lin era stata attaccata.
Una luce immensa mi inondò il cuore allo stesso tempo anche l'oscurità più profonda, quella che in fondo ad un pozzo non ti fa vedere nulla.

Elyndor era lì con me, lui mi teneva ancorata alla mia coscienza. Lui sembrava non aver subito conseguenze fisiche, era sempre lui...sempre lui.

"Celeste, ci sei? Forza adesso con tutta l'energia che avete dirigete il flusso della Sorgente verso Halvoryn" sentì la voce del nonno.

"Ely, al tre..."

"uno"
"due..."
"...tre"

I nostri corpi, luce e oscurità allo stesso tempo, veggenti ed elfi, diversi eppure uguali uniti da un singolo raggio di energia che colpì Halvoryn.

Vidi Vyomar ed il nonno disegnare a terra simboli magici, rune che non comprendevo, che non avevo mai visto.
Archon e la mamma erano lì a contenere le urla di Halvoryn ed il flusso di energia che dirigevamo verso il drago.

Furono degli attimi interminabili, riuscivo a sentire tutto quello che passava nella Sorgente, il passato, il presente e chissà se quello era il futuro.

Vidi Eosara, i bambini giocare per le strade, la scuola, poi Nedia, Nerion... sembrava che la mia vita mi stesse passando davanti.

Poi Elyndor, lì davanti a me, era con me fin dall'inizio...fin dal principio, dalle partite a Nexus, le passeggiate insieme a Lin al mercato...
"Celeste, stai piangendo." "Ely, io..."

Il Linyavalë si sollevò dal collo, brillò di una luce blu infinita...

"Papà, perdonami..."
"Tesoro, è la prima volta che mi chiami Papà" lo sentii, stava piangendo anche lui.

Le Ombre della Luce

Ero concentrata nel contenere il flusso di energia, ma non riuscivo ad ignorare il dolore di mia figlia... e quello di Vyomandros.
Lo sentivo scorrere nell'energia che stavo guidando. Anche io soffrivo, ma non potevo fermarmi.
Dovevo obbedire agli ordini e resistere.
Almeno finché Celeste ed Elyndor non fossero usciti dalla Sorgente.

Poco dopo vidi Archon abbassare le braccia, il flusso di energia svanire lentamente davanti a noi.
Elyndor e Celeste, mano nella mano, emersero dalla Sorgente, salvi.

Mio padre, insieme a Vyomar ed al Guardiano, iniziò subito a sigillare la Sorgente con potenti incantesimi di riparazione, proteggendola ancora una volta da ogni minaccia.

Halvoryn, o meglio, Vyomandros non c'era più.
Nessuna spaccatura.
Nessuna Prole del Vuoto era riuscita a fuggire.

Tutto era andato come previsto.
Gli Ankaris, che avevano tentato di intralciare il rituale, erano stati respinti dai nostri compagni e ricacciati indietro, lontano, presumo, verso il loro padrone.

Tirammo tutti un sospiro di sollievo.
La minaccia era stata allontanata... almeno per ora.

Ma sul mio volto, come su quello di Vyomar e di Celeste, si leggeva una sofferenza profonda, difficile da spiegare a parole.
Un dolore che pochi avrebbero potuto comprendere.

Allora mio padre alzò la voce, rivolgendosi a tutti noi con tono fiero e grato:

"Cari amici, è stato un onore combattere al vostro fianco.
Oggi abbiamo fatto un lavoro straordinario. Velmora è salva."

Poi aggiunse, con gentilezza:

"Ora vi chiedo di lasciare la torre.
Mia nipote e mia figlia hanno bisogno di un momento tutto loro."

Mentre mi voltavo verso l'uscita, pronto ad assecondare le parole di Thalendir, mi fermai un istante e mi girai.
Il mio sguardo si posò con intensità su Hylea... e su Celeste.

Sì, Celeste. Ora conoscevo il nome di mia nipote.
Ora potevo darle un volto.
Ora, finalmente, le visioni che avevano tormentato i miei giorni avevano trovato un senso.

Avrei voluto stringerla forte a me, ma sapevo che non era un addio.
Nessuno di noi si sarebbe fermato, non finché mio figlio... Vyomandros fosse rimasto confinato là dentro.
Non finché non avessimo avuto la certezza assoluta che Kaelyr non rappresentasse più una minaccia.

"Vyomar, amico mio... andiamo," disse Thalendir, posando la sua mano sulla mia spalla in segno di affetto.

Così strinsi con forza il mio vecchio bastone e con passo stanco ma deciso mi avviai verso l'uscita, insieme a tutti gli altri.

Strinsi mia madre fortissimo a me.
Di solito era lei a farlo, a tenermi stretta nei momenti difficili, ma stavolta ero io a volerla sentire vicina.
Con tutto il cuore.

Lei ricambiò l'abbraccio con tutta l'energia che le era rimasta.
Eravamo esauste. E mentre ci stringevamo così, l'una all'altra, in silenzio...
davanti a noi, non lontano dalla Sorgente, qualcosa prese forma.

Un'immagine eterea, eppure incredibilmente reale, si manifestò nell'aria come un riflesso.
Era lui, lo riconobbi dalle immagini che avevo visto nelle visioni del ciondolo.

Io non lo conoscevo, non l'avevo mai visto nella sua vera forma.
Era il veggente che era stato, prima di tutto questo.

Il corpo di mamma tremava ed i suoi occhi si fecero lucidi
"Vyomandros."

"Celeste..." mi disse con una voce che sembrava un abbraccio.
"Speravo di incontrarti... un giorno."

"Papà, sei proprio tu... finalmente...quanto mi sei mancato papà!"

Mi sorrise, era lui. Non potevo crederci ed il suo sguardo era dolce. Poi si voltò verso mamma.

"Hylea, amore mio...
Io...io ti ho cercato in ogni cosa.
Ogni giorno.
Anche quando ero irriconoscibile.
Io non volevo lasciarti ma le mie visioni erano sempre più oscure,
ed avevo paura che il buio che cresceva dentro di me potesse toccare anche te.
Io volevo solo proteggerti."

"Mi dispiace..." disse mamma. Era distrutta...
"Mi dispiace per tutto il dolore...
per non essere riuscita a trovarti prima."

"Non importa. Ora siete qui, tutte e due.
E questo vale ogni istante di dolore che ho trascorso."

Le parole di mio padre ci tennero strette in un cerchio d'amore invisibile... Non era magia. Stavolta era amore puro.

"Non ti lasceremo qui per molto" dissi.
"Troveremo Kaelyr, spezzeremo il legame...
e ti riporteremo a casa, te lo prometto papà!"

Lui ci guardò e sorrise, restando in silenzio.
Poi una lieve luce iniziò a pulsare dietro di lui, come se lo stesse richiamando da dove era venuto.

La sua figura, stava iniziando a svanire, il tempo con lui stava per finire...Di nuovo...
Non volevamo lasciarlo, ma sapevamo che doveva andare.

Sentivo il cuore stringersi.
Allora, senza dire nulla, allungai la mano e afferrai quella di mamma.

"Vi amo. Non dimenticatelo mai."

Poi la sua immagine si dissolse completamente, inghiottita dalla luce.

Sapevo che quello era un inizio. Il nostro legame si era ritrovato.
Lo avremmo salvato e nulla, da quel momento in poi, ci avrebbe fermate.

Dopo essere uscita dalla torre, mamma mi lasciò tra le braccia dei miei amici.

Erano lì, ad aspettarmi. Sempre.

Tarvin. Lin. Elyndor.

Erano la famiglia che avevo scelto.
Quella che avevo costruito lungo il cammino della mia vita.
E sapevo, senza alcun dubbio, che mi avrebbero seguita ovunque, pur di aiutarmi.

Tarvin e Lin mi abbracciarono forte, poi si incamminarono più avanti, lasciandomi qualche istante da sola con Elyndor.

Rimasi lì, in silenzio, mentre lo guardavo.

Sì... era bello.
E per la prima volta lo ammisi davvero a me stessa.

La sua bellezza non era solo nel volto o nello sguardo: era in tutto.
Dentro e fuori.

Era il modo in cui stava lì, rispettoso.
Il modo in cui non cercava di incalzarmi, ma solo di esserci.

"Non voglio sapere cosa è successo là dentro.
Voglio solo che tu sappia che... sì, noi resteremo al tuo fianco per liberare tuo padre.
Io resterò al tuo fianco.
Non ti lascerò mai sola."

Le sue parole...
Non mi serviva altro.

Un gesto istintivo. Puro. Incondizionato.

Non so spiegare cosa mi prese...
Ma afferrai il suo volto tra le mani, lo tirai a me... e lo baciai.

Lui ricambiò.
Con dolcezza.

Per un attimo, tutto il dolore, la stanchezza e la paura... si sciolsero in quel gesto.

Poi ci staccammo piano.
Lui mi guardò. Io gli feci un sorriso.

In quel preciso momento, realizzai che non importava quanto buio avremmo attraversato.
Quante ombre ancora ci aspettassero lungo il cammino.

Avevo con me chi amavo.
Avevo una promessa nel cuore.
Ed una missione da portare a termine.

Alzai lo sguardo verso il cielo di Velmora, tinto di un viola profondo misto all'arancio del tramonto, unico.
Il cammino per salvare mio padre era solo all'inizio.
E io...ero pronta.

...la fine è solo
l'inizio.
Ora so che non sono sola, a presto Papà
Celeste.

Resta in contatto con noi su
thegalarissaga.com

Se hai trovato qualche errore segnalacelo su:

thegalarissaga.com/segnala-un-problema/

www.ingramcontent.com/pod-product-compliance
Lightning Source LLC
LaVergne TN
LVHW090558110826
845146LV00001B/179
* 9 7 9 1 2 2 4 3 1 8 6 1 3 *